Peter Wortsman
Stimme und Atem
Out of Breath, Out of Mind

Peter Wortsman

Stimme und Atem
Out of Breath, Out of Mind

Zweizüngige Erzählungen
Two-Tongued Tales

PalmArtPress
Berlin

Bibliografische Information der Deutschen Nationalbibliothek
Die Deutsche Nationalbibliothek verzeichnet diese Publikation in der
Deutschen Nationalbibliografie; detaillierte bibliografische Daten sind im
Internet über http://www.dnb.de abrufbar.

ISBN: 978-3-96258-034-6

Umschlagabbildung: Harold Wortsman
Gestaltung: Catharine J. Nicely
Lektorat: Barbara Herrmann
Druck: Schaltungsdienst Lange, Berlin

© PalmArtPress
Verlegerin: Catharine J. Nicely
Pfalzburger Str. 69, 10719 Berlin
www.palmartpress.com

Hergestellt in Deutschland

An meine Muttersprachen / To my mother tongues

„Ich verstehe nichts von Musik, aber es gibt eine Musik der
Seele, die irgendwie mit Wahrheit zu tun hat, und das fühle
ich, und ich fühle, wenn jemand falsch singt."

"I know nothing about music, but there is a music of the soul
that somehow has to do with truth, and that I can feel,
and feel when someone sings a false note."

Dora Wortsman
(1914-2007)

Inhalt

Die meisten Erzählungen habe ich auf Deutsch geschrieben. Die mit * Sternchen angezeigten Texte wurden ausnahmsweise ursprünglich von mir auf Englisch geschrieben und von Werner Rauch ins Deutsche übersetzt.

Contents

I originally wrote most of these stories in German. Those texts designated with
* stars were, exceptionally, composed by me in English, and thereafter translated by
Werner Rauch into German.

Ein Schaufeln aus dem finsteren Untergrund

Ein Vorwort

Das, was ich auf Deutsch so hinkritzele, verdient eigentlich nicht die Würdigung, Dichtung genannt zu werden. Es ist eher ein Kratzen, ein Schaufeln aus dem finsteren Untergrund, das Freud das Unbewusste nannte. Das kleine Kind begreift nicht sofort den Sinn von alldem, was es plappert. Die noch nicht ganz geformten Wörter gehören teilweise noch zu dem Bereich des Geschreis; sie sind die Bestandteile einer wackeligen Brücke zwischen dem Unaussprechlichen und dem Gesprochenen und haben daher mehr mit Raunzen und Schnurren als mit grammatisch geregeltem Sprechen zu tun; und trotzdem, gerade deshalb, sprechen sie etwas ganz Bestimmtes aus.

Als 66-jähriger Schriftsteller, nach langem Schaffen in englischer Sprache, die Anfängerstufe in einer anderen Sprache erreicht zu haben, ist nämlich, meines Erachtens, kein geringer Erfolg, etwa so, wie wenn man ein Loch so tief in den New-Yorker Granit graben würde, dass man in China, beschmutzt, aber immerhin noch atmend, herausgekrochen kommt. Wenn ich als Erwachsener mit dem lockeren Löffel der Zunge zurück in diese noch flüssige Vorstufe des Bewusstseins stoße, die Deutsch für mich bedeutet, so tue ich es bewusst als Englischsprechender, der sich an andere Laute erinnert, die mehr über das sonst Unsagbare sagen als *yes* und *no*.

Einst fragte mich, nach langem und lustigem Plaudern bei einer reichlich mit Sekt begossenen Begegnung mit Freunden in der früheren DDR, die polnische Frau meines deutschen Freundes, was eigentlich meine Muttersprache sei. Das Gespräch fand nämlich auf Deutsch statt, an dem ich, wie ein Sprachgaukler, zwar recht lebendig teilnahm, meine Meinungen über dieses und jenes heftig verteidigend, während ich zwischendurch gleichzeitig das Wesentliche meiner französichen Frau in Sprachfetzen auf Französisch vermittelte, und ab und zu mal auf Englisch meinen Sohn beschimpfte, da er, trotz zweijährigen Deutschunterrichts, keinen Versuch machte, mit der entzückenden kleinen Tochter der Nachbarin ein paar deutsche Worte zu wechseln.

Nach einer kurzen Pause gab ich folgende Antwort: Meine Muttersprache ist eigentlich eine Art Sprachroulade, von englisch verhülltem Deutsch, die Sprache, die ich mein Leben lang mit meiner Mutter sprach, wobei ich überzeugt bin, dass es sich im Grunde um vergessene jiddische Gedanken handelt, die in dieses eigenartige Deutsch nur eingewickelt sind, in denen wiederum aus der Wüste herausgeschmuggelte hebräische Sehnsüchte stecken – das Ganze reichlich mit Tränen gesalzen und mit Geschrei gewürzt.

Sing, o Muse, die Wettervorhersage!

Ein zweites Vorwort

Sing, o Muse, die Wettervorhersage! Hätte die *Illias* mit diesen vernünftigen Worten angefangen, so wäre den tapferen Griechen wesentlicher Kummer erspart geblieben. Die Blindheit des Dichters hat bestimmt bedauerliches Elend gestiftet. Hätte Dante einen funktionierenden Kompass bei sich gehabt, so wäre er sicherlich nicht im finsteren Wald verloren gegangen. Man fragt sich, ob die ganze Megillah nicht anders ausgefallen und uns damit viel Bauchweh erspart geblieben wäre, wenn die Nachrichtenerstatter damals nur die technischen Mittel gehabt hätten und noch dazu ein bisschen Vernunft. Ausnahmen gab es immer. Noah wurde rechtzeitig vor der Sintflut gewarnt und handelte demgemäß. Moses musste auch eine Ahnung von Ebbe und Flut gehabt haben, was den Ägyptern bei all ihrer Klugheit fehlte. David zielte geschickt mit dem Stein. Es hat uns aber nichts geholfen. Die Wissenden sind schließlich auch nicht immer die Glücklichsten. Galileo verlor fast seinen Kopf wegen seiner Kenntnis. Und selbst der kluge Columbus eilte engstirnig in die falsche Richtung und kam am Ende enttäuscht von seinen undankbaren Reisen alt und arm nach Spanien zurück. Am besten bleibt der Mensch zuhause.

Les gens heureux n'ont pas d'histoire, glückliche Menschen haben keine Geschichte, sagt man auf Französisch. Die Franzosen können aber mit Recht behaupten, das Glück auf Erden mit einer technisch schlagkräftigen Enthauptung herbeigeführt zu haben, und sie leben anscheinend auch heute noch länger und glücklicher als alle anderen. Was aber wahrscheinlich mehr mit Rotwein und weniger mit Vernunft zu tun hat.

Die Welt muss sich immer weiter drehen und der Mensch sich die Zeit mit Irrtümern und Dummheiten vertreiben. Ohne seine bekannte Ferse wäre Achilles zwar immer noch halbgöttlich, aber sonst ein eitler Tölpel geblieben. Waldlos und zielbewusst wäre Dante nichts als ein fader Geck, der sich ständig über seine unerwiderte Liebe zu einer Minderjährigen beschwerte. So braucht der Himmel sein Gewitter und der Mensch sein Bauchweh zur Unterhaltung.

So lest, ermuntert und ernährt euch an den Trümmern meiner fehlgeschlagenen Träume, und seht ein wenig Wohlwollen unter dem Lächeln. Unter jedem Dach gibt es ein Ach.

Familienmitglieder

Familienmitglieder sind nicht so wie andere Menschen. Dünne, unsichtbare Drähte heften sie zusammen an allen beweglichen Stellen, einschließlich der Zunge. Im Unterschied aber zu den Marionetten, bei denen die Bindfäden, alle senkrecht gerichtet, aufwärts reichen, hinauf zu zwei flinken Händen, die still gehalten alles leiten, reichen die Drähte des häuslichen Lebens waagerecht und binden die Mitglieder, wie Kettensträflinge, zusammen, wobei sie, wie gesagt, nicht nur an Knöchelringen gefesselt sind, sondern an jeder erdenklichen Stelle. Man könnte sie auch mit einem Gespann Pferde vergleichen, obwohl die Familie nichts vorwärts zieht als sich selbst. Dabei gibt es weder Puppenspieler, noch Kapitän, noch Kutscher, der die Zügel der Zukunft festhält. Die Familie bewegt sich eher wie eine Qualle, sie schwimmt mit dem Strom, von Neid und Liebe getrieben, auf dem mächtigen Meer der Menschheit.

Der Treppenspiegel

Metaphysische Vorstellungen haben oft einen physischen Ursprung. Nimm nur Newtons Apfel oder Platos Höhle. Meine Sicht auf die Welt beruht auf der Wirkung, den ein großer Spiegel auf mich ausübte, auf dem Treppenabsatz, unten an der Treppe, drei Stolperstufen über dem Wohnzimmer in unserem roten Backstein-Reihenhaus, eingezwängt zwischen zwei Nachbarhäuser in unserem Wohnviertel in Jackson Heights, Queens.

Ein Treppenabsatz ist ein Platz zum Luftschnappen vor dem Aufsteigen oder vor der Beendigung des Abstieges. Er gehört weder nach oben noch unten, ist genau genommen eine schwebende Zwischenebene, wird im Allgemeinen von den Architekten nur als ein reines Anhängsel der Treppen behandelt, als überflüssige Plattform, wo die Lampe immer kaputt und der Teppich abgewetzt ist.

So wie an der Bushaltestelle oder in der Toilette hält man sich dort nicht länger als nötig auf, es sei denn, um im Vorbeigehen einen verstohlenen Blick in den Spiegel zu werfen, um dann seinen Weg fortzusetzen.

Aber für mich war es mit vier Jahren die Tribüne für meine Ein-Mann-Stellungnahme, mit grimmigen Grimassen auf die Welt geworfen. Ich hämmerte auf den Spiegel ein, und der schepperte.

Mutter rief aus der Küche: Was ist los?

Nichts! rief ich zurück während ich bäuchlings auf dem

Boden lag und probierte, in den kleinen Spalt zwischen Spiegel und Wand zu schauen. Aber der Spalt war zu klein und der Staub zu dick. Ich geriet in Wut, ballte meine winzige Faust, wild entschlossen, den Spiegel zu zwingen, sein Geheimnis preiszugeben. Aber was würde, wenn der Lärm meine Mutter aus der Küche holen, und dann, so fürchtete ich, den Zauberbann der Spiegelung zerbrechen würde?

Wie bist du da reingekommen? fragte ich den Jungen auf der anderen Seite. Aber er wollte nicht antworten. Das machte mich wütend. Ich war drauf und dran, ihm eine runterzuhauen, aber der Junge sah aus, als ob er schon zurückschlagen wollte.

Vielleicht kann er nicht reden, dachte ich. Aber dann dachte ich plötzlich, dass der Junge bestimmt auch vorsichtig sein müsse mit Rücksicht auf seine Spiegelmutter.

Pssst!! flüsterte ich, den Zeigefinger an die Lippen gedrückt. Lass uns jetzt gute Freunde sein, ok?

Er nickte.

Dein Geheimnis ist sicher bei mir, sagte ich.

Bald sah ich, wie der Spiegel alles von mir aufsog und es im Nu wieder ausspuckte, einen Pickel oder eine Sommersprosse von der rechten Seite des Gesichts zur linken hinüberschob.

Nur die Toten kehrten nicht mehr in das Wohnzimmer zurück.

Einmal fiel meine Mutter fast in ihn hinein. Beim Stolpern über meine Rollschuhe fiel sie die Treppe herunter und schlug mit dem Kopf auf den Spiegel, wobei sie das Glas mit der Stirn zerschlug.

Es muss sie richtig getroffen haben, dachte ich, denn sie bewegte sich nicht.

Und das ist meine Theorie: Durch den Sprung im Glas konnte sie den Ort der Verlorenen erblicken, wo alle Personen oder Dinge waren und weiterlebten, die jemals durch das Wohnzimmer gegangen waren.

Und dort erblickte sie ihre eigene alte Mutter, neben der sie auf dem Sofa saß, sie selbst noch jünger, wie im Fotoalbum, mollig und glücklich.

Alle Verwandten waren auch da, versammelt beim Familientreffen, nur mein Vater war niemals im Bild, weil er den Fotoapparat halten musste. Jeder lächelte für den Schnappschuss. Mutter krümmte sich immer mehr, aber ich hielt mich an ihren Schürzenbändern fest. – Mama, Mama, fall nicht, rein! schrie ich, in der Angst allein gelassen zu werden in der Einsamkeit des Wohnzimmers.

Es geht schon! sagte sie, aber ich sah, dass sie erschüttert war. Sie trug noch lange danach einen Verband um den Kopf. Bleib weg vom Glas! warnte sie.

Am nächsten Tag kamen Männer und beseitigten die Spiegelscherben und nun konnte ich nicht mehr hinein.

Das Fallen

In einer kurzen Episode von Aktivität in einer ansonsten trägen Kindheit beschäftigte ich mich mit dem Fallen.

Zuerst fiel ich aus dem Bett und später qualifizierte ich mich zum Herunterfallen von Treppen und von Bäumen. Fallen war reiner Genuss. Ich tat es, wo und wann ich es nur tun konnte. Als meine Lehrerin in der ersten Klasse der Grundschule, Miss Bone, mich am unteren Ende der Treppe fand, schrie sie: Henry, was machst du da unten?

Fallen, sagte ich.

– Hat dich jemand geschubst?

– Nein, das Fallen macht mir Spaß.

– Aber warum?

– Das ist das, was ich am besten kann.

Henry hat ein gutes Benehmen und ist ein guter Leser, schrieb Miss Bone in mein Zeugnis, ein wunderbares Kind in vieler Hinsicht, wenn es nicht die Neigung zum Fallen gäbe. Ich rate dringend zu professioneller Beratung. Verhaltensstörungen sollten am besten frühzeitig behandelt werden.

Also brachten sie mich zu Dr. Baum.

Der Doktor inspizierte mich durch seine dicken bifokalen Brillengläser und zog seine gepflegten buschigen Augenbrauen hoch.

Nun? sagte er nach einer Weile, da ich nichts sagte.

Nun? sagte ich zurück.

Willst du mir zuerst vielleicht sagen, warum du hier bist?

schlug Dr. Baum vor, während er sein Kinn glatt strich.

– Weil meine Lehrerin meinen Eltern gesagt hat, sie sollen mich herschicken.

Aber warum? fragte er beharrlich weiter.

– Weil sie denkt, ich sei verhaltensgestört.

– Das ist ein sehr großes Wort für so einen kleinen Jungen!

– Die Doktoren lieben große Worte, nicht wahr?!

– Und warum hat deine Lehrerin vorgeschlagen, dass deine Elten dich zu mir bringen sollen?

– Weil ich es liebe zu fallen.

– Ah-hah! Dr. Baum machte sich Notizen. Aber warum?

– Weil das Fallen sich gut anfühlt.

– Andere Jungen in deinem Alter spielen Baseball. Hast du mal probiert, Baseball zu spielen?

– Baseball ist langweilig.

– Ich verstehe. Er machte sich noch mehr Notizen. Das ist alles für heute.

Die nächste Patientin nach mir im Wartezimmer war ein Mädchen, das dachte, sie sei aus Glas. Ihre Eltern mussten sie hineintragen.

Hals- und Beinbruch! sagte ich im Vorbeigehen. Das Mädchen lachte.

Das ist unglaublich, sagte ihr Vater, ich habe Sally noch nie lachen sehen!

Sally und ich wurden Freunde.

Alle, einschließlich Dr. Baum und Miss Bone, hielten das für eine gute Idee.

Einmal in der Woche nach meiner Sitzung wartete ich, bis Sally bei Dr. Baum fertig war und dann trug ich sie nach Hause. Glasmädchen sind nicht sehr schwer.

Wir hielten immer an einer Bank auf dem halben Weg an, um Pause zu machen. Ich legte Sally flach auf die Bretter neben mich, denn sie konnte ihre Kristallknie nicht beugen.

Ist Fallen nicht gefährlich? wollte sie wissen.

Nein, sagte ich, nicht, wenn man weiß, wie.

An diesem Abend nahm Sally all ihren Mut zusammen und rollte sich aus dem Bett, wobei sie sich ihre Kristallbeine brach.

Ich habe mir das nie verziehen. Bis ins Mark erschüttert gab ich das Fallen und die Freundschaft auf und entschied, mich weniger gefährlichen Beschäftigungen zuzuwenden.

Ich will nicht ertrinken

Wir sind mit dem Schiff gekommen, sagte mein Vater und ich fragte mich, warum meine Familie immer über das Wasser geflohen ist, wie Abraham und Moses in der Bibel, warum damals in dem Alten Land der Vater meines Vaters seinen Besitz in einen Gummisack stecken und durch einen großen Fluss schwimmen musste, warum Cousin Ziggy nach New Jersey und Cousine Shirley nach Long Island ausgewandert sind – und wann ich wohl auch für mein Leben würde schwimmen müssen?

Es war meine erste Fahrt in die Stadt. Mein Vater hatte uns mitgenommen mit dem Zug, der auf geheimnisvolle Weise unter einem Fluss hindurchfuhr, auf seiner zweimonatlichen Expedition zu einem palästinensischen Tee- und Gewürzhändler, bei dem er ein Pfund Tee kaufen wollte.

Ich merkte es, dass wir untergetaucht werden, was er mir angekündigt hatte, am Druck auf meine Ohren.

Schluck! sagte er und das tat ich.

Meine Ohren knackten.

– Sind wir wirklich unter Wasser, Papa?

Er nickte.

– Und warum werden wir dann nicht nass?

Weil wir im Tunnel sind, erklärte er geduldig. Der Tunnel hat Wände und die Wände halten das Wasser draußen.

Aber was ist, wenn der Zug stecken bleibt? fragte ich besorgt.

Mach dir keine Sorgen, das wird er nicht! versuchte mein Vater mich zu trösten.

– Aber was ist, wenn er doch stecken bleibt!?

– Ich denke, dann müssen wir aussteigen und schwimmen.

Auf Zehenspitzen stehend spähte ich nervös aus dem Fenster. Columbus, so überlegte ich, muss dasselbe Knacken in seinen Ohren gespürt haben, als er Amerika entdeckte, was nicht ohne das Opfer von ein oder zwei untergegangenen Seeleuten ging.

Papa, fragte ich, konnte Columbus schwimmen?

– Ich weiß nicht, mein Sohn.

– Du kannst nicht schwimmen, oder?

– Nein, kann ich nicht.

– Hast du keine Angst vor dem Ertrinken?

– Ich versuche, nicht daran zu denken, das ist die beste Taktik.

– Denkst du, die andern Passagiere im Zug können schwimmen?

– Manche können, manche nicht, denke ich.

– Haben die keine Angst zu ertrinken?

Da verlor mein Vater endlich seine Geduld. Warum fragst du sie nicht!? schlug er vor.

ICH WILL NICHT ERTRINKEN! ICH WILL NICHT ER-TRINKEN! heulte ich den Rest der Fahrt in die Stadt.

Der einäugige Kater,
oder die Wellentheorie

Wie kam er in mein junges Leben? Ich kann mich nicht mehr genau erinnern.

Damals war ich neun oder höchstens zehn Jahre alt, vielleicht schon elf. Es war ein heißer Nachmittag im Hochsommer. Die anderen trieben allerlei Kurzweil am Strand. Ich saß allein auf dem Balkon unseres gemieteten Ferienbungalows, die menschenleere Gasse vor mir mit einer Mischung aus Hoffnung und Verzweiflung betrachtend, als ob ich jederzeit ein Wunder erwartete, das alles irgendwie ändern würde. Die fast erstickende Sehnsucht in meinem Hals, die mir die Gurgel zuschnürte, hätte ich sicherlich nicht als solche beschreiben können. Der Arzt diagnostizierte Atembeschwerden. Kinder ahnen aber viel mehr als man vermutet.

Und plötzlich springt ein Kater aus der Gasse hinauf und landet auf meinem Schoß. Er war staubig-grau und dreckig. Es fehlte ihm ein Auge. Sein fast rostig-orangenes Fell war an manchen Stellen kahlgekratzt. Ich kraulte ihm die Kehle und er schnurrte. Er machte mir gleichzeitig Angst und Mut.

Pfui Teufel! schrie meine Mutter, als sie das Ungeheuer auf meinen Knien sitzen sah, und wollte ihn wegjagen.

Du hast doch auch eine Katze während des Krieges in London gehabt! protestierte ich.

Der Kater ließ sich nicht verjagen, er kam immer wieder. Ich bildete mir ein, dass er meinetwegen immer wieder zurückkam.

Natürlich kam er wegen der Schüssel Milch, die meine Mutter, trotz ihrem Ekel, ihm jedes Mal hinstellte—aber immerhin! Mir fiel es schwer, mich mit anderen Kindern anzufreunden. Baseball war nicht mein Ding. Ich schaffte es niemals, den Ball mit dem Schläger zu erwischen, er flog an mir einfach vorbei. Mit dem Kater war es anders.

Nachdem er die Milch mit seiner langen Zunge wie mit einem einziehbaren Suppenlöffel geschlürft und verschlungen hatte, verlangte er nichts als unter der Kehle und hinter den Ohren gekrault zu werden, worauf er sein Auge schloss mit einem rauen zufriedenen Schnurren. Und wenn er sich genügend ausgeruht hatte, öffnete er sein Auge, um, so schien es mir, seine Lage abzuwägen auf Glück und Gefahr, erhob sich bedächtig und sprang wieder fort.

Der Sommer war fast zu Ende. Wir mussten bald unseren Bungalow verlassen und in die Stadt zurückkehren. Ich machte mir Sorgen um den Kater.

Und wenn ihm ein anderer Kater das zweite Auge auskratzt? fragte ich mich.

Die Katze hat Tasthaare an den Backen mit denen sie sich immer aus der Klemme hilft, versicherte mir meine Mutter.

Was geschah mit deiner Katze im Krieg?

Weiß Gott! zuckte sie mit den Achseln. Vielleicht wurde sie von einer Bombe getroffen. Das Haus gibt es nicht mehr, sie schüttelte den Kopf. Ich merkte aber, wie sie heimlich eine Träne aus dem rechten Auge wischte.

Eine Woche nach unserer Rückkehr in die Stadt kam ein Wirbelsturm, der mächtige Bäume und Freileitungsmasten aus dem Boden riss und wie Mikado-Stäbchen umherwarf. Es gab auch Überschwemmungen am Strand und Bungalows wurden weggespült, so wurde berichtet.

Können Katzen schwimmen? fragte ich meine Mutter.

Wasser ist leider nicht ihr Element, mein Kind.

Ich mochte das Wasser auch nicht!

Katzen können aber eine Mauer hochklettern, versicherte sie mir.

Den nächsten Sommer verbrachten wir wieder am Strand. Die erste Woche verging. Und dann die zweite. Ich saß auf dem Balkon, die Gasse lang und breit betrachtend. Der Kater kam nicht wieder.

Den Gedankengang hätte ich damals nicht gründlich durchdenken können, nur ahnte ich aber, dass es diesmal kein Wunder geben und dass die Langweile unendlich lang dauern und mich erwürgen würde, wenn ich nicht etwas dagegen täte.

Bis dahin hatte ich eine riesige Angst vor dem Ozean und ging nur widerstrebend zum Strand. Ich mauerte mich in einer Sandburg mit hohen Mauern ein. Doch kamen immer wieder die Wellen und mit einem Hieb zertrümmerten sie meine Festung.

Ich sprang auf und warf mich aus Wut und Verzweiflung ins Wasser, sofort wurde ich von einer Welle umgeworfen. Erst weinte ich. Schnell lernte ich aber, dass die Wellen zwar unbesiegbar waren, dass man sie aber reiten konnte. Ruhig muss man warten, bis aus der Wasserfläche plötzlich ein wilder, wackeliger Hügel mit einer Schaumkrone bedeckt wächst. Erst dann, wenn sie die richtige Höhe erreicht hat, wirft man sich, Kopf vorwärts, in die brechende Welle, streichelt sie auf dem Gipfel, wo es braust und schäumt, über den Wirbel unter dem Bauch und zwischen den Beinen, und gleitet auf dem flüssigen Sattel dem Strand entgegen.

Wellen gibt es auch an Land und auch in den Gedanken, das lernte ich erst viel später, nur sind sie da unsichtbar und deshalb um so schwieriger zu erkennen und zu reiten.

Seit damals habe ich keine Angst mehr vor dem großen Wasser, bin aber seitdem allergisch gegen Katzen.

Die Selbst-Verlängerungsschnur

Ein Zahntechniker erzählte mir einmal, dass die Zunge alles verdoppeln würde. Er meinte das im rein technischen Sinne, dass Füllungen doppelt so dick erscheinen wie sie in Wirklichkeit sind, aber ich habe es immer als Lizenz zum Erweitern menschlicher Begrenzungen genommen. Meiner Körpergröße zum Beispiel. Ich blieb immer klein.

Denk groß, darauf kommt es an! sagte meine Mutter immer wieder. Nimm Napoleon, er war ein kleines Würstchen, aber hat fast die ganze Welt erobert, und sogar Alexander der Große füllte kaum die Sandalen seines Vaters!

Was ist Henry, was ist Nicht-Henry? Wo beginne ich und wo ende ich? Diese Fragen bewegten mich schon sehr früh.

Meine Fingerspitzen, ja, aber die abgeschnittenen Fingernägel, nein.

Meine Haare, natürlich ja, so lange, bis sie zu lang gewachsen waren und abgeschnitten werden mussten und zu einem jämmerlichen Haufen am Fuß des Friseurstuhles zusammengefegt wurden.

Und die kleinen gelben Würmer, die meine Mutter aus amerikanischem Schmelzkäse heraushobelte und mir in den Hals stopfte, damit ich wachsen sollte – wann hörten sie auf, Käse zu sein und wann begannen sie, ich zu sein?

Einmal geschluckt, so schloss ich, gehörte alles zu mir und niemand konnte es mir rauben, von keiner Seite. Und so beschloss ich, es so lange zu behalten wie ich konnte.

Ich saß und saß auf dem blöden Stuhl mit dem Loch in der Mitte und murmelte:

Ich und du

Müllers Kuh,

Müllers Esel

Das bist du!

und amüsierte mich irgendwie.

Hast du schon was gemacht, Henry? rief meine Mutter aus der Küche.

– Noch nicht, Mama!

Meine Bauchmuskeln taten weh und immer noch wollte ich es nicht gehen lassen, bis es unten zu einer furchtbaren Explosion kam und eine große braune Schlange herausglitt. Mit Ekel und Staunen sah ich auf die Schlange im Klobecken und bewunderte sie, bis meine Mutter wild hereingestürmt kam, an der Spülung zog und mich herauszerrte, während ich heulte, weil mein kostbarer Anhang in einem Wasserwirbel verschwunden war.

Der Verlust wurde später kompensiert durch eine wundersame Entdeckung.

Eines Tages ging ich in das dunkle Ende des Kellers, wo wir die Kohlen lagerten und suchte nach irgendeiner Schnur, mit der ich, wie man mir aufgetragen hatte, ein Bündel von alten Zeitungen schnüren und zum Müll tragen könnte. Und dabei entdeckte ich eine einst weiße, jetzt schmutzig graue Verlängerungsschnur, bedeckt mit dem Schmutz des alltäglichen Gebrauchs, die wer weiß wie lange schon da herumlag zwischen anderem häuslichen Gerümpel.

Und diese Energieschlagader hatte ihre Nebenadern, genauso grau, die ihren meandernden Weg durch die Staubcanyons und Schluchten mit getragener Kleidung suchten zu den isolierten Außenposten des bescheidenen Fortschrittes, (ausrangierte Uhren, Lampen, TV, Radio, Toaster usw.) die alle ihre wichtige Lebenskraft von einer entfernten Muttersteckdose bezogen.

Ich zog an der Schnur und löst eine Serie von Minilawinen aus. Sachen fielen geräuschvoll von Regalen. Geräte kippten um.

Aber zu meiner Überraschung ging nichts kaputt. Ganz im Gegenteil.

Die Uhr aus Hong Kong, die früher immer mehrere Minuten nachging, holte die verlorene Zeit auf.

Der schwarzweiße Fernsehapparat, dessen körniges Bild meistens Unterbrechungen hatte, der abwechselnd Kanal 2 und 4 empfing und alle anderen nur verschwommen, empfing nun sogar das obskure fremdsprachige Programm auf Kanal 31.

Und der alte kupferfarbene Toaster, aus dem früher die Wonderbread-Scheiben schwarzgebrannt heraussprangen, spuckte sie nun goldbraun aus.

Wie Arthur mit Excalibur und der junge Phaeton mit Pegasus ließ das Schicksal mich diese magische Verlängerungsschur um meinen Leib binden.

Gleichzeitig fühlte ich eine erfrischende Welle von Kraft und ein bedrückendes Schaudern der Fesselung.

Schwindelig von der grenzenlosen Fähigkeit, die ich nun

besaß, Dinge zum Funktionieren zu bringen, aber begrenzt in meiner eigenen Mobilität, immer mehr gefesselt an die Welt der Dinge, wusste ich, dass die Dinge nie mehr das sein würden, was sie waren.

Vaters falsche Zähne

Der Vater kann sich selbst wie ein Spielzeug auseinandernehmen und die Bestandteile ordentlich nebeneinanderlegen. Abends, in der Dunkelheit des Schlafgemachs, nimmt er zuerst seine Zähne aus dem Mund und lässt sie in ein Glas Wasser fallen, wo sie nachtsüber wie das Gebiss eines prähistorischen Fischs herumschwimmen. Dann zieht er seine Haare aus und legt sie vorsichtig auf einem gesichtslosen Perückenkopf ab und kämmt jedes graue Härchen, bis es silbrig glänzt. Nun schraubt er das rechte Auge aus dem Schädel heraus und lässt es von seiner Handfläche in ein dafür geeignetes Gefäß rollen, wo es wie eine schokoladene Kirsche liegt. Und danach nimmt er seinen steifen linken Arm in seine rechte Hand, hält ihn am Ellbogen fest und zieht heftig daran, bis das Gelenk aus der Achsel springt.

Die Mutter muss ihm danach helfen, die übrigen Glieder abzulegen—so, zumindest, stelle ich es mir vor, denn die Tür bleibt immer dabei zugesperrt, während ich verdächtige Geräusche überhöre. Und morgens wieder zusammengestellt, am Rand der Matratze mit nackten Knien schaukelnd, erwischt man ihn dabei, wie er die Socken hinaufzieht und die Schuhe schnürt.

Nur einmal, kurz vor seinem Verschwinden, blickte ich hinter die Kulissen.

Zu müde, um sich weiter um alle Maßnahmen zu bemühen, sitzt der alte Mann im Lehnstuhl, sein Kopf aus seinem

Schlafrock wie ein Halloween-Kürbis hervorragend, riesig und kahl, die Augen eingesunken, verschränkt in ihren Höhlen, die Zähne etwas locker im Gebiss, der steife linke Arm irgendwie verschoben auf der Armlehne liegend, als ob er überhaupt nicht zu ihm gehöre.

Heute bist du nicht gut beieinander, Vater, denke ich und sage: Weißt du, Vater, du wirst klüger in deinen alten Jahren, dein Kopf wächst.

Der Vater lächelt.

Am folgenden Morgen finde ich die Zähne im Glas schwimmen. Die restlichen Bestandteile werden sorgfältig in einer großen langen Schachtel gelagert, etwa wie eine Kiste bereit zur Auslieferung.

Ein fremder Mann mit einem Bart erzählt ein paar Lügen. Dann lassen sie die Schachtel in ein Loch in der Erde hinab. Es schlüpft eine halbzerquetschte Ratte heraus.

Und plötzlich erinnere ich mich an die Zähne, die man im Glas vergaß, grinse unbeobachtet, meine Hand über meinen Lippen, hinter einem Vorhang der Trauer. Ich hätte ihm so gerne diesen letzten Witz erzählt.

Mutterzunge ... Vatermund

Ein Wiegenlied

Das Ehepaar redet ernst miteinander, nur kommen keine Worte 'raus.

Mach mal auf! deutet die Frau in Zeichensprache. Mal da 'reingucken, sehen was los ist. Zähne, Zunge, Gurgel, alles in Ordnung.

Lass *mich* 'reingucken, deutet die Tochter, nicht ganz zwei Jahre alt, ihre Mutter nachahmend.

Und plötzlich fängt sie an zu reden.

Die Eltern fahren vor Bestürzung auf.

Warum die große Überraschung? fragt die Kleine, und spielt gleichgültig mit den Zungen vom Vater und der Mutter, versucht sie 'rauszureißen.

Die Eltern knien demütig vor der Tochter nieder.

Singt mir mal ein Liedl vor, ein Duett! befiehlt sie.

Worauf Vater und Mutter, beide noch am Boden vor ihrer Tochter kniend, von der Kleinen an den Zungen wie Hunde an der Leine festgehalten, ein bekanntes Wiegenlied knurren, das mit dem Baby im Baum. Und da jeder das Lied des anderen nicht hören und es sich eigentlich nur stumm vorstellen kann, schlafen beide dabei ein.

In dem Traum des Mannes erwacht erst seine Frau und dann er. Im Traum der Frau geschieht das Gegenteil. —Sonst kein Unterschied.—Außer, dass im Traum des Mannes die Tochter sich in seine Mutter verwandelt und ihn immer weiter bei der Zunge zieht, wogegen Tochter und Mutter ihre Identität miteinander tauschen, und sich gegenseitig bei der Zunge zupfen.

Wer ist denn das? fragt die Tochter (ehemalige Mutter), auf den Mann deutend, er kommt mir sehr bekannt vor.

Das ist doch der stumme Mann im Traum, erwidert die Mutter (ehemalige Tochter).

Im Traum der Frau schluckt das Kind den Vater, wie eine Python ein Schwein, und rülpst danach.

Du musst teilen lernen, schimpft die Mutter im Schlaf.

Hellwach, lächelt die Kleine.

Überschwemmung des Gefühls

Ein jeder stolpert durchs Leben mit seiner immer deutlicher nach außen gewendeten Gesinnung: Bei manchen bewirkt sie eine schiefe Körperhaltung, bei anderen eine lockere. Hochgewachsene neigen sich aus Großzügigkeit ein wenig vorwärts, kleinere Leute, die sich solche Größenverschwendung des Ichs nicht leisten können, stehen eher etwas steif und innerlich geneigt da, gemäß der geheimen Geometrie der Psyche, wohl mit knapper Zuneigung rechnend. Anfangs wirkt diese Gesinnung als geschicktes Abwehrmittel, als eine Art Schutzschild, später aber muss man sie als schwere Belastung immer weiter mit sich herumschleppen als verkümmerten Rest der Kindheit, wie einen unsichtbaren Schatten, in dem der verkrümmte Erwachsene vergeblich Zuflucht sucht.

Ich habe schon früh begriffen, dass der Körper eigentlich ein Leitungsrohr ist, das man oben und unten zuschrauben kann, um eine Überschwemmung des Gefühls zu verhindern. So wurden Asthma und Darmverstopfung meine frühesten Selbsterhaltungsmittel. Die Folgen einer solchen Verfassung erwiesen sich allerdings als etwas problematisch.

Stimme und Atem

Ich war ein eigenartiger Junge. Klein und schlau wie jedes Kind, hatte ich manchmal eigenartige Vorstellungen und Gedanken. Das sah man mir in meinen zarten Zügen und engelhaft blauen Augen nicht an.

Andere Jungs begnügten sich, miteinander zu raufen, Krieg zu spielen, oder mit einem Vergrößerungsglas oder der Linse einer Brille die Sonnenstrahlen auf Ameisen so lange zu richten, bis sie in einer Rauchwolke aufgingen. Das war mir aber nicht reizvoll genug.

Mein Spiel war gründlich geplant. Aus dem Mülleimer in der Küche holte ich mir einen leeren, sauber gewaschenen Glasbecher, ehemals voll mit koscheren Essiggurken, dazu eine Schachtel Streichhölzer und eine Viceroy Filterzigarette, die ich mir aus dem Päckchen stahl, das mein Vater, ein neulich reformierter Nichtraucher, für Notfälle und plötzliches Verlangen neben seiner heimlichen Sammlung von Spielkarten mit nackten Frauen hinter dem Heizkörper versteckt hielt. Den Filter riß ich ab und hob ihn für besondere Zwecke auf.

Aus dem Werkzeugschrank meines Vaters im Keller holte ich mir nun einen Hammer und einen dicken Nagel, womit ich ein Loch in den Dosendeckel haute. So weit, so gut. Nun holte ich mir Eiswürfel aus dem Kühlschrank. Ich habe Durst, murmelte ich.

Währenddessen erzählte mir grinsend meine Mutter, die in der Küche mit der Vorbereitung des Sabbat-Abendmahls beschäftigt war und nichts von meiner Absicht ahnte, wie man in ihrer Jugend in Wien, noch vor dem Ersten Weltkrieg, riesige Eisbrocken von einem Mann mit einer großen Zange, der den Eisbrocken auf dem gebückten Rücken trug, und einen ebenso großen zangenförmigen Schnurrbart hatte, geliefert bekam, und dass sie immer vor dem Mann mit der Zange und dem Schnurrbart, der ihr schelmisch zublinzelte, ängstlich zitterte, als sei er der Teufel und hätte die Absicht, sie mitsamt den Eisbrocken in den Eiskasten zu stecken. – Heute in Amerika haben wir es glücklicherweise doch so leicht! meinte meine Mutter.

Worauf ich nickte, völlig in mein Spiel vertieft.

Nun ging ich im Hinterhof auf die Jagd. Ameisen sind stimmenlos und so klein wie ein Körnchen Pfeffer, deshalb eigneten sie sich so hervorragend für das Spiel. Ich suchte mir die schnellsten aus der Menge, lockte sie eins nach dem anderen auf ein mit Zucker eingeriebenes Stäbchen.

Es war ein heißer Sommertag. Schnell musste ich vorgehen, sodass die Eiswürfel nicht in der Glasdose gänzlich zerschmolzen. Das Stäbchen tippte ich leicht gegen das Glas, nun fielen die kleinen lebendigen Pünktchen aufs Eis. Manche fielen direkt ins Wasser und ertranken alsbald. Die meisten aber liefen wie Wilde auf der kalten Ebene herum. Ein paar suchten vergeblich Zuflucht auf dem Inneren des Glases.

Dann schraubte ich schnell den Deckel zu, zündete etwas zitternd ein Streichholz an—den Lieblingsmahnungsspruch meiner Mutter: Messer, Gabel, Scher' und Licht gehören für kleine Kinder nicht! in der Echokammer meines Schädels dabei heimlich vor mich hinmurmelnd—zündete eine Zigarette an, und zog an, sodass es wie ein rotes Auge glühte. Es wurde mir schlecht im Magen und ich musste husten und Luft holen. Der Geruch war mir auch zuwider.

Was machst du dort draußen? rief mir meine Mutter aus dem offenen Küchenfenster zu.

– Ich spiele.

Nun steckte ich die glühende Zigarette in das Deckelloch, zog mehrmals daran, bis die Dose sich mit Rauch anfüllte, legte mich auf den Bauch auf die Wiese und guckte zu, wie manche Pünktchen plötzlich stehen blieben und andere immer schneller im Inneren des Glaskreises herumliefen, bis sie, eins nach dem anderen, ins Wasser fielen. Ein letztes umkreiste eine Zeitlang die Glasdose, bis es plötzlich stehen blieb. Ich atmete tief ein und aus.

Abends, lange nachdem die Sabbatkerzen ausgebrannt waren, die Hähnchensuppe verschlungen war, und von dem gebratenen Hähnchen nichts als ein Haufen Knochen mehr übrig blieb, versammelte sich die Familie im Salon für meine Show. Manchmal sang ich. Manchmal tanzte ich.

An diesem Abend kam ich die Stiegen hinuntergestampft in Gummistiefeln und einer verkehrtherum gewickelten Jacke mit einem Gürtel umgeschnallt und der in schwarze Tinte getauchte Filterzigarettenhülse als Tarnschnurrbart auf meine Oberlippe geklebt. Nun streckte ich meinen rechten Arm aus und wollte fürchterliche Dinge hinausschreien. Alle guckten gespannt, zwischen Entsetzen und Belustigung zögernd. Auf einmal fehlte mir aber Stimme und Atem, ich bekam keine Luft mehr und keuchte erbärmlich.

Dr. Goldberg wurde geholt und gab mir eine schmerzhafte Spritze in den Oberschenkel, die Bestrafung, so dachte ich mir, für mein grausames Spiel, wonach ich lange mit dem linken Bein zuckte bis ich endlich still lag und tief ein- und ausatmete.

Das zweite Mal geschah es mir in der Synagoge bei der Bar Mitzvah meines Bruders, als ich, bereits elfjährig, vorne auf der Bima (Bühne) saß, die schwere Torarolle fest gegen meine Brust gedrückt, damit ihr der Rabbi mit Hilfe des Kantors ihren Samtrock und silbernen Schmuck abstreifen konnte. Der Schammes, oder Gebetsdiener, hielt schon ungeduldig den silbernen Zeigestock, mit dem der Aufgerufene, in diesem Fall mein Bruder, die heiligen Buchstaben anzeigt und laut liest, über meinem Kopf fest. Nun dachte ich plötzlich an den Eislieferer mit der Zange. Dabei sollte ich ein Gebet oder mindestens Amen murmeln. Und nun fehlte mir wieder Stimme und Atem. Ich ließ die Torarolle nicht los. Es war mir, als ob man mich vor der Gemeinde entkleiden und die fürchterlichen Geheimnisse aus meiner Gurgel mit einer silbernen Zange herausziehen wollte und plötzlich erbrach ich mein Frühstück auf der nackten Haut der heiligen Schrift.

Vielleicht war der Räucherlachs schlecht, vielleicht war ich auch ein wenig auf meinen Bruder neidisch. Wie gesagt, ich war ein eigenartiger Junge.

Die Apotheose des Lächelns

Komödie ist revidierte Tragödie.
- Phyllis Diller

Es waren die Fünfziger, die Ära der zwanghaften Glückseligkeit.

Das Lächeln war das Gesicht der Zeit und die, die sich verweigerten, waren gezwungen zu einem gehorsamen Schmetterlingsflattern der Lippen oder man verweigerte ihnen die Bosco-Schokomilch.

Krieg und Depression gehörten der Vergangenheit an. Die Atombombe wurde abgelöst vom Baby-Boom und von uns allen neuen kleinen Stückchen Leben erwartete man: „Lächle, Bruder, lächle!", wie es in der Zigarrenreklame hieß.

Mickey Mouse mimte es.

Pepsodent polierte es.

Life Magazine verbreitete es.

Dank Kodak war das Lächeln auf Amerikas Lippen geklebt.

Und nirgends wurde dieser Schleier der Leichtigkeit leidenschaftlicher hochgeschätzt als in Jackson Heights, Queens.

Meine Eltern, als frisch gebackene Amerikaner um Anerkennung bemüht, machten die Freude zu ihrem Credo.

Jeden Morgen Punkt sieben Uhr führte mein Vater die Familie an bei lebhaften Lippenübungen. Schmollen, Stöhnen, Jammern oder alle anderen Anzeichen von schlechter Laune waren streng verboten.

Wackelt mit den Ohren! Zieht die lahmen Backen hoch, ventiliert die Nasenflügel! kommandierte er.

Mit seiner Neigung zum Philosophieren legte sich mein Vater eine Theorie zurecht.

Acht Öffnungen hat der Mensch, sagte er, acht Eingangs- und Ausgangspforten: zwei Augen, zwei Nasenlöcher, zwei Ohren, einen Mund und einen Po. (Frauen haben eine neunte Pforte – aber dazu später.)

Durch die Augen saugt der Mensch Licht und Schatten auf und scheidet mit Hilfe der notwendigen Dosis Vitamin D das Überflüssige als Tränen aus. Durch die Nasenlöcher inhaliert er Düfte und Gerüche, befriedigt und feiert so das Tier im Menschen. Durch die Ohren sammelt er bewegende Rhythmen. Durch den *Pupeck* absorbiert er die irdischen Vibrationen, übersetzt sie in Verdauungskrämpfe, die er braucht, um die Körperabfälle loszuwerden. Hunde sehen in ihm einen zweiten Mund. Und durch den Mund nimmt der Mensch nicht nur Nahrung auf, sondern vor allem Luft, das Element, in dem wir schwimmen wie die Fische im Wasser. Der Mund ist das Hauptportal des Menschen, während die Lippen gleichermaßen als Tor und Torhüter dienen. Lächeln hält sie fit und locker.

In seiner Freizeit legte mein Vater ein Kompendium spekulativer Theorien über den Nutzen des Lächelns an.

So zum Beispiel die von Rabbi Abraham Abulafia, eines spanischen Kabbalisten aus dem 13. Jahrhundert, der jedem Menschen, besonders dem melancholischen, empfahl, seinen Tag mit einer Dosis Fröhlichkeit zu beginnen. Die U-Form, oder im Hebräischen Alphabet die Form des halben Buchstabens Shin, der nach oben geöffneten Lippen dienten wie ein Löffel oder eine

Kelle, ideal geformt, um den Morgentau aufzunehmen, welcher nach Abulafias Ansicht besonders reich an Göttlichkeit ist.

Vom heiligen Augustinus, in seiner Jugend ein Hedonist und später ein Asket, erzählt man, er habe das Lächeln als eine Urform des göttlichen Planes verstanden und daher als einen Zustand, den der Mensch regelmäßig, wenn auch sparsam, anstreben sollte zur Ehre seines Schöpfers.

Auch Meister Eckhart, der deutsche Mystiker, der einmal zu den Klerikern an der Sorbonne sagte: Als ich in Paris predigte, sagte ich – und ich wage es hier zu wiederholen – dass die Männer von Paris mit all ihrer Gelehrsamkeit nicht in der Lage sind, zu begreifen, dass Gott vorhanden ist in den allerkleinsten seiner Geschöpfe, sogar in einer Fliege! schrieb in einer wenig bekannten Passage seines Klassikers *Buch der göttlichen Tröstung*, dass der lächelnde Mensch Gott ähnlich ist, weil seine nach oben gerichteten Lippen die drei Punkte der Heiligen Dreifaltigkeit umfassen.

Buddha lächelte.

Cupido lächelte.

Noch auf dem Sterbebett bestand mein Vater darauf, dass König Salomon gelächelt haben soll, als er eine Schar nackter Jungfrauen angefordert hatte, um ihn in ein seliges Koma zu kitzeln.

Als ein leicht zu beeindruckendes Kind nahm ich mir die Botschaft meines Vaters zu Herzen. Mein bewegliches Gummigesicht hielt jedes äußerliche Zeichen innerer Zwietracht unter der Haut verborgen, wo niemand es sehen konnte. Mein Lächeln war ein Meisterstück von angespannten Wangen und abgewürgten Emotionen. Anders als Mona Lisas scheue Lippen war mein jungenhaftes Strahlen unzweideutig und äußerst marktfähig.

Nach dem zufälligen Schnappschuss eines Werbefotografen am Obst- und Gemüsestand unseres örtlichen A&P Marktes wurde mein Lächeln zum Modell für Billy Boy Broccoli. Die Brokkoliproduzenten lagen im Krieg mit den Spinatbauern. Letztere benutzen Popeye, um ihre Geschäfte mit den grünen Blättern zu befördern.

Für einen kurzen Moment in der Sonne löste mein Lächeln einen ernsten Wettkampf aus und brachte mehr Brokkolisprossen als Spinat auf amerikanische Mittagstische.

Ich wurde über Nacht ein Kinderstar, erschien in der Mickey Mouse Club Show, lächelte hinauf zu einer vollbusigen Schönheit Annette Funicello.

Norman Rockwell wollte ein Porträt von mir malen.

Die Brokkolizüchter bemühten sich, wenn auch erfolglos, um eine Billy-Boy-Briefmarke.

Es war geplant, dass ich in einem holländischen Kostüm als adretter Zwerg auftrete zwischen lustigen Burghers im nächsten Werbespot von Dutch Masters Cigars: Greif zu Dutch Masters und lächle, Bruder, lächle!

Aber der Ruhm war nur von kurzer Dauer. Ein Pestizidskandal zwang die Gemüsebauern, Brokkoli aus den Regalen zu nehmen. Die Spinatproduzenten waren schnell dabei, deren schlechte Presse auszunutzen.

In der nächsten Episode attackierte Popeye Olive Oyl, weil sie ihm Brokkoli statt Spinat zum Essen servierte. Er ist vergiftet, weißt du nicht? flötete Popeye.

Dutch Masters kündigte den Vertrag. Norman Rockwell verschob das Porträt auf unbestimmte Zeit.

Die Brokkoliproduzenten waren verängstigt. Mit Bedauern müssen wir Sie informieren, dass wir wegen einer Veränderung in der Vermarktungsstrategie von Brokkoli ... Den Rest kann man sich denken. Meine Backen erholten sich nie wieder ganz. Meinem Vater brach es das Herz.

Dann kamen die Sechziger und das Lächeln erlebte eine aufrührerische Wendung, eine Abfolge von Protesten gespickt mit psychedelischer Fröhlichkeit, eingerahmt von wogenden Locken und getönten Brillen. Ich übte es im Spiegel, hab es aber nie richtig hinbekommen.

Die Miene in den Siebzigern wurde bestimmt von der Disco-Mode, feingemacht in weit geöffneten Polyesterhemden, gestreift durch Stroboskoplicht, verstärkt, reproduziert und patentiert von Andy Warhol, dessen gelangweiltes Grinsen den Markt eroberte.

In den folgenden Jahren vergaß ich, eingesperrt in mein Schmollen, wozu Lippen da waren.

Dann passierte etwas Lustiges. Auf der Fahrt nach Hause

bemerkte ich mir gegenüber einen Mann, das Gesicht verborgen, zusammengekauert hinter der Zeitung, wie er seine *Times* mit glatten Falten in immer schmalere vertikale Keile faltete, wie es auch mein Vater gern tat, mit einem grauen Filzhut von der Art, wie ihn auch mein Vater bevorzugte.

Manchmal wird einem ein Gesicht auf einem alten Foto, mit einem zur Gegenwart überhaupt nicht passenden Gesichtsausdruck, aus der Vergangenheit zugeweht und lässt sich dann auf den Schultern eines modernen Menschen nieder.

In einem plötzlichen Anfall von Nostalgie sehnte ich mich nach dem gesunden Bild eines altmodischen Lächelns aus den Fünfzigern und fühlte genau, wie der Filz und das Zeitungspapier es verbargen. Aber wie konnte ich den Mann dazu bringen, seinen Schutzschild zu senken?

Gerade quietschte der Zug durch eine Haarnadelkurve und die Kopfbedeckung neigte sich erst in und dann aus der Bahn, ergab sich der Fliehkraft, taumelte in Richtung Fußboden und rollte auf mich zu.

Ihr Hut! sagte ich und und reichte ihn hinüber.

Keine Antwort.

Ihr Hut! sagte ich bestimmt, stieß mit dem Rand gegen die weißen Fingerknöchel, die die Zeitung festhielten, welche, wie ich erst jetzt bemerkte, kopfüber umgedreht war und zitterte.

Danke, mein Freund! kam die gedämpfte Antwort, wie ein nachträglicher Einfall im Kielwasser eines wortlosen Klangstroms, mehr Echo als Gegenwart.

Er stand auf wie ein fallender Mann. Und wie ein Geheimnis,

das von sich selbst satt geworden ist, wie die alten Nachrichten von gestern, flatterte die Zeitung, fiel zu Boden und offenbarte das Fehlen eines Gesichtes. Keine Nase, keine Augen. Hautlappen dort, wo die Ohren hängen sollten und in der Mitte ein horizontaler Schlitz, aufwärts verdreht wie ein verzerrter Halbmond.

Er griff nach dem Hut und verschwand im Nu. Der Zug muss angehalten haben und wieder weitergefahren sein. Ich war nicht ganz wach.

In dem Versuch, das dumme Grinsen, welches mein Gesicht nicht verlassen wollte, loszuwerden, suchten meine Augen Zuflucht in der Sachlichkeit eines anderen Zuges, der auf dem Parallelgleis fuhr. Der Express fuhr mit der gleichen Geschwindigkeit wie mein Nahverkehrszug und kam so nah, dass ich praktisch die Hand ausstrecken und den kalten Stahl hätte berühren können.

Jeder der Züge fuhr abwechselnd mal langsamer, mal schneller, verlor und gewann wieder an Vorsprung.

Und gerade bevor sie sich trennten, schaute eine Frau aus dem Express heraus. Ich kann mich nicht an ihr Haar oder an die Farbe ihrer Augen erinnern, was sie trug oder ob sie besonders attraktiv war – nur dass ich gefesselt war von der Intensität ihres Blickes.

Hätten wir uns gegenüber gesessen in dem selben U-Bahnwagon, hätten wir sehr wahrscheinlich danach den Augenkontakt vermieden, aber die komplexe Mischung von Nähe und Distanz siegte über solche Hemmungen.

Wenn das Sehen Glauben bedeutet, dann hat man sicher die Feigenblätter über die falschen Körperteile gelegt!

Ein elektrisierendes Lächeln kam zwischen uns und erzeugte einen Ruck, der mich von meinem Sitz hochriss und mir ein unfreiwilliges Jaulen aus meiner Kehle presste, was ich nur durch das als Anstandsform getarnte Auflegen der Hand auf meinen Mund als Schluckauf tarnen konnte.

Und als es vorbei war, als die Züge auseinanderfuhren wie fauchende Katzen in der Hitze, auf die jemand einen Eimer Wasser geschüttet hat, und jeder in seine eigene dunkle Allee eilte, da sackte ich zusammen, mit rasendem Herzen, gewürgt von Emotion.

Alles das verdunstete mit der Zeit, die es brauchte, meinen Kopf wieder geradezurichten.

Während das Süße noch an meinen gekräuselten Lippen hing, sah ich mich um und fragte mich, was die Leute wohl denken würden. Aber das Lächeln ist schon lange aus der Mode gekommen.

Und außerdem – das hier ist New York, natürlich nahm keiner Notiz davon.

Lamm – eine Liebesgeschichte

Sie hieß Naomi und trug einen polierten runden Lammkotelettknochen an einer Fleischerschnur um ihrem Hals – das Geschenk eines Auslieferjungen.

Seitdem habe ich kein provozierenderes Schmuckstück gesehen als dieses. Weder Silber noch Gold oder Edelstein könnten den Körper einer Frau in gleicher Weise zieren oder sie in ein virtuelles Opfer verwandeln.

Der Knochen schaukelte, wenn sie sich bewegte, synchron zum Schwung ihrer Hüften, seine harte zylindrische Form strich und zappelte in dem Spalt zwischen den weichen Rundungen ihrer Brüste.

Und obwohl ich seine Wirkung nicht ergründen konnte – ich war elf zu diesem Zeitpunkt, und sie gute sechs Jahre älter – identifizierte ich mich in einer gewissen wortlosen Art mit diesem hohlen Knochen, poliert wie ein Stück Porzellan und auf eine Schnur aufgefädelt.

Tief gebräunt mit mehrfachen Lagen von Coppertone Sonnenschutzcreme und mit einer dicken Schicht aus langem schwarzen Haar, sah Naomi, die Tochter eines Koscher-Schlächters von gegenüber, der unsere Sommerkolonie am Strand mit Fleisch versorgte, aus wie die Ägypterin in meinem Buch, das genaue Abbild der Nefertiti, wie Nofretete bei uns genannt wird, auf dem Schwarzweißfoto der Büste, das ich aus dem Lexikon in der Stadtbibliothek herausgerissen und innen an die Tür meines Kleiderschranks geklebt hatte und der ich jedes Mal schöne Augen machte, wenn ich nach Unterwäsche suchte.

Ich schrieb ihr sogar ein Gedicht:

Die gute Nefertiti
Kam nie nach New York City
Ich war verrückt wie Pitti
Auf ihre großen Titti

Naomi hatte einen ständig verwirrten Gesichtsausdruck, die Folge eines nicht korrigierten Schielens, was ihrem Gesicht, abhängig vom Blickwinkel des Betrachters, ein heißes Wesen oder einen dummen Ausdruck verlieh.

Tatsächlich war Naomi nicht sehr klug, aber das Auge des Betrachters kann Zugeständnisse machen.

Mein älterer Bruder Rupert und ich sprachen nie über den Lammknochen-Halsschmuck oder seine Trägerin, aber ich bekam es immer mit, wenn sie mit ihrem Bikini vorbeiging auf dem Weg zum Strand durch das Klappern des Holzgeländers unserer Veranda – welches einmal sogar nachgab und Rupert kopfüber in den Sand fliegen ließ, was er zwar zerschrammt aber auf wunderbare Weise ohne Knochenbrüche überlebte – ein Faktor, der für seine spätere Konversion zum Vegetarismus eine Rolle spielte, wie ich vermute.

Es war der Sommer von Onkel Wilfreds Hochzeit mit Tante Ada, einer Frau, die Kinder hasste, weil sie keine bekommen konnte und die anderer Leute Kinder nicht ertragen konnte, weil diese ihr das eigene Schicksal unter die Nase rieben. Sie nannte uns „kleine Unfälle". Meine Mutter erfuhr erst in der letzten Minute davon, dass wir Kinder von der Hochzeit ausgeschlossen waren. Sie hatte uns nie alleine gelassen mit einem Fremden und überlegte, ob sie zu Hause bleiben sollte. Aber Wilfred war der einzige und geliebte Bruder meines Vaters und Ada hätte Krach gemacht.

Da hatte ich einen plötzlichen Einfall: Wie wäre es mit Naomi?! Die Tochter vom Fleischer!? fragte meine Mutter mit einem gereizten Blick, so als hätte man ihr vorgeschlagen, uns der Aufsicht einer Lammkeule oder einer Rinderseite anzuvertrauen. Sie ist ein hübsches Mädchen, sagte mein Vater und für einen Moment fragte ich mich, ob er von dem Knochen am Halsband wusste.

Alles wurde abgesprochen. Natürlich hat uns meine Mutter Lammkoteletts für das Abendbrot gebraten. Die heiße Abendluft in unserem gemieteten Sommerbungalow war von einem tierischen Duft erfüllt, als Naomi ankam, eng eingehüllt in Jeans und ein Rettungsschwimmer-T-Shirt, das sie von ihrem aktuellen Verehrer geerbt hatte, mit dem Lammknochen schaukelnd an ihren Brüsten.

Du kannst ihnen eine Gute-Nacht-Geschichte vorlesen, schlug meine Mutter vor und übergab ihr unseren Lieblingsband, *Von Mythen und Legenden*, ein großes rotes Buch mit dem vom vielen Benutzen zerbrochenen Rücken, ein Kompendium mit den schon etwas aufpolierten, aber trotzdem noch heroischen Taten der uralten Heidengötter.

Wie zum Beispiel Baldur der Schöne, dem es gefiel, die anderen Götter Pfeile auf ihn schießen zu lassen, nur so zum Spaß und Loki, der listige Schwindler, der die eine Wurzel fand, die ihn töten könnte und daraus einen Pfeil machte. Auf jeden Fall spannender als die Zehn Gebote.

Als unsere Eltern gegangen waren, befragte Rupert Naomi, die er immer noch für seinen Sturz verantwortlich machte, gemeinerweise: Wer ist die nordische Göttin der Fruchtbarkeit?

Sie bestätigte ihre Ahnungslosigkeit mit einem reizvollen schräg schielenden Silberblick.

Es ist Freya, Dummkopf! sagte er.

Woher soll sie das wissen? sprang ich ihr zur Verteidigung bei.

Sie würde es wissen, wenn sie jemals ein Buch aufgeschlagen hätte! feixte Rupert höhnisch.

Naomi war zu sehr beschäftigt mit dem Feilen und Lackieren ihrer Fingernägel, um die Kränkung zu registrieren.

– Wo ist der Fernseher?

– Wir haben keinen.

– Oh Gooott! gähnte sie.

Wie wäre es mit einer Bettgeschichte! forderte Rupert.

– Tut mir leid, ich habe meine Brille zu Hause gelassen.

Ich habe eine bessere Idee, sagte ich, Spielen wir Dame! Wenn du gewinnst, gehen wir schlafen ohne Geschichte.

Naomi hob selbstsicher den Kopf.

Das ist Glücksspiel! lehnte Rupert ab. Du weißt, dass uns das nicht erlaubt ist!

Wenn ich gewinne, sagte ich unter Missachtung von Ruperts

Appell an das Gewissen, dann verlierst du deinen Lammknochen-Halsschmuck.

Naomi fixierte mich mit einem schielend prüfenden Blick, wahrscheinlich kam sie dabei einer gutgläubigen Überlegung so nah wie nie zuvor. – Abgemacht!

Ich hatte regelmäßig ihren Bruder beim Damespiel besiegt und rechnete mit dem familiären Intelligenzquotienten, um mir meines Sieges sicher zu sein. Und obwohl wir, wie ich erwähnte, nie Naomi oder ihren Halsschmuck diskutiert hatten, warf Rupert mir einen konspirativen Blick zu.

Das Spiel lief wie geplant. Ich attackierte mit Schwarz. Sie verteidigte mit Rot. Unsere Truppen trafen aufeinander. Raffiniert ließ ich sie einen meiner Vorreiter schlagen und dann noch einen, tat so, als wäre ich überrascht – Verdammt! spielte mit ihrer Zuversicht, du bist zu gut für mich, Naomi! – bevor ich plötzlich von der linken Flanke zuschlug, die dummerweise unbewachten roten Damen übernahm und in ihrer Ausgangszone landete, verstärkte meine Truppen mit den unbezwingbaren Doppelsteinen, jetzt fertig zur Attacke von hinten.

Die arme Naomi wusste nicht, wie ihr geschah.

Sie nahm ihre Niederlage hin und hob ihr Haar hoch, damit ich die Schnur in ihrem Nacken aufknoten konnte. Ich atmete den Duft von Lamm gekreuzt mit Coppertone Sonnenschutzcreme ein – ein Duft, wie ihn kein französischer Parfümeur je zusammengebraut hätte – wurde fast ohnmächtig, fummelte weiter an dem Knochen herum und ließ ihn dabei auf den Boden fallen, wo er zerbrach.

Naomi zuckte mit den Schultern: Larry hat mir ein Haifischzahn-Halsband versprochen!

Ich bewahrte die Knochensplitter auf, versteckt zwischen meine BVD-Unterhosen und Nefertiti, bis meine Mutter sie fand und wegwarf.

Wenn ich mitten in der Nacht aufstehe um zu pinkeln, rieche ich den Duft von gegrillten Lammkoteletts, die es zum Abendessen gab, von meinen Nieren heraustropfen.

Das Toilettenbecken riecht nach verflüssigtem Lammfleisch. Der Geruch, an sich weder abstoßend noch angenehm, teils Salbe, teils Öl, teils Aphrodisiakum, lässt meine Knie weich werden. Es gab eine Zeit in meiner Kindheit, da aß ich nichts anderes als kaltes Lammfleisch zum Mittagessen und dasselbe angebraten, am Knochen klebend, zum Abendessen.

Sollen andere Leute Schäfchen zählen, ich lulle mich in den Schlaf mit Hilfe von Lammfleisch-Erinnerungen.

Schmutz

Es gibt keinen absoluten Schmutz an sich,
er existiert im Auge des Betrachters.

- Mary Douglas

Schmutz ist des Teufels Werk! Das erklärte uns Miss McBride mit einer Stimme so schrill wie die Kreide auf der Wandtafel und mit einer erschreckenden Wut, was Robert Long dazu brachte, sich in die Hose zu machen am ersten Schultag in der zweiten Klasse.

Ich werde euch Sauberkeit beibringen von dort, wo ihr schnaubt bis dort, wo ihr sitzt. Mit Gottes Hilfe, das ist mein persönlicher Kreuzzug! erkärte sie und zwang Robert in seiner Bescherung sitzen zu bleiben bis zur Mittagspause. Der Rest von uns ekelte sich und hielt jede Öffnung dicht.

Der Morgen begann mit der Taschentuchparade. Wir holten die ordentlich zusammengefalteten weißen Tücher aus unseren Hosentaschen – karierte Muster waren nicht erlaubt, sie mussten makellos weiß sein – und schwenkten sie, während wir durch das Klassenzimmer marschierten zu der erhebenden Schnulze von „America the Beautiful" von einer 78 Umdrehung-Schallplatte.

Der Himmel soll dem helfen, der ohne zur Schule kommt! warnte sie.

Die Mädchen kamen mit einer Rüge davon.

– Ich bin enttäuscht, ein sauberes Mädchen wie du! Denk das nächste Mal daran, Eileen!

– Ja, Miss McBride.

Aber zu den Jungen war sie hart. Keine Ausrede galt.

Der kleine Delinquent musste sitzen mit der Schande eines hellroten Teufelskopfes angepinnt an seinen Rücken, gestraft mit der Verachtung von Miss McBride und ihren Schlägen mit dem Taschentuch im Vorbeigehen auf den gesenkten Kopf.

Mein bester Freund Harlan Lipkin hatte immer Ärger.

Seine Nase lief nonstop wie ein aktiver Vulkan, der alte Rotz getrocknet zu einer Kruste, über die sich eine neue Lage ergoss, Schicht für Schicht in endlosen Eruptionen, so dass der Überlauf sich in der Furche seiner Oberlippe ansammelte, wo er ihn an der Oberfläche festtrocknen ließ wie das Gelbe vom Ei, bis er das ganze Gemenge mit seinem Hemdsärmel wegwischte.

Harlan, meinte meine Mutter und schüttelte den Kopf, sei das Produkt eines zerbrochenen Elternhauses, aber ich habe nie Sprünge gesehen.

Er hatte zwei Mal so viele Spielzeuge wie alle anderen Kinder, die ich kannte, verstreut überall in seinem Zimmer.

Seine Mutter war nicht der Typ Hausfrau. Mit langen Fingernägeln und gebleichtem blonden Haar, hing ihr ständig eine Zigarette mit einer ein-Viertel-inch-langen Asche an der Lippe, mit der sie sich dann die nächste anzündete, bevor sie die erste ausdrückte in der Erbsenschale eines dreckigen Aluminiumtellers des Truthahn-Fertigessens von Swanson TV Dinner. Und sie kümmerte sich nicht im Geringsten um Taschentücher.

Schäme dich, Harlan! meckerte Miss McBride jeden Tag aufs Neue mit ihm.

Und Tag für Tag versuchte Harlan vergeblich, die Flut in der Kerbe seiner Oberlippe einzudämmen.

Wisch dir den rotzigen Dreck weg aus deinem Gesicht! kommandierte sie.

Was er auch mit einem Lächeln tat, indem er freizügig von seinem Hemdsärmel Gebrauch machte.

– Dann bleib du sitzen in deinem Schleim und Dreck, der Rest von uns – wir wollen die Sauberkeit feiern.

Und wir, die Sauberen, marschierten und schwenkten unsere weißen Flaggen der Reinheit. Miss McBride schwang den Zeigestock mit der Gummispitze wie einen Tambourmajorstab.

Die Mädchen spotteten: Schmutzig! jedes Mal, wenn sie an Harlan vorbeikamen. Und die Jungen, besonders die einstigen Übeltäter, knüpften Knoten in die Ecken ihrer Taschentücher, damit sie extra hart trafen, wenn sie ihn damit schlugen.

Eines Morgens begrüßte uns die üblicherweise streng dreinblickende Miss McBride mit einem breiten Lächeln, was eine gewaltige Anstrengung für ihre Wangenmuskeln und ihre Haarnadeln, die ihr rotes Haar zu einem festen Knoten zusammenhielten, bedeutet haben muss.

Die Mundwinkel mit ihren dünnen Lippen zuckten.

Bevor wir heute beginnen, Kinder, sagte sie, habe ich eine Mitteilung zu machen. Ich werde am Sonntag heiraten. Sidney arbeitet bei der Hygieneinspektion, ergänzte sie voller Stolz. Um diesen glücklichen Anlass zu feiern, haben wir Milch und Gebäck gekauft … für die Sauberen.

Sie hielt eine braune Papiertüte hoch und zog mein Lieblingsgebäck heraus: ein Lebkuchen in der Form eines Davy Crockett, inspiriert durch die wöchentliche TV-Serie, mit Zimtpulver auf der Waschbärpelzmütze und seinem von braunem Zuckerguss ummantelten erhobenen Lauf der alten Betsy, seines Gewehrs – der Anblick ließ mir das Wasser im Mund zusammenlaufen.

– Aber das Wichtigste zuerst, es ist Zeit für die Taschentuchparade.

Hier, Harlan, flüsterte ich und schob ihm mein Taschentuch hinüber, ich habe eins übrig. Wir waren beide Fans von Davy Crockett.

Nun ja, mein Taschentuch war eine Fälschung. Mit der weißen Yarmulka, die ich in der Gesäßtasche stecken hatte für den Hebräischunterricht jeden Nachmittag, außer Freitag, aufgespannt zwischen Daumen und Zeigefinger, dachte ich mir, Gott würde nichts dagegen haben, dass ich einem Freund aushelfe.

Alle starrten und Miss McBride bekreuzigte sich, als Harlan eine weiße Flagge schwenkte. Ich hätte nie gedacht, dass ich das noch erlebe! sagte sie. Hoch die Taschentücher! siegreich strahlend wie Betsy Ross, die Flaggendame auf unserem Lesebuch.

Die Schallplatte lief schon und wir marschierten für die Süßigkeit und waren schon fast am rührseligen Finale angekommen: ... Und kröne deine Güte mit Brüderlichkeit, vom Meer zum strahlenden Meer, da konnte ich es schon fast schmecken – Davys Gewehrlauf, eingetunkt in Milch, als Robert Long, der sich nie von der Demütigung des ersten Schultages erholt hatte und es uns allen heimzahlen wollte, den Trick durchschaute. Was ist das für ein Taschentuch? schrie er, Das kann man ja nicht auffalten!

Das Lächeln noch eingefroren in ihrem Gesicht, hielt Miss McBride die Musik an und schnappte mit der weißen Spitze des Zeigestocks das Schummeltuch aus meiner zitternden Faust und erkannte seine wahre Identität als die Kopfbedeckung für das Haus des Herren.

– Du hinterlistiger kleiner Gotteslästerer!

Zitternd am ganzen Körper verlor ich die Kontrolle über meine Blase. Ein heißer Strom lief meine Beine herunter, aber niemand bemerkte es.

Alle Augen waren auf Miss McBride gerichtet, deren Lächeln in der Mitte gespalten war, so dass es aussah, als hätte sie zwei Gesichter, die in der Mitte zusammengeklebt waren.

Während die rechte Seite fest an der Seligkeit festhielt, das rechte Auge durch eine zuckende Muskelwand gehalten wurde, versank das linke in der Augenhöhle, ertrank in einem Tränenpool, der die Traurigkeit über die Wange spülte, die darunter in einer Hautlawine zusammenfiel.

Sie brauchte eine Weile, um aus unseren Gesichtern zu erkennen, dass irgendetwas nicht stimmte. Sie riss ihre Handtasche auf und holte einen Spiegel heraus, der ihr ihren gespaltenen Zustand bestätigte.

Ihr Gesicht war im Krieg mit sich selbst. Da waren zwei Miss McBrides und die schwächere verlor schnell an Boden. Sie strengte alle Gesichtsmuskeln an, wie Davy Crockett und die Helden von Alamo, das verzweifelte Lächeln verbrauchte die letzten Reserven ihres schwindenden Widerstandes und die Haarnadeln verrutschten durch ihre taumelnden roten Haare, die gnädig ihr gestörtes Aussehen verdeckten.

Das Lächeln erlosch, die Kräfte der Traurigkeit hatten den Tag gewonnen, Tränen liefen hinunter zu ihrer steifen Nasenspitze und dem Rand ihrer zitternden Oberlippe. S... Sidney wird mich so nicht mehr nehmen! stammelte sie schluchzend mit der noch funktionierenden Hälfte ihres Mundes. Eine Ersatzlehrerin mit einem Schnupfen begrüßte uns am nächsten Tag.

Es war eine ganz neue Ära.

Miss Dworkin trug keinen BH – man konnte praktisch alles sehen, wenn sie sich herunterbeugte – Harlans Mutter heiratete wieder und sie zogen nach Mamaroneck, und Kleenex machte Reklame für die Papiertaschentücher.

Viele Jahr später, als ich in der Bibliothek in *The Davy Crockett Almanac* blätterte, erfuhr ich, dass Davy eine Halskette mit den Augen von Indianern trug, die er getötet hatte und mir verging der Appetit auf Lebkuchen.

Stadtbild

Das Leben windet sich wie eine Schlange durch Hochhauswald und Zementwiese. Es blüht nur noch der Stacheldrahtbusch, endlich haben wir die Natur erobert.

Ich laufe an einer jungen Mutter mit Kinderwagen vorbei. Man sieht nicht mehr viele Kinder, sage ich zu ihr so im Vorübergehen, von schwangeren Frauen gar zu schweigen, denke ich still dazu. Ich beuge mich vor, um das Baby zu bewundern. Da sehe ich eine plumpe, rosige Plastikpuppe im Wagen liegen. Die Mutter zieht an einem hautfarbigen Ring, der als Nabel dienen soll. Der Ring ist an einem dünnen, fast unsichtbaren Faden befestigt. Realistisch wackelt die Puppe unzufrieden hin und her und fängt gleich an zu weinen. Dann zieht die Mutter noch einmal an dem Ring. Da lächelt mich die Puppe voller Freude noch einmal an, dreht ihr lockiges, blondes Köpfchen zu mir und flüstert: Ich bin die Lise ... liebst du mich nicht? ... Ich liebe dich.

Sowas Süßes! erklärt die stolze Mutter.

Reizend! erwidere ich.

Und wie praktisch! betont die junge Frau, weint nur dann, wenn ich dazu Lust habe.

Liebst du mich nicht? ... Ich liebe dich ... wiederholt die künstliche Kleine immer wieder.

Aber jetzt ist endlich mal genug! verkündet plötzlich die Mutter, und zieht noch einmal an dem Ring, worauf die Puppe sich gähnend umdreht und sofort einschläft.

Der Vogelmann

Herr Lang lebt allein. Nicht wirklich allein, sondern nur ohne menschliche Beziehungen. Er liebt Vögel und nennt sie seine Kinder. Sein Haus ist voll fliegender Kinder. Tag und Nacht ist ein fröhliches Zwitschern zu hören.

Und die Kinder lieben ihren Onkel Lang. Er legt Brotkrumen und Grassamen auf seinen kahlen gewachsten Glatzkopf, und sie fliegen hinunter, landen und versuchen stillstehend zu essen, wobei ihre kleinen Krallen wie auf einem Tanzboden hin- und herrutschen und dünne, rote Striche zeichnen – Bluthaare, nennt sie Herr Lang.

Und abends wenn es Zeit ist, schlafen zu gehen, setzt Herr Lang zwei kleine Vögel in einen kleinen Käfig. Er nimmt sie mit sich in die Küche. Da zirpen sie fröhlich weiter, bis sie plötzlich ein panisches Kreischen von sich geben.

Ruhe Kinder! brüllt Herr Lang.

Er öffnet schnell das Käfigtor, steckt seine Hand hinein und packt sie einen nach dem anderen und schmeißt sie in den modernen Backofen mit der großen Glastür hinein. Er drückt auf einen Knopf und das Backofenlicht geht an. Die Vögel fliegen wild herum.

Keine Angst, Kinder! flüstert er und klopft ganz leise mit seinen Fingern an das Glas. Mit der anderen Hand dreht er den Gashebel auf. Er stellt sich einen Stuhl vor den Ofen. Mit steigender Erregung schaut er zu.

Sitzend schläft er endlich ein und träumt von Wald und

Wiesen, von Birkenau, wo er als junger Techniker tätig war. Im Traum fliegen Kinder zum Himmel hinauf. Sie lächeln und winken ihm zu.

Cry, Iced Killers!

Es war der Sonntag vor Ostern und alle waren schon in Feiertagsstimmung. Bei Murray, dem ehemaligen Mann vom Good-Humor-Eishandel, der spurlos verschwunden war, konnte man immer mit einem Eis am Stiel auf Kredit rechnen, nicht so bei Seymour, seinem hartherzigen Ersatz. Als Brian und seine Kumpels uns beim Softball schlugen und das Feld beherrschten, schluckten wir mannhaft die Schande der Niederlage. Aber als sie unser Eisgeld forderten, hielten wir dagegen: Nein, auf keinen Fall!

Fäuste flogen, Stöcke wurden geschwungen, sie jagten uns aus dem Park über den Boulevard in den Gegenverkehr und schrien obskur: Cry, Iced Killers! weil wir Christus gekillt haben sollen.

Ich rannte nach Hause, ganz durcheinander.

Um Gottes Willen! rief meine Mutter, die ihre eigene Geschichte mit dem Fortrennen hatte, und hob die Hände.

Polnische, irische, italienische oder jüdische Kinder, wir alle hatten Eltern mit peinlichen Akzenten, die ihr Englisch mit lustigen Phrasen aufpeppten.

Was … ist … los … mit … ihnen und uns? quetschte ich die Worte in die Lücken zwischen den Schluchzern.

– Sie geben uns die Schuld an seinem Tod! sagte sie. Für sie ist er ein ganz wichtiger Mann, für uns nur ein anderer jüdischer Meschuggener, aber egal, was er war, die Römer waren es, nicht wir, Gott sei Dank!

Ich nickte, als hätte ich es verstanden, aber ernsthaft, ich konnte nicht verstehen, was irgendjemand gegen Murray haben könnte.

– Römer sind Italiener, stimmt's, Mom?

Das stimmt, sagte sie und wandte sich wieder dem Bügeln zu.

Wie die Larussos? fragte ich.

Wie die Larussos, nette Leute, nickte sie und presste das Bügeleisen fest auf den Kragen eines der weißen Hemden meines Vaters. – Bleib lieber weg vom Park und spiel hier hinten, bis die Sache sich beruhigt hat!

Okay, Mom! sagte ich und dann malte ich mir einen Mord im Mafiastil aus mit dem armen Murray schwimmend mit dem Gesicht nach oben, mit seinem Fahrrad und all dem Röstmandel-Eis, das ich hätte essen können, mein Lieblingsgeschmack, jetzt verschwendet für die Fische in der Jamaica Bay.

Also ging ich in den Jungle, so nannten wir den hässlichen Baum neben der Garage und kletterte hinauf. Es war kein richtiger Baum, eher ein Unkraut, das nicht aufhören wollte zu wachsen, mit einem Rankengewirr wie das, an dem Tarzan in der TV-Serie schwang.

Dort ging ich immer hin, um über Dinge nachzudenken, wie Pinocchios Nase und das andere Teil, das größer wird, wenn man es reibt, und über das Rätsel von Murrays Verschwinden.

Meine Mutter sagte, er sei nach Florida umgezogen, wie Oma und Dr. Gold. – Wie kommt es, dass keiner von ihnen jemals anruft?

Ferngespräche sind sehr teuer, erklärte meine Mutter.

Dann kam Brians Vater vorbei, Sergeant Boyle, der schleppte einen Abfalleimer mit einem großen Berg von Flaschen. Er wohnte nebenan, über den Larussos, mit seiner verkrüppelten Frau und einem nichtsnutzigen Sohn. Die Flasche war sein Ruin, hörte ich einmal meinen Vater flüstern. Nach der Entlassung von der Polizei arbeitete Sergeant Boyle als Nachtwächter beim A&P Supermarkt, aber jeder nannte ihn immer noch Sergeant.

Was ist los, Killer-Champion? er rieb sich seine rote Nase und zwinkerte, die Fäuste geballt wie ein Profiboxer.

Ich war es nicht! schrie ich, beeindruckt von seinen polizeilichen Fähigkeiten.

Du kannst die Wahrheit nicht leugnen, winkte er mit dem krummen Zeigefinger, weil es so klar ist wie das Blaue in deinen Augen, du bist nicht aus dem gleichen Stoff geschnitten!

Ich starrte auf das zerkratzte Schienbein, das aus einem Riss im linken Hosenbein meiner Levis herausguckte und fragte mich, was er wohl enthüllte.

Kannst du ein Geheimnis behalten? zwinkerte Sergeant Boyle, Schwöre es bei deiner Seele?!

Ich schluckte hart und nickte, obwohl mir meine Mutter immer wieder gesagt hatte, dass wir das nicht machen.

Sag mir, hast du jemals einen kleinen jüdischen Jungen mit blauen Augen gesehen? rieb er sich seine Nase und zwinkerte. Guck dir deine angebliche Familie an, dunkle Augen wie die vom Teufel! Und dann sieh dir deine Augen an, blau wie der Himmel da oben! Warum die Sommersprossen auf deiner Stirn? Die sind ein klares Zeichen, Junge. Da fließt mehr als ein

Tropfen hibernisches Blut durch deine Venen, oder mein Name ist nicht Boyle!

Ich wusste, Leute haben verschiedene Arten von Blut, aber von hibernischem Blut hatte ich noch nie gehört.

– Ist das eine gute Art?

Beim Blut vom Saint Patrick, schwor er, rechte Hand auf seinem Herzen, wo er nach seinem Sheriffstern fühlte, das ist das beste!

Und in dem Moment schaute meine Mutter, die eine eingebaute Antenne für Ärger besaß, obwohl sie sich meistens erst spät einschaltete, aus dem hinteren Fenster.

Guten Tag, Mrs. Lieberman! Sergeant Boyle nahm Haltung an.

Halt's Maul zu unserem kleinen Geheimnis, Junge! zwinkerte er mir zu.

Wie geht es Mrs. Boyle? fragte meine Mutter mit ihrem nachbarlichen Lächeln.

Eine Heilige, Gott liebt sie! stöhnte er.

Niemand hat Mrs. Boyle in den letzten Jahren zu sehen bekommen und einige Kinder im Block verdächtigten ihn, er habe sie totgehackt und ihre Körperteile einzeln zum Müll getragen, nachdem ein zerrissener Schuh einer alten Frau herausgefallen war aus dem Haufen von Flaschen.

– Und Brian?

Jungs sind Jungs, zuckte er mit den Schultern, aber Ihr Henry, das ist ein pfiffiger Kerl! wechselte der Sergeant klug das Thema.

Na, ich muss wohl meine Aufgaben erledigen! Schönen Tag,

Mrs. Lieberman, grüßen Sie den Chef! Und er setzte an, mit der Hand seine Mütze zu berühren, bevor er bemerkte, dass er gar keine trug, zuckte die Achseln, wankte davon und zog den vollen Mülleimer hinter sich her.

Meine Mutter machte sich Sorgen um mich. Sie brachte mich zu Dr. Platzl, aber der konnte keine körperliche Ursache für meine Verwirrung finden. Wie könnte ich ihr von meinem hibernischen Blut erzählen, dass wir nicht aus demselben Stoff geschnitten sind, und dass meine blauen Augen und die Sommersprossen das ganze Zeug ausgelöscht haben, was sie uns in der Hebrew School in unsere Gehirne eingetrichtert haben von Moses und dem brennenden Dornbusch und den Wasserproblemen im Roten Meer?

Zurück auf meinem Baum am Ostersonntag, sah ich Brian, in Sonntagsklamotten, auf dem Weg zurück von der Kirche.

– Nimmst du es mir noch übel, Henry?

– Vergiss es!

– Prima! Er war besorgt wegen der Prügel, die er bekommen würde, wenn sein Vater etwas herausfinden würde, was mir wiederum ein kleines Druckmittel verschaffte.

Pass auf, Brian, sagte ich, ich gebe dir eine Mickey Mantle Sammelkarte, wenn du mich in die Kirche mitnimmst, ich muss etwas beichten.

Bist du verrückt!? protestierte er, obwohl ich sehen konnte, dass er die Versuchung spürte. Was ist, wenn sie rauskriegen, dass du schummelst?

Gut, sagte ich, ich lege einen Roger Maris drauf!

Abgemacht! sabberte er.

Es war kein Problem, in die Kirche Our Lady of Fatima zu gelangen, als alle anderen hinausgingen. Brian bekreuzigte sich und ich tat das Gleiche.

Mit der rechten Hand, du Trottel! korrigierte er meine Technik. Wenn du jetzt in den Beichtstuhl gehst, sagte er und ergriff die Mickey Mantle Karte, die ich ihm als Anzahlung übergeben hatte, kniest du dich hin und murmelst, je schneller desto besser: Segne mich, Father, denn ich habe gesündigt. Meine letzte Beichte war vor einer Woche, aber sag bloß die Wahrheit, warnte Brian und nickte zu dem Bild eines traurig dreinschauenden Mannes an der Wand mit den ausgestreckten Armen, denn Seine Augen brennen dir ein Loch in die Brust und reißen dir dein Herz raus, wenn du lügst. Ich warte draußen. Okay?

– Wie sieht es drinnen aus?

– Wie eine Telefonzelle für Ferngespräche, nur kleiner, erklärte er, wie eines von den Spiel-Holzhäuschen im Spielzeugladen von F.A.O. Schwarz, in die du hineinkriechst und dann hinausgeschmissen wirst.

Eine alte Frau kniete im Gebet vor dem Bild des traurig dreinschauenden Mannes an der Wand mit den ausgestreckten Armen, drehte sich zu uns um und schenkte uns einen hässlichen Blick. Brian haute ab.

Ich schlüpfte in einen Beichtstuhl und kauerte mich in eine Ecke, unsicher, was ich als nächstes tun sollte, als sich eine hölzerne Scheibe aufschob und ein Husten von der anderen Seite kam. Es war, wie wenn ich in den hohlen Stamm eines sprechenden

Baumes gekrochen wäre. Ich wartete, mein Herz raste, dass der Baum die Konversation beginnen würde.

Er kennt schon die Wahrheit! sagte eine Stimme nach einer Weile.

Ich spuckte die Worte aus, die Brian mir beigebracht hatte: Segne mich, Father, denn ich habe gesündigt. Meine letzte Beichte war vor einer Woche.

– Erleichtere dein Herz, Junge!

– Meine Eltern wissen nicht.

– Was wissen sie nicht?

– Es ist mein hibernisches Blut, wissen Sie? Wir sind nicht aus demselben Stoff geschnitten.

– Tatsächlich.

– Ich möchte ihre Gefühle nicht verletzen.

– Natürlich … Reibst du ihn?

Manchmal, sagte ich, und steckte einen Finger durch den immer größer werdenden Riss im linken Hosenbein meiner Levis, und wunderte mich, wie er das herausgefunden hatte.

– Er ist wund.

– Wie oft reibst du ihn?

– Ich weiß nicht.

– Es ist eine Sünde!

Gut, sagte ich, ich werde meine Mutter bitten, es zuzunähen. Schweigen.

– Gibt es noch etwas?

Da gibt es noch eine Sache, sagte ich, ich weiß, wer es tat!

– Wer tat was?

– Ich weiß, wer den Good-Humor-Man zu Eis gemacht hat.

Schweigen.

Ich schwöre, ich war es nicht, es waren die Larussos, sagte ich, aber vielleicht war es Notwehr, die sind keine Killertypen! Ah-hem! Ah-hem! kam ein Husten und ein langes Räuspern.

Dann plötzlich dämmerte es bei mir.

So weit ich wusste, war der Beichtvater selbst ein Römer, gehörte zum Mob und ich wollte bestimmt nicht länger warten, um meinen Verdacht bestätigt zu finden. Ich rannte keuchend aus dem Beichtstuhl, vorbei an der alten Dame, die im Gebet kniete, vorbei an dem Bild des traurig dreinschauenden Mannes an der Wand mit den ausgestreckten Armen und heraus aus den Türen von Our Lady of Fatima.

Brian rannte die ganze Zeit hinter mir her bis nach Hause.

Wo ist mein Roger Maris?! forderte er.

Lass uns knobeln, doppelt oder nichts, sagte ich und wedelte mit der versprochenen Karte vor seinem Gesicht herum.

Wir machten das Spiel und ich gewann beide Karten.

Du hast mich ausgejudet! fauchte Brian.

Nächstes Mal hast du mehr Glück, zuckte ich mit den Schultern.

Da erschien Mister Softee auf dem Plan, die Konkurrenz von Good Humor, ein Truck voller Süßigkeiten, vom Himmel geschickt.

Das geht auf meine Rechnung! sagte ich und erklärte den Waffenstillstand.

Die bimmelnde Fahrradklingel von Good Humor und die Konservenmusik von Mister Softee stritten eine Weile, wie die Rufe von zwei verschiedenen Religionen. Aber es war kein Wettbewerb.

Röstmandel-Eis war out, Mister Softee war in. Wir alle rannten zu dem Truck, gierig nach der Leckerei.

Der Fahrer sah italienisch aus. Vielleicht hatte Seymour einfach aufgegeben. Das wäre ihm recht geschehen, dem hartherzigen Bastard. Oder, überlegte ich, jemand hatte ihm den Tip gegeben, sich vor den Larussos zu hüten.

Der Milchmann kommt nicht mehr

Der Milchmann kommt nicht mehr. Darüber regen sich die Hausfrauen auf, da sie jetzt selbst die schweren Flaschen schleppen müssen. Es spricht sich bei uns die folgende Geschichte herum.

Herr Hahn, unser ehemaliger Milchmann, war Junggeselle und lebte noch immer mit seiner alten Mutter im selben Hause, in dem er geboren und aufgewachsen war. Schon sein Vater war Milchmann, und nachdem der alte Hahn unsere Welt verließ, hat der junge Hahn das Geschäft seines Vaters übernommen und weitergeführt.

Früh am Morgen, noch lange bevor die Sonne ihre roten Wangen zeigte, konnte man, wenn man zufällig aus tiefem Schlaf erwachte, draußen Schritte hören, das leichte Klingen von Glas auf Glas und das Brummen eines Lastwagenmotors, doch dachte man nie an Diebe. Es ist nur der Hahn, sagte man sich, drehte sich um und schlief sofort wieder ein. Und zum Frühstück goss man sich das kalte frische Getränk ein, und Kinder und Erwachsene schleckten es wie gierige Katzen auf. Unsere Gegend ist nämlich für Milch und Milchprodukte weltbekannt.

Persönlich kannte niemand den Milchmann. Ja, man sah ihn ab und zu mal in der Stadt, seine lange, magere Gestalt immer weiß gekleidet. Er nickte, aber blieb stumm. Er war bei uns als Einsiedler bekannt. Privatleben ist nun mal Privatleben, und solange man sich ordentlich und ordnungsgemäß benimmt, wird nicht weiter gefragt.

Eines Wintermorgens fand man draußen keine Milch. Man fragte bei den Nachbarn an, auch sie hatten keine Milch bekommen. Und am nächsten Morgen gab es wieder keine Milch. So ging eine lange milchlose Woche vorüber, bis uns eine Katze auf die Spur führte.

Frau Gottesmann, Vorsitzende unseres Tierschutzvereins, entdeckte eine kleine magere Katze, die an der Hintertür eines Hauses kratzte und weinte.

Armes Kätzchen! dachte sie sich und klopfte energisch an die Tür. Ein Kind weint! jammerte die ehrwürdige Frau. Nachdem aber ihr Klopfen und Predigen nichts bewirkte, öffnete sie selbst die Tür, die nicht zugeriegelt war. Die Katze lief hinein und die fromme Frau folgte, um ein paar ernste Worte mit den Eltern dieses armen verlassenen Kindes zu wechseln. Tief erschüttert berichtete sie später:

Ich sah leere und halbleere Milchflaschen überall herumliegen. Und in einer Ecke der finsteren Küche, in einer Wanne voll mit Milch, saß Herr Hahn. Er schüttete sich Milch über den Kopf, gurgelte damit und lachte laut auf, sodass ich vor Angst zu zittern begann.

Guten Morgen, Frau Gottesmann! sagte er schlicht.

Um Gottes Willen, Herr Hahn! erwiderte ich und wollte laufen, ich war aber vor Schreck gelähmt.

Als ob alles in Ordnung wäre, sprach er dann ganz ruhig : Ein Glas Milch, Frau Gottesmann? nahm ein Glas vom Regal, tauchte es in die Milch und holte ein Glas voll heraus.

Meine Mutter ist heute gestorben, erklärte er ohne Trauer.

Und er lachte plötzlich, stieg splitternackt aus der Wanne heraus und tanzte in dem finsterem Raum herum. Milch tropfte von Haaren und Händen. Die Katze schleckte die Tropfen vom Boden auf.

Gebrochen

Unter den gelegentlichen Besuchern in meiner Kindheit gab es einen gewissen Dr. Lustig (der Sohn eines gewissen Onkels Karl, letzterer war verstorben), der unangekündigt hereinkam auf einen Kaffee, wann immer er in der Nachbarschaft war. Dr. Lustig war kein richtiger medizinischer Doktor, eher ein Osteopath, ein „Knochenbieger", wie er sich gern mit einem halb verdrehten Grinsen aus der rechten Ecke seines Mundes strahlend nannte, was aber niemand außer ihm lustig fand.

Und sein verstorbener Vater, Onkel Karl, war auch nicht unser richtiger Onkel, sondern der zweite Mann der Stiefmutter meines Vaters, Regina, einer Frau mit Elefantenarmen und einem vulkanischen Lachen und deren Bratäpfel ich eklig fand – keiner von ihnen hat in meinem Buch einen Anspruch auf meine Zuneigung.

Hinzu kommt, dass, trotz der Bedeutung seines deutschen Namens ihm eine Traurigkeit anhing, die ihn umgab wie eine Wolke.

Er wohnte in einem dreistöckigen Haus von uns aus gesehen auf der andern Seite des Boulevards in Jackson Heights, Queens, mit seiner Frau Rose und ihrem Sohn Richie, nur verbrachte er nicht viel Zeit dort.

Roses Vater, so hörte ich meine Eltern flüstern, habe das Studium von Dr. Lustig bezahlt. Anspielungen gab es auch auf eine gewisse Schwester Tillie, die eigentlich keine richtige Krankenschwester war, aber Dr. Lustig in seiner Praxis in der Bronx half.

Dr. Lustig erklärte seine langen Abwesenheiten mit der Arbeitsbelastung. Die ganze Bronx, erklärte er, indem er seine Lippen prahlerisch nach links verzog, bringt ihre verbogenen und gebrochenen Knochen zu mir. Ich kann sie doch nicht gut im Stich lassen, nicht wahr?

Ich war nie in der Bronx gewesen und stellte sie mir vor als ein Stadtviertel mit kaputten, zerbrochenen Häusern, kaputten Straßen und humpelnden Menschen. Ich stellte mir seine Praxis vor voll mit Krüppeln, Buckligen, Polioopfern, Amputierten und ähnlichen, die von Schwester Tillie festgehalten, sich auf dem Untersuchungstisch krümmten, während Dr. Lustig sie zurechtbog.

Jedes Mal, wenn er vorbeikam, hatte Dr. Lustig die furchtbare Angewohnheit, uns Kinder bei der Tür auf den Kopf zu stellen als eine Art Begrüßung und uns so lange festzuhalten, bis wir bettelten, wieder aufrecht stehen zu dürfen. Groß, von kräftiger Statur und völlig kahl, bevor das durch Yul Brynner und Telly Savalas modern wurde, trug er einen bleistiftdünnen Schnurrbart à la Clark Gable, was aus meiner Kopfüber-Perspektive aussah wie eine irgendwie irrtümlich nach oben verrutschte dritte Augenbraue auf dem Kopf einer Playmobilfigur.

Sei vorsichtig, warnte meine Mutter, Kinder sind zerbrechlich!

Keine Sorge, kicherte er, ich kann sie wieder zusammensetzen!

Als geborene Wienerin brachte meine Mutter ihn zur Vernunft mit einer Tasse starken Kaffees, ihrem Allheilmittel für alle Arten von Notlagen, aber ich hatte meine Zweifel und zitterte jedes Mal, wenn es an der Tür klingelte, aus Furcht, es könnte er sein, und befürchtete, dass er, obwohl ich es damals noch nicht in Worte fassen konnte, kam, um die Freude aus unserer Mitte zu vertreiben.

Alles an Dr. Lustig sah aus wie gebrochen: sein zerknitterter Anzug, mit dem unregelmäßigen Faltenmuster nach außen strahlend vom Hosenboden und dem Saum des Jacketts, seine Brille (wie ich später lernte, waren es Bifokalgläser, ich hatte so etwas noch nie gesehen und für mich sahen sie aus wie zerbrochen), seine Stirn und die Brauen mit tiefen Falten wie Lawrence Welks Akkordeon, wenn er grinste.

Er hatte aber tatsächlich eine Sache, die funktionierte und nur scheinbar gebrochen war: ein Klappfahrrad, welches er im Kofferraum seines alten klapperigen Studebakers mitführte und das er ab und zu herausholte für eine Runde ums Karree.

Auf den ersten Blick sah es aus, als wäre es von einem Lieferwagen überrollt und plattgewalzt worden, bis er an ein paar Schrauben und Muttern geschraubt, an den Rädern gedreht und die Lenkstange herausgezogen hatte und – oh Wunder – das Fahrrad sich entfaltete wie ein mechanischer Schmetterling, mit Bremsen und allem Drum und Dran. – Das hebe ich mir für schnelle Fluchten auf, zwinkerte er.

Dr. Lustig machte seine flinkste Flucht, nachdem Rose Richie geboren hatte.

Wir besuchten sie nur einmal im Jahr, zu Richies Geburtstag, aber diese Besuche hinterließen einen tiefen Eindruck.

Rose hatte etwas Spinnenhaftes an sich, sie schaute und bewegte sich nie direkt vorwärts oder rückwärts, sondern seitwärts in seltsamen Winkelzügen. Mit frühzeitig weiß gewordenem Haar und einer Haut wie gesprungenes Porzellan hatte sie noch ein anderes beeindruckendes Merkmal: ihre verschieden gefärbten Augen, worauf sie besonders stolz war – das eine war stahlblau und heftete sich an den oder das, was immer sich zufällig vor ihr befand und das andere, staubgrau, zog hinterher, als ob es noch bei dem Gesehenen verweilte. Ihre Stimme klang gequetscht und zugleich gedämpft und schien von irgend woanders als aus ihrer Kehle zu kommen.

Ich erinnere mich an Richies zwölften Geburtstag, den letzten, zu dem wir gingen.

Warum spielt ihr nicht mit Richie?! animierte und befahl Rose zugleich. Hier ist ein Lutscher! wedelte sie mit dem Köder, aber er war limonengrün, ganz und gar nicht meine bevorzugte Geschmackssorte und sah giftig aus.

Ich muss ins Bad, sagte ich und spülte ihn in der Toilette weg. Aber das war kein Ausweg, wir mussten mit ihm spielen.

Was willst du spielen, Richie? fragte ich.

Richie lächelte nur. Aber sein Lächeln war introvertiert, wie als Antwort auf einen Witz für Insider, und es erschien meinem kindlichen Staunen, als ob die Augäpfel rückwärts gerichtet wären.

Er spielt gern Verstecken, antwortete Rose für ihn.

Das Haus war dunkel und grausig, unaufgeräumt, mit einer festlichen Atmosphäre, als ob Rose zu diesem Anlass beim Wegfegen der Unordnung die Staubbällchen zu Ballons gepresst und die Spinnengewebe zu Kränzen und Spalieren gerollt hätte.

Dr. Lustig erschien zur Hälfte der Feier.

Du kommst spät, sagte Rose, wobei sie ihr Suchlicht auf ihn heftete.

Mann, bin ich kaputt! so versuchte er die Anklage abzuschütteln. Ich habe heute bestimmt sämtliche Knochen von der Bronx gerichtet! Dabei verteilte er seine Belustigung und sein Entsetzen gleichmäßig oberhalb und unterhalb des Bruches in den Brillengläsern und wischte sich den Schweiß von der Akkordeonstirn. Wo ist das Geburtstagskind? fragte er.

Hat sich versteckt, sagte Rose, während das gute blaue Auge streng nach unten blickte und das andere jetzt wie ein Blaulicht rotierte.

Wir teilten uns in Suchteams auf.

Dr. Lustig suchte in der Dachstube, Rose warf ihr Netz aus im Wohnzimmer, Speisezimmer und in der Küche.

Meine Eltern durchkämmten die Schlafzimmer.

Meine Geschwister und ich wurden in den Keller geschickt, wo wir ihn schließlich fanden, zusammengerollt in der Kohlenkiste, völlig mit Kohlenstaub bedeckt und lächelnd mit seinem inneren Lächeln.

Sieh dir deinen Sohn an, tadelte Rose Dr. Lustig, schwarz wie der Teufel.

Hier, Richie, versuchte Dr. Lustig das Thema zu wechseln, indem er ihm das Geburtstagsgeschenk entgegenhielt, Pack es aus!

Es war ein Kasten mit Zaubertricks, komplett mit einem Klappzylinder und einem Zauberstab.

Nun, Richie, lass etwas verschwinden! grinste er mit seinem gebrochenen Grinsen, klappte den Zaubererhut auf, setzte ihn in keckem Winkel auf das Haupt seines Sohnes und drückte ihm den Zauberstab in seine rechte Hand.

Richie lächelte, er sah fast glücklich aus.

Richie braucht deine Tricks nicht! schimpfte Rose, riss den Zauberstab aus seiner Hand und brach in in zwei Stücke.

Aber Richie lächelte weiter, mit dem Hut schräg auf dem Kopf, die Augen nach innen gerichtet, die zersplitterten Teile des Zauberstabes zu seinen Füßen – so habe ich ihn in Erinnerung.

Wir sollten zu seinem dreizehnten Geburtstag gehen, aber die Party wurde in der letzten Minute abgesagt. Ich hörte wie meine Eltern etwas flüsterten, dass Richie aus dem Dachfenster gesprungen sei.

Danach haben wir nicht mehr viel von Dr. Lustig gesehen. Er kam noch ein oder zwei Mal auf einen Kaffee vorbei, aber er brachte kein Lachen mehr hervor und versuchte auch nicht mehr, uns Kinder auf den Kopf zu stellen.

Er war ein gebrochener Mann mit zerbrochenen Brillengläsern und seine Akkordeonfalten der Trauer waren jetzt dauerhaft eingraviert in seine Stirn.

Ich frage mich, was aus dem Klapprad geworden ist, dem einzigen in seiner Art, das ich je gesehen habe. Ich muss immer daran zurückdenken, wenn ich in der Stadt eine dieser mechanischen Karkassen angeschlossen an ein Stoppschild sehe, ohne Sattel und Räder.

Und dann denke ich an Richie und Rose und an all die gebrochenen Leute in der Bronx, die Dr. Lustig nicht mehr zurechtbiegen konnte.

Damals war ich Idealist

Damals war ich Idealist. Student an einer kleinen Uni in Massachusetts, war ich von der Lektüre von Arthur Rimbauds schallendem Poem „Das trunkene Schiff" neuerdings so ergriffen, dass ich mit meiner etwas verschrobenen Jünglingslogik die Entscheidung traf, dass alle Bremsen grundsätzlich bourgeoise Hindernisse auf dem Weg der Erkenntnis wären, die das direkte Empfinden des Lebensstroms dämpfen, und dass ich von nun an bremsenlos durch das Leben ziehen würde, um den wahren Grund des Daseins zu empfinden.

Es war ein reifer Herbsttag von der Art, die man nur in New England erlebt; die gefallenen Blätter lagen still wie eine bunte Patchworkdecke unter den knorrigen halbnackten Bäumen auf dem Feld, eine nach Äpfeln und Abfall duftende Fata Morgana.

Ich hatte vor kurzem einen Versuch gemacht, das Bollwerk zwischen drinnen und draußen zu durchbrechen, indem ich Blätter und Zweige einsammelte und sie auf dem Boden meiner Schlafkammer, die ich mit einem anderen Studenten teilte, symbolisch ausstreute. Käfer kamen auch mit, was meinem Zimmergenossen nicht allzu sehr gefiel. Den ebenfalls erdrückenden Gegensatz zwischen unten und oben hatte ich dadurch überwunden, indem ich eines Abends mit Freunden eine Leiter von einer Baustelle mitnahm und sie in meinem Zimmer schräg an die Wand lehnte; auf eine der oberen Sprossen legte ich mir ein Kissen hin, als Nest wie ein Rotkehlchen, um aus einer frischen Perspektive die Welt zu sehen und Gäste zu empfangen.

Und als Mahnmal gegen die erwürgende Zwangsjacke der Zeit hängte ich noch einen kaputten Wecker von der Zimmerdecke, meine Armbanduhr hatte ich schon lange nicht mehr aufgezogen. Wie gesagt, ich war Idealist.

Damals lief ich auch mit einem Stock herum, gewickelt in eine bei der Heilsarmee erworbene Decke, in die ich ein Loch schnitt, sie über den Kopf zog, und mit einem Strick um den Bauch zusammenband, sodass ich wie ein wilder Mönch aus dem Mittelalter, ein überzeugter Eremit, ausgesehen hätte, wenn nur meine langen kräuseligen Haare ordentlich auf meine Schultern gefallen wären und nicht aus einem verdammten Nimbus rund um meinen Kopf — was man damals einen „Jewfro" nannte — herausgeragt hätten.

Ich fuhr überall mit meinem alten Fahrrad herum, das ich, nach Don Quixotes getreuem Pferd, Rosinante taufte.

Nun, wie schon erwähnt, erschien mir das Gedicht von Rimbaud „Das trunkene Schiff" wie eine Offenbarung:

Wie ich hinabglitt auf unbewegten Flüssen,
spürte ich den Zug der Treidler nicht mehr:
Rothautgeschrei nahm sie aufs Korn, mit Schüssen
Genagelt an farbige Pfähle, nackt und quer.[1]

Von nun an würde ich kein Zögern erdulden, keine feigen Abzweige machen, sondern der Zukunft direkt entgegenreiten.

Es gab aber einen steilen Hügel etwa in der Mitte des Unigeländes, an dessen Fuß ein Felsbrocken lag. Und auf dem Stein

---

1   Aus dem Französischen von Dieter Koller ins Deutsche übersetzt

stand das bronzene Ebenbild des Namenspatrons der Uni, eines todernsten Richters in seinem Juristenkittel, dessen Flügel steif im Wind flatterten, als sei er in ewiger Eile. Ehrlich gesagt, gab es eine gewisse Ähnlichkeit zwischen seinem Kittel und meiner Decke, was ich damals nicht zugegeben hätte. Auch er war Idealist. Der erste jüdische Richter am Obersten Gericht, ein Verteidiger der Redefreiheit, ging in eine fortschrittliche Richtung. Für mich aber verkörperte der Mann in seinem lächerlichen Kittel den langweiligen geraden Weg, den grundsätzlichen Widerspruch zwischen Gericht und Gedicht.

Der Fußweg führte direkt an ihm vorbei, und wenn man ihn mit einem Fahrrad hinuntersauste, musste man an dem Felsbrocken bremsen und eine scharfe Rechtskurve machen.

Nein, beschloss ich, bremsen werde ich nicht mehr! Vor den Füßen des Gesetzes will ich mich nicht sklavenhaft verbeugen. Mit genügend Geschick und Entschlossenheit müsste ein erfahrener Radfahrer sich nur ein wenig nach rechts, in Richtung der Kurve beugen, um tapfer ungebremst vorbeizufahren.

Die Fahrt fing tadellos an. Ich flog den Hügel hinunter, mit meiner Decke im Wind flatternd, Fahne der Freiheit, Symbol meiner dichterischen Freiheitserklärung, mein Lächeln eine lustige Ausdrucksalternative zum Todernst des Richters. Bremsen braucht nur der Feigling, dachte ich mir in dem Augenblick, als ich versuchte, mich in die Kurve hineinzulegen. Geschwindigkeit, Fliehkraft und ein paar nasse Blätter aber begingen Verrat an meinem heldenhaften Beschluss. Ich fuhr direkt in den Felsen hinein und lag da eine Zeit lang stumm zu

Füßen des Richters ausgestreckt, unter dem verbogenen Vorderrad meines Fahrrads, bis mein Stubenkamerad, der zufällig vorbeiging und an solche Verschrobenheiten gewöhnt war, mir zuwinkte, überzeugt, dass ich, etwas betrunken, nur ein Nickerchen machte – als öffentlichen Protest gegen die allgemeine Sittlichkeit, bis er das zerrissene linke Knie meiner Jeans in einer Blutlache bemerkte. Unter Schock stehend, oder eher liegend, konnte ich kein Wort hervorbringen.

Man schleppte mich ins Spital, ein kleines städtisches Krankenhaus neben einem Friedhof, wo ich es immer noch nicht schaffte, den Grund des Unfalls zu erklären, und wo aus Angst, jegliche Anästhesie könnte mich in ein Koma bringen, der Chirurg die offene Wunde an meinem linken Knie betäubungslos zusammennähte. Der Schock war so stark, dass ich dabei keinen Schmerz empfand und nur passiv zusah und zuhörte, wie der Mann, um mich und sich bei der sonst langweiligen Prozedur zu unterhalten, mir grinsend berichtete, wie er einmal die chirurgische Nadel in der Wunde am rechten Arm eines Verletzten verloren hatte, und Arzt und Patient warten mussten, bis sie aus dem rechten Zeigefinger herausgezogen werden konnte. – Eine lustige Geschichte, nicht wahr?

So lernt man manches an der Uni. Die Narbe der Vernunft gibt es immer noch an meinem linken Knie.

Abteilung für Tote Briefe

99 Prozent all der Arbeit, die in der Welt geleistet wird, ist entweder töricht
oder unnütz, oder schädlich und schlecht.

- Herman Melville

Als ich 18 war, stichelte mein Vater öfter, ich sollte aufhören mit dem Müßiggang und endlich etwas aus mir machen. Und so antwortete ich auf eine Stellenanzeige in der Sonntagszeitung unter der Rubrik „Editorial" und wurde, zu meiner Überraschung und mit sehr gemischten Gefühlen, angestellt als Sachbearbeiter in der Abteilung für „Tote Briefe" bei Seldon & Reinhardt, einem internationalen Händler von obskuren Nachschlagewerken und Arkana wissenschaftlicher Arbeiten: Usbekisch-Russische Wörterbücher, Sanskrit Etymologie, Finno-Ugrische Grammatik und Ähnliches.

In jenen längst vergangenen Tagen von billigen Lagerflächen, bevor Festplatten Daten horteten und Schredder den Rest verschlangen, war Dead Letters eine Aufbewahrungsabteilung für das Ungelöste: unvollständig ausgefüllte Bestellformulare, Anträge und Ähnliches, was aus dem einen oder anderen Grunde nicht bearbeitet werden konnte – entweder weil die Absenderadresse unlesbar, die Postleitzahl falsch, unvollständig war oder völlig fehlte oder der Name des Absenders ganz obskur war. Es war die Philosophie der Firma, solche Mängelobjekte aufzubewahren für eine spätere Verwendung, auf der Basis des alten Grundsatzes: Man kann ja nie wissen …

Briefumschläge mit dem vielsagenden Finger über den Worten

„Zurück zum Absender", in verschiedenen Sprachen und Schattierungen von Rot gedruckt, wurden abgelegt und einem administrativen Limbus anvertraut.

Mein unmittelbarer Vorgesetzter, Leo Coocoo, war klein, hatte glänzende Knopfaugen, war kurzsichtig, mit hängenden Schultern, untersetzt, hatte pomadiges schwarzes Haar und einen ledernen Teint wie Maulwurfsfell, seine Pfoten waren bewaffnet mit langen Fingernägeln, krumm wie Klauen, sein fauler Mundgeruch stank wie Moder und Fäulnis.

Er hatte sich emporgearbeitet – oder genauer gesagt heruntergearbeitet – vom Büroboten zum Abteilungsleiter in der Abteilung für „Tote Briefe", eine Stellung, die er sich selbst zurechtgemacht hatte und von der es keine Aussicht auf Beförderung gab. Trotzdem zeigte Leo einen unverhohlenen Stolz auf seine Arbeit, welche er als Ausgangspunkt für künftige Chancen ansah.

Weil er sich eine Art von Patchwork-Wissen angeeignet hatte beim Durchlesen von Unmengen unbeantworteter Anfragen wie auch zurückgesendeter Post, adressiert an Gelehrte und Bibliothekare aus einem weiten Spektrum von Wissensgebieten, fühlte er sich, gespeist aus dem Dünkel des Autodidakten und dem Groll des verschmähten Romantikers, jämmerlich unterbewertet durch die Höhergestellten, die er in seiner umgedrehten emotionalen Geometrie als unter ihm stehend betrachtete.

Sie sehen uns als Lumpensammler, aber wir sind Schatzjäger, Henry, Archiv-Archäologen! – Er warf mir ein etwas gestörtes unterbeatmetes Lächeln eines glücklichen Kohlekumpels aus einem „Golden Book" Kinderbuch zu, das ich vorgab lesen zu können, als ich fünf war, wobei er gleichzeitig mit seinem Kopf nickte und ihn schüttelte.

Leo dachte, ich hätte vielversprechende Ablagefinger und riet mir, gut anderthalb Zoll lange Fingernägel an meinem rechten Daumen und Zeigefinger wachsen zu lassen, wenn ich die Hoffnung haben sollte, es hier zu etwas zu bringen.

Sonnenlicht und Frischluft kamen niemals herein in unseren fensterlosen Bereich, eine längliche unterteilte Kammer – manchmal erschien sie mir wie ein Bunker, manchmal wie ein U-Boot, das nirgendwo hinfährt, manchmal wie ein geheimer Gang in einer Pyramide, bestückt mit zerschrammten grauen Aktenschränken und beleuchtet nur mit zwei defekten flackernden nackten Glühbirnen, zwei Etagen unter dem Straßenniveau.

Aufgewachsen in einer Ära des Kalten Krieges mit Aufklärungsfilmen über Zivilschutz schien es mir, als könnte ich hier einen nuklearen Anschlag überleben und so fühlte ich mich anfangs sogar etwas geborgen und behaglich, bis die Klaustrophobie einsetzte.

Es gab ein paar kleinere Ärgernisse, die ich zuerst tolerierte. Die Decke hatte ein paar klebrige Lecks und Eimer mussten an strategischen Punkten aufgestellt werden. Ihre Position wurde entsprechend der wechselnden Ursache der Undichtigkeit angepasst und sie wurden mehrmals am Tag ausgeleert – Teil meiner schlecht definierten Stellenbeschreibung. Während Leo quasi das Steuer besetzt hielt und still die frisch eingetroffenen Rücksendungen grapschte und sortierte, die von der Rutsche kamen, wurde ich in einen Alkoven gezwängt neben dem rasselnden Boilerraum, auf einen olivgrünen Bürostuhl ohne Armlehne, der dringend etwas Öl gebrauchen konnte und ein gequältes Quietschen von sich gab.

Trotz des Quietschens entwickelte ich eine Zuneigung zu meinem Stuhl, den ich Rosinante, kurz Rosy, nannte nach dem klapperigen Gaul des spanischen fahrenden Ritters – dessen illustrierte Abenteuer, ins Serbo-Kroatische übersetzt und – zurückgesendet an den Absender, Adresse unbekannt – ich gerettet hatte aus einem in verschlissenes Warschauer-Pakt-Zeitungspapier eingewickeltes Paket und das ich unten im Aktenschrank versteckt hielt. Von Zeit zu Zeit zog ich es heraus und blätterte die Bilder durch, um mich von der Plackerei abzulenken, wobei ich mich besonders fokussierte auf die schlüpfrige Illustration von Don Quichottes Geliebter Dulcinea, deren zerrissenes Kleid von ihrer Schulter herabhing. In den ersten Tagen meiner Anstellung machte es mir Spaß, mit Rosy von einer Ecke zur anderen zu rollen, indem ich mich mit einer flinken Kniestreckung von den Aktenschränken für die ersten Buchstaben des Alphabets abschob, um mit der verbeulten Rückseite des Stuhles in die X-, Y-, und Z-Regale zu knallen.

Korrespondenzen aus fremden Ländern mit unverständlichen Schriften wurden zusammengefasst in der, wie Leo es nannte, „Hinter- Z-Zone" – er hatte sich das System selbst ausgedacht, worauf er sehr stolz war. Es war meine Aufgabe, Stöße von abgelegten Briefen zu holen, die Leo durchgesehen hatte, um sie für spätere Verwendung zu archivieren, entsprechend einem Plan nach entzifferbaren Merkmalen wie dem ersten Buchstaben eines Nachnamens oder den Initialen einer Firma, wenn das herauszufinden war, oder nach irgendeinem anderen Hinweis, auf eine Stadt, Bundesstaat, oder Land, welcher auf dem Rücksendestempel angegeben war. In den ersten paar Stunden war ich effektiv und sogar mit Leidenschaft bei der Sache, studierte jeden Umschlag genau, tat mein Bestes, um den Code der Unleserlichkeit zu knacken. Mit der Zeit wurde es zu einem Spiel, bei dem ich vorgab, ich sei verknüpft in eine Top-Secret Spionageoperation in den Höhlen des FBI und dass die Zukunft der Freien Welt von meiner Genauigkeit und meinem Eifer abhinge.

Manchmal machte ich eine Pause für Zielübungen mit Gummiband und Büroklammern und simulierte so den Schießstand des FBI in Washington, der mich bei einem Familienausflug tief beeindruckt hatte.

Eines schönen Morgens strengte ich mich sehr an, die offensichtlich asiatischen Schriften von den semitischen und kyrillischen zu trennen. Jedoch sehr bald hing mein Geist durch und mein Energievorrat fiel in sich zusammen wegen des Mangels an Anregung und Sauerstoff. Ich hätte mehr oder weniger effizient bis Mittag weiter einsortieren können, indem ich mich selbst antrieb mit dem Versprechen von Licht, Nahrung und Geselligkeit in der Firmencafeteria und einem ängstlichen heimlichen Blick auf die verlängerten Wimpern von neu Rekrutierten beim Sekretariatspersonal.

Aber wir waren die Unberührbaren in der Firma, die Unterweltler, der Bodensatz des Fasses.

Leos fettiges Haar und die verkalkten Krallen ernteten Hohn und Spott von den Chewing Gum kauenden Tipsen, die ihre Haarfarbe jeden Monat wechselten und für ihre Maniküre alle zwei Wochen lebten. Als Leos Untergebener bekam auch ich diese Verachtung ab. Am Trinkbrunnen zogen sie sich von uns zurück. Lass dich nicht ärgern! blies mir Leo seine faulige Atemluft zwischen zwei Bissen in sein senfbekröntes Wonderbread und Bolognese-Sandwich zu, als er meinen Kummer wahrnahm.

– Gammlertypen! Ich habe mit meinem linken kleinen Finger mehr archiviert als sie sich mit ihren manikürten Fingern je vorstellen würden.

In solchen Zeiten liebte Leo die Erinnerung: Habe ich dir erzählt von der Zeit, in der ich das große Los gezogen hatte – beinahe?

Erzähl es noch mal! antwortete ich pflichtschuldig und unterdrückte ein Gähnen. Das Geschichtenerzählen bereitete Leo große Freude und es war eine willkommene Erholungspause bei meinen Archivpflichten.

Es war ein safrangelbes Stück 9 x 12 mit einem erbrochenen roten Wachssiegel und einem Stempel in klassischer arabischer Schrift, das ich abgelegt hatte in der Hinter-Z-Zone, begann er.

Ich dachte, es war mit Gold versiegelt, Leo.

Leo zuckte mit den Schultern, so als ob solche inkonsequenten Details nicht so wichtig wären. – Was immer es auch war, für mich waren es böhmische Dörfer. Aber ich bin immer wieder zurückgekommen, um zu versuchen, hinter das Geheimnis zu kommen.

Von wem stammte es? fragte ich aufs Stichwort.

Warte doch, blinzelte er. Nun, du wirst es nicht glauben.

Eines Tages stellte die Kreditorenbuchhaltung dieses Mädchen ein aus Casablanca, – in anderen Erzählungen stammte sie aus Kairo, Damaskus, Karatschi und Istanbul, manchmal war sie eine Kurdin, manchmal Chaldäerin, manchmal eine libanesische Maronitin aus der Metropolitan Avenue in Brooklyn – ein todschickes Mädel mit schwarzen Augen und gerade richtig langen Fingernägeln. Aus der Tonlage seiner Stimme und dem Glänzen in seinen Augen, wenn er von ihr sprach, besonders über ihre Fingernägel, konnte ich ablesen, dass er verliebt war in die Hinter-Z-Zone.

– Also eines Tages zeigte ich ihr den Brief. Sulaya, sagte ich, – manchmal wurde ihr Name angliziert zu Sally – vom wem stammt es?

Ein Blick auf den Absender auf der Rückseite des Umschlags und diese kohlrabenschwarzen Kugeln fielen fast aus ihren Mascara-umrandeten Höhlen heraus. Dieses Sendschreiben, Mr. Coocoo, ist vom Privatsekretär seiner Königlichen Hoheit, Mohammed V, König von Marokko. Und sie neigte ihren Kopf, als sie den Namen aussprach.

Donnerwetter! sagte ich. Sesam öffne dich! Was will seine Hoheit?

Dann steckte sie sanft, als ob sie etwas Kostbares oder Gefährliches berührte, den langen rot lackierten Fingernagel unter den Bruch im Siegel, zog den goldgerahmten Brief heraus und studierte ihn. Leos Stimme zitterte jedes Mal beim Erzählen, als ob er selbst der Brief wäre und dieser rote Fingernagel seine scharfe Kante unter die Knöpfe seines knitterfreien Nadelstreifenhemdes geschoben hätte und seine Brusthaare angegriffen hätte.

– Ich sage dir, Henry, sie war atemlos.

– Es ist, Sir, eine Bestellung von eintausend Exemplaren des Korans, in rotes Leder gebunden, als Geschenk gedacht für die Mitglieder der Entourage Seiner Hoheit am letzten Tag des Ramadan. Das war ... eine Chance ... eins zu einer Million, Henry ... eine Chance eins zu einer Million!

Hat die Firma den Auftrag erfüllt? fragte ich, obwohl ich die Antwort schon kannte. Und jedes Mal, wenn er die Geschichte erzählte, stieß Leo einen großen Seufzer aus, teils Stöhnen, teils Jammern, teils Wehklagen und legte dramatisch eine Hand an die Brust wegen des untröstlichen Verlustes. Langsam schüttelte er den Kopf.

– Es war zu spät. Als die Großköpfe in der Oberetage endlich ihre Akte für eine Antwort zusammen hatten, hatte der alte König den Löffel abgegeben und der neue Privatsekretär seines Sohnes und Nachfolgers, Hassan II, die Bestellung zurückgezogen.

– Und Sulaya? fragte ich.

Leo machte eine Pause. Sein Gesicht errötete zu einem durch Vitamin-D-Mangel verursachten Schatten von verblasstem Rot.

– Sie wurde befördert zur Schreibkraft in der Chefetage. Und, Leo schüttelte seinen Kopf und pausierte wieder, als ob er die Erinnerung an eine furchtbare Tragödie erneuerte, sie verlangten von ihr, ihre Fingernägel abzuschneiden.

Die Erinnerung endete jedes Mal abrupt: Es hilft nichts, über verschüttete Milch zu heulen, versuchte er es abzuschütteln mit einem halbherzigen Lächeln und schluckte zum Schluss ein Brotstück mit Mortadella herunter. – Es gibt noch Arbeit!

Die Nachmittagsstunden waren die schlimmsten, die letzte Strecke zwischen drei und vier nach der Kaffeepause, absolut tödlich. Ich archivierte wieder eine Weile, bis meine Energiereserven gefährlich abnahmen.

Der Boiler klopfte wie als Echo meiner Ungeduld, das Lüftungssystem strengte sich laut an beim Abpumpen einer Tagesmenge kohlendioxidhaltigen Gähnens von oben. Ich kontrollierte die Tropfeimer und spuckte noch hinein als Zugabe.

Ich galoppierte herum auf Rosy, ritt gegen die Windmühlen der Langeweile an, schielte immer wieder auf meine Armbanduhr, aber die Zeit kroch elend langsam dahin und das Quietschen kratzte in meinen Ohren.

Am Anfang war ich vorsichtig in meiner Qual. Leo tauchte gern unangekündigt von hinten auf. Plötzlich hackte er dann ein Paar scharfer Klauen in meine Schulterblätter und eine übelriechende Wolke wehte meinen Nasenlöchern entgegen. Ich wollte dich nur wach halten, Junge! sagte er mit einem Klaps auf meinen Rücken. – Mach weiter so! und schlich sich zurück in sein Loch.

Eines Tages dachte ich, ich hätte eine große Entdeckung gemacht. Der brüchige Umschlag mit braunen Rändern muss von der Rückseite einer beschädigten Schublade in eine andere gerutscht sein, wer weiß vor wie langer Zeit. Ich traf auf ihn, als ich versuchte, die S-Schublade aufzureißen.

Sehr geehrter Herr/Most honored Sir, hieß es auf dem glatten Papier, getippt auf dem Briefkopf mit gotischen Lettern des Reichsamts für Rassenforschung, wir sind auf der Suche nach jeder Art verfügbarer Originalliteratur zum Thema Sklavenhandel, Plakaten, Verkaufsrechnungen usw., wie auch nach Körpervermessungen und Schädelsammlungen, sofern sie verfügbar sind, zur Unterstützung unserer Forschung. Wir würden Ihre freundliche Hilfe in dieser Angelegenheit sehr zu schätzen wissen.

Es war gezeichnet mit Hans Hauptmann, Doktor der Anthropologie, Sektionsvorstand, Abteilung für Rassen-Dokumentation.

Ich rannte hinüber zu Leo, um ihm den Brief zu zeigen. Das ist ein Fund von historischer Bedeutung! schrie ich heraus.

Leo warf einen Blick darauf. Klar, es ist historisch, sagte er mit dem Finger auf den Poststempel weisend – 4. August 1941. Ein Vierteljahrhundert zu spät, a&v die Sache, mein Junge! Derselbe Befehl zu a&v, (was bedeutete ablegen und vergessen) den ich unzählige Male zuvor gehört und pflichtgemäß ausgeführt hatte, drehte mir den Magen um. Irgendetwas in mir war passiert.

Das Trip-Trip-Trip in den Tropfeimern trieb mich zum Wahnsinn. Die schäbige Wahrheit über meine völlig sinnlose Arbeit drang in mein gelähmtes Bewusstsein. Nichts, was wir hier unten taten oder je tun würden, war wichtig. Es war eine totale Zeitverschwendung. Völlig frustriert schlug ich alle Vorsicht in den Wind.

Es begann mit einem verirrten Buchstaben des Alphabets, einem verstohlenen f, gekritzelt auf die Rückseite eines Umschlags, der archiviert werden sollte und der sich bald vergrößerte zu ausgewachsenen Flüchen, ausbuchstabiert in immer fetterer Schrift, immer mutiger geschrieben auf die Klebelaschen der Umschläge und Vorderseiten der Briefe und auf unausgefüllte Bestellformulare. Einige Wochen kam ich damit durch, obwohl die Flüche anschwollen zu Verwünschungen in Großbuchstaben:

F*CK THIS JOB! F*CK SELDON & REINHARDT! F*CK DEAD LETTERS! F*CK LEO COOCOO! Gekritzelt mit schwarzem Faserstift umrandet mit roten Ringen.

Ich gab der armen Rosy die Sporen und ließ sie mit einem verzweifelten ungeölten Quietschen fliegen und die graue Blechfront der Hinter-Z-Zone verbeulen. Ich feuerte Büroklammern im Raum umher und pinkelte dazu noch in die Tropfeimer. Eine Zeit lang bemerkte Leo nichts. Oder vielleicht hatte er entschieden, diese Verstöße zu ignorieren, in der Hoffnung, dass ich mich wieder einkriegen, mich aufmuntern und zusammenreißen würde.

Aber als er mich unvermeidbar auf frischer Tat erwischte, wie ich fluchend Korrespondenzen in die Lücke zwischen Hängeordnern nach der Hinter-Z-Zone stopfte, war es für ihn mehr Enttäuschung als Ärger, als er mich gehen ließ.

– Du hattest das richtige Händchen dafür, nur fehlte das Herz, Henry, … dazu schüttelte er traurig den Kopf, unfähig, den Satz zu beenden.

Ich raste die Treppe hinauf, stolperte bei jedem zweiten Schritt, mit bebender Brust, nach Luft schnappend, mein doppelzüngiges Herz rasend im doppelten Tempo, fühlte ich eine bodenlose Traurigkeit, verbunden mit einem tiefen Gefühl der Erleichterung, als ich die Straßenebene erreicht hatte und aus der Tür rannte, wie wenn eine Hälfte von mir ins Leben zurückgekehrt wäre und die andere lebendig begraben worden wäre.

Beat It!

Auf der mittleren Ebene der ständig in Bewegung befindlichen Haltestelle Roosevelt Avenue und Jackson Heights, im Bezirk Queens, in der Großstadt New York, dort wo ich aufgewachsen bin, dort, wo die Hochbahn und die U-Bahn sich zitternd treffen, wo der Menschenstrom auf einer Lauftreppe zwischen Himmel und Erde fließt und der New Yorker Schmelztiegel mit den Neuankömmlingen heftig brodelt, tragen Rohrpfeifenspieler von den Anden, Mariachi-Orchester aus Mexiko, chinesische Erhu-Spieler, Flamenco-Gitarristen, Bauchredner, Akrobaten und Virtuosen aller Art ihre leidenschaftlichen Darbietungen vor.

Neulich drängte sich die Menge rechts neben der Treppe in einem in die Länge gezogenen Kreis, aus dessen Mitte laute Musik strömte. Selbst die zwei Zeugen Jehovas, die steif wie Wachsfiguren links neben der Treppe gestanden hatten, gaben das göttliche Geschäft vorläufig auf, um sich anzuschließen, denn keiner interessierte sich mehr für ihre Botschaft.

Der Gegenstand der allgemeinen Aufmerksamkeit blieb dem zufällig Vorübergehenden ein Geheimnis, bis die Menschenwand sich plötzlich teilte und sich eine kleine Gestalt zeigte, die man auf den ersten Blick irrtümlich für einen Knaben halten konnte, bald aber, seiner kräftigen Schultern wegen, als erwachsenen Zwerg erkannte. Mit schräg aufgesetztem schwarzem Hut, dunkler Sonnenbrille und enger schwarzer Jacke bewegte er sich graziös und rhythmisch rückwärts in schleifendem Schritt und vorwärts im vorgetäuschten Schritttanz, dem sogenannten Moonwalk Michael Jacksons, den dreckigen, mit Kaugummi befleckten Boden dadurch in seine Bühne verwandelnd.

So beat it, just beat it! sang die bekannte Zwitterstimme aus einem etwas abgenutzten Ghetto Blaster, als der Zwerg sich schroff ans Geschlechtsteil fasste und mit durchgebogenem Rücken obszön mit den Hüften die Luft rhythmisch von sich pumpte. Manche kicherten, andere jubelten auf den gellenden Befehl. Worauf er sich die Jacke aufreizend langsam, erst von der linken, dann von der rechten Schulter fallen ließ, um mit rollenden Armmuskeln seine erstaunliche Stärke zu demonstrieren. Dann fing er an, erst mit dem Brustkasten, danach mit den festen Bauchmuskeln und endlich mit dem ganzen Körper, erregt zu zittern. Manche lachten laut. Andere erröteten, hielten den Kindern sogar die Augen zu. Sie taten dem Tänzer aber Unrecht. Der Tanz war nämlich gleichzeitig eine großartige Huldigung und sonderbare Verspottung, in die er sein ganzes tragisches Wesen und sein merkwürdiges, den Lustspielen Aristophanes' und Harpo Marx' würdiges Talent investierte.

Bald herrschte eine absolute Stille, als das Lied zu Ende dröhnte, und der Zwerg, sich langsam vorbeugend, den Hut nach hinten geschoben, die Brille nach vorn über die Nase gedrückt, sein traurig edelmütiges, erstaunlich schönes Gesicht wie einen versteckten Schatz mit dem Stolz des wahren Künstlers und der Verzweiflung des ewigen Außenseiters enthüllte. Und in diesem Augenblick vergaß man seine Körpergröße. Auch darin bezeugte er eine erstaunliche Ähnlichkeit mit dem gefallenen Popstar. Münzen und zerknitterte Dollarscheine flogen. In seinem Ausdruck sah sich jede verletzte Seele gespiegelt. Und als die Menge sich auflöste, schlichen auch heimlich die beiden Zeugen Jehovas zurück in ihre Ecke.

Nachdem der Zwerg die Gage vom Boden zusammengeklaubt, Hut, Brille und Ausdruck wieder zurechtgerückt hatte, biss er sich auf die Unterlippe, lächelte und bereitete sich auf seine Wiedergeburt im nächsten Tanz vor.

Nach dem Sturm

Nach dem Sturm funktionierte anfangs gar nichts. Weder Strom noch Licht, weder fließendes Wasser noch Heizung, noch Internet, noch Geldautomat, die wesentlichen Lebensgrundlagen der bürgerlichen Gesellschaft, ohne die wir heutzutage glauben, nicht glücklich leben zu können. Fisch und Fleisch verfaulten im Kühlschrank. Dreckiges Geschirr häufte sich im Abwaschbecken. Selbst der eigene Körper sonderte einen käsigen Geruch ab, da man sich nicht wirklich waschen konnte, es sei denn mit einem Schwamm und kostbarem Tafelwasser. Flackernde Kerzen und Taschenlampen boten ein klägliches Licht. Man war gezwungen, auf Einfallsreichtum und Findigkeit zurückzugreifen, stolpernd mit Tasten und Schnüffeln statt mit Sehen zur Orientierung. In kurzer Zeit wurden unbeheizte Wohnungen zu feuchten, finsteren Höhlen, in denen man mit den Seinigen wie einst Mammut und Säbelzahntiger Zuflucht nahm. Zur Unterhaltung blieb nichts übrig als das Gespräch.

Am fünften Tag nach dem Einbruch des Unwetters, nach dem etwas schiefen biblischen Vorbild, ging die Sintflut zurück, zeigte sich die Schöpfung erneut, wurde es wieder Licht, wenn auch nur im nördlichen Stadtteil, und die U-Bahn fuhr wieder, jedoch nur bis zur 34. Straße.

Bei uns in Downtown blieb es finster. Ich machte mich präsentabel und teilte mir ein Taxi bis zur Penn Station mit zwei gepflegten, in Krawatte und Anzug gekleideten Herren, einem Kaukasier und einem Chinesen (ein Weißer und ein Gelber, wie der Volksmund sie nennt), die wie ich zur Arbeit pendelten. Wir klagten alle drei über die Unannehmlichkeiten der letzten Woche und wünschten uns gegenseitig einen guten Tag, d. h. schnelle Rückkehr zur Normalität.

Dann stieg ich aus dem Taxi in den Uptown A-Train um. Die U-Bahn kostete ausnahmsweise nichts. Eine kleine Entschädigung. Geschenk der Metropolitan Transit Association. Der Zug, der sonst mit Menschenfleisch vollgestopft wie eine Wurst, auf nichts und niemanden wartet, verweilte gemütlich an der Station, als ob, wie man bei uns sagt, wir *all the time in the world* hätten. Ich hatte die Gelegenheit, meine Mitreisenden zu beobachten. Mir gegenüber saß eine etwas plumpe schwarze Frau mittleren Alters, in der blauen Dienstkleidung einer Sicherheitsfirma. Ihr fehlten zwei Zähne im Oberkiefer und ein Zahn im unteren. Eigentlich war sie gar nicht schwarz. Ihr purpurfarbenes Gesicht hatte etwas Weiches und Eingequetschtes, wie eine Pflaume, die noch nicht ganz, aber schon fast in eine gedörrte Zwetschge verwandelt ist.

Zwei Sitze von mir entfernt saß ein schwarzer Mann von späterem mittlerem Alter, auf dem Kopf eine Mütze aus einem abgeschnittenen Damenstrumpf, durch den mehrere trotzige steife weiße Haare wie Unkraut aus einem Netz herausschauten. Schwarz war auch er eigentlich nicht, sondern eher ein verwittertes Rauch-Grau. Seine Augen hielt er halb geschlossen, wie gegen ein grelles Licht, obwohl es im Wagon nicht besonders hell war. Sein Kopf war nach vorn gebeugt, seine Schultern etwas gebückt. Er starrte auf den Boden.

Nun stieg an der nächsten Haltestelle, bei der 42. Straße und Times Square, eine alte weiße Obdachlose ein, einen Einkaufswagen mit ihrem ganzen Hab und Gut vor sich herschiebend. Leise murmelte sie etwas vor sich hin, so etwas zwischen Gebet, Gekicher und Geheul. Eigentlich war ihre Hautfarbe nicht weiß, sondern wachsbleich. Sie duftete nicht gerade nach französischem Parfüm.

Die Nase rümpfend, rückte der rauchgraue Mann zu mir.

Vielleicht hatte sie es bemerkt, vielleicht auch nicht. Die Obdachlose stieg bald wieder aus. Worauf der Mann mit einem Seufzer der Erleichterung aufatmete.

Man gewöhnt sich an alles, meinte die Dame in der blauen Dienstkleidung. Ich weiß, was es bedeutet, obdachlos zu sein. Ich habe selbst zwei Jahre lang in einem Pappkarton im Port Authority Busbahnhof gehaust.

Dabei sah ich sie neugierig an, als ob sie tatsächlich eine lebendig gewordene Zwetschge wäre.

Drogen. Crack. Meine eigene Schuld, erwiderte sie.

Der Mann nickte. Das Zeug ist stark.

Kann mir jetzt ein Zimmer leisten, Gott sei Dank! fügte sie hinzu.

Wie haben Sie den Sturm erlebt? fragte ich den Mann.

Im Knast hat man es wenigstens trocken, entgegnete er. Bin gerade entlassen worden. Nach 31 Jahren sieht alles anders aus. Nach einer Weile hob er mir den Blick entgegen, wie auf eine nicht gestellte Frage. Mord, murmelte er. Zwei gleichlaufende lebenslängliche Freiheitsstrafen. War Auftragsmörder ... Profikiller.

Die purpurne Dame in der blauen Uniform und ich erbleichten. Beide starrten wir ihn mit Angst und Neugier an. Hab mich an die Gesetzbücher gesetzt ... ein Schlupfloch im Gesetz gefunden. Mir fehlten die Worte. Er aber schätzte offensichtlich die Gelegenheit, sich auszusprechen. Sein rauchgraues Gesicht errötete etwas, als ob er immer noch den Richter vor sich sitzen sähe und fuhr fort: Meine Schuld – gebe ich zu. 31 Jahre sind genügend Zeit, um über sich nachzudenken. Nur hat sich in der Zwischenzeit alles so verändert, ich erkenne nichts mehr wieder. Es ist, als ob ich in New York eingekerkert und in einer fremden anderen Stadt freigelassen wurde. Vieles hätte ich diesen eigenartigen Rip van Winkle gerne gefragt. Ob er Raum und Zeit anders erlebte? Ist das Leben nichts als Gegenwart? Oder bleibt er, von einer unsicheren Zukunft angelockt, doch ewig in der Vergangenheit stecken? Ist die Wut in ihm verwurzelt? Wie steht es bei ihm mit Menschenliebe und Bedauern? Ich rätselte über seinen früheren Beruf, wagte es aber nicht, ihm unwillkommene Fragen zu stellen, wollte ihn nicht ärgern.

An der 125. Straße stand er plötzlich auf, stieg abschiedslos aus und verschwand in der Menschenmenge.

Die Dame in der blauen Uniform sah mich lange an: Hätt' ich nie gedacht!

Und als sie, die zwei Jahre lang in einem Pappkarton gelebt hatte, bei der nächsten Station aufstand, den Bahnsteig betrat, schüttelte sie noch immer den Kopf.

Ich schaute ihr mit einer gewissen Sehnsucht nach, da ich jetzt als Letzter alleine saß. Und nun, da sich die Türen mit einem festen Knack schlossen und der Zug sich mit seinem langsamen Zischen in Bewegung setzte, da erschrak ich vor einem in der schmutzigen und zerkratzten Glasscheibe gespiegelten, farblosen, durchsichtigen Gesicht, bis ich es plötzlich als mein eigenes erkannte.

Der Stierkämpfer und der Samurai
ein Sportmärchen aus den USA

Ich muss sofort gestehen, dass ich bisher keine besondere Vorliebe für Baseball empfand. Es bedeutete nichts für mich als ein möglichst hartes Hauen mit einem Holzbalken auf ein rundes Ding, das von einem anderen möglichst schnell in die Richtung des Hauers (Batter) geworfen wird, worauf alle Anwesenden, bzw. die in gleicher Farben gekleideten Mannschaftskameraden und die ihnen zugeneigte Hälfte der in der Zuschauertribüne angesammelten Menge jubeln, wobei die in den anders gefärbten Hosen, Kappen und Hemden des Werfers (Pitcher) und die übrigen Zuschauer entweder stillschweigen oder heulen, während der Batter um ein gepflegtes grünes Stück Rasen herumläuft, wo nichts als Staub und Schweiß geerntet wird.

Wie gesagt, ich hatte für Baseball weder Zuneigung noch Verständnis bis mal ein weiblicher Hausgast, ein verbissener Baseballfan, sich unbedingt die World Series im Fernsehen anschauen wollte, und ich, mit ein wenig Neugier, vor allem aber aus Höflichkeit und weil ich an diesem Abend nichts Besseres zu tun hatte, mit ihr mitguckte. Selbst der Begriff World Series schien mir immer etwas lächerlich, da es sich – obwohl Fidel Castro und Hugo Chavez angeblich auch verbissene Fans waren – ausschließlich um einen Wettbewerb zwischen amerikanischen und ein paar kanadischen Mannschaften handelt.

Es war das zweite Spiel der World Series, in dem neuen Yankee Stadium in der Bronx, New York, am 29. Oktober 2009, ein

Kampf zwischen den New York Yankees und den Philadelphia Phillies. Einer nach dem anderen marschierten die straffen Batters aus dem Yankee Dugout hervor. Wie Kühe kauten sie mit ihren langsam auf- und abgehenden Kiefern, Kaugummi oder Kautabak, spuckten das Zeug kurz danach mit einem groben Schmatzen heraus, wuschen sich an der Hosennaht den Schweiß von den Pfoten, nahmen mit gerecktem Hintern und erhobenem Bat, an dem viereckigen weißen Fleck (Home Plate) ihren Platz ein, und warteten bis einer nach dem anderen von dem erfahrenen 38 Jahre alten Philadelphia Pitcher wie eine Fliege weggefegt wurde.

Der Pitcher, ein gewisser Pedro Martinez, der sich "Old Goat" (Alter Ziegenbock) nannte, stammte nicht aus Philadelphia, sondern aus Santo Domingo, wo er als armer Junge täglich Pitching mit zusammengeballten alten Socken übte, bis er so gut werfen konnte, dass er sein Ziel niemals verfehlte. Nun stand er wie ein stolzer Stierkämpfer in stiller Erwartung auf dem weißen Fleck in der Mitte des Feldes (Pitcher's Mound). Dabei begrüßte ihn die Mehrheit der Zuschauer, meistenteils Fans der Yankees, mit bösem Zischen und Schimpfwörtern. Er hatte nämlich in dem ersten Spiel der Series ihre Mannschaft besiegt. Und in diesem zweiten Spiel hatte er schon drei Batters, unter anderen den berühmten Alex Rodriguez, den sogenannten A-Rod, vom Feld gejagt, dessen Liebesaffäre mit der Popkönigin Madonna manche flüchtig an die Geschichte zwischen Joe DiMaggio und Marilyn Monroe erinnnerte. Pedro Martinez stand da und starrte die feindliche Menge mit Mut und ein wenig Verachtung an, als ob er sagen wollte (wie man bei uns sagt): Is that all you've got?

Es ist der Anfang des sechsten Teils (Inning). Nun tritt der linkshändige, 35 jährige Yankee-Batter Hideki Matsui, ein gebürtiger Japaner mit dem Spitznamen Godzilla, der ihm ursprünglich wegen einer Hautkrankheit verpasst wurde, aber dann zum Lobesspruch für seine Macht mit dem Bat wurde. Matsui kaut nicht und spuckt nicht, hebt nur bedächtig sein Bat und schaut seinen Gegner ruhig an, wie ein strammer Samurai.

Martinez schaut zurück, begreift sofort mit fast unmerklichem Zucken, dass er, wie man bei uns sagt, had met his match. Und plötzlich ist das ganze Spiel ein Zweikampf geworden. Im Stadion wird es still. Nichts zählt mehr als diese zwei. Die konzentrierte Würde zweier Kulturen, die spanische und die japanische, jeweils von einem Einzelnen verkörpert, stehen sich gegenüber. Titanisch groß und mächtig erscheinen die zwei Männer, obwohl beide eigentlich für professionelle Sportler verhältnismäßig klein sind. Die Konzentration in ihren sich treffenden Blicken blitzt fast vor elektromagnetischer Spannung. Es gibt nicht mehr früher oder später, nur noch jetzt.

Martinez hebt bedächtig seinen linken Arm und wirft das runde Ding so schnell wie einen Gedanken.

Matsui antwortet, trifft fest und haut zu. Der Ball macht einen wunderschönen Bogen, die geometrische Summe zweier Bewegungen, zweier Lebenswege, als er über die Mauer fliegt und in den Sitzen über Right Field landet.

Verblüfft, aber dennoch beeindruckt, schaut Martinez ruhig

zu, als Matsui mit steifen Knien langsam um die Bases läuft. Martinez scheint fast geneigt, sich hinzuknien, halb aus Trauer, halb aus Freude, einen würdigen Gegner gefunden zu haben. Wäre er ein Samurai, so müsste er eigentlich Selbstmord begehen. Bei uns ist es aber nicht so. Hier geht es ums Geld, nicht um Blut. New York hat Philadelphia besiegt, 3-1. Die Fans heulen fast vor Freude.

Solche Heldentaten werden aber schnell vergessen. Matsui spielte danach für Oakland, in Kalifornien. Beide sind bereits im Ruhestand. Baseball ist noch immer nicht meine Leidenschaft. Doch in diesem Augenblick, in diesem unvergesslichen Wettkampf zwischen einem Meister-Pitcher, der das Werfen mit zusammengeballten Socken in Manoguayabo erlernte und einem Meister-Batter mit schlechter Haut und steifen Knien aus Neagara, Ishikawa, gebe ich zu, dass die Baseball- Meisterschaft heutzutage mit Recht World Series genannt zu werden verdient.

Der Autor gestattet dem Leser
ausnahmsweise eine kurze Pause
ein Intermezzo

Hier gibt es eine kurze Pause, eine Raststätte, Rest Area wie an der Autobahn, wo du Augen und Gehirn einen Augenblick lang ausruhen lassen kannst. Der ermüdete Leser läuft nämlich der allzu üblichen Gefahr zu, dass er unabsichtlich während der Lektüre an etwas anderes denkt, an die Frau mit dem runden Hintern etwa, an der er heute in der U-Bahn vorbeistreifte, bzw. an den widerlichen Mann mit dem frechen Blick, der dich wie eine Banane abschälte. So ein flüchtiger Gedanke kann einen leicht aus der Bahn werfen und zu einem blinden Zusammenstoß mit dem Unerwarteten führen. Misch dich lieber nicht ein in fremde Dinge! Ein launischer Leser in Brooklyn, der unbekümmert mal an Donuts und deren verschwundene Mitten dachte, während er, schon ausgestreckt und schlafbereit, gähnend irgendwas Dickes von Tolstoi las, erlitt unaussprechliche Leiden, indem er sämtliche Familiennamen und sogar Spitznamen der Figuren vergaß und schon dreihundert Seiten unterwegs, wieder von vorn anfangen musste. Fürsorglich gestatte ich dir, lieber Leser, liebe Leserin, diese Pause, um dringende Bedürfnisse zu erledigen. Guck nur ruhig zum Fenster hinaus, kratz dich, wo es juckt, hol dir ein Bier, geh pinkeln. Wir warten auf dich.

Bellende Liebe

Die Geschichte war ein Abschiedsgeschenk, obwohl ich es damals nicht begriff. Wir lebten in dem gleichen Gebäude, einem gesichtslosen Hochhaus, ich im zwölften, sie im dreizehnten Stock; hatten uns mal im Aufzug kennengelernt, als ich heimlich die *Lolita* durchblätterte und die alte Dame neben mir flüchtig bemerkte, dass der Vladimir, der geile Gauner, ein Bekannter gewesen sei. Ein Wort führte zum andern. Eine Freundschaft entstand. Ich brachte ihr wöchentlich zu essen; wässerte den Palmbaum, den sie in einem Topf, im Sommer auf der Terrasse, im Winter im Salon hielt; schenkte uns beiden Rotwein aus einer großen Flasche ein; und wir ließen unsere Worte wandern, wohin sie wollten, wobei ich meist still dabei saß und ihr ein williges Ohr schenkte.

Sie war damals schon 93 Jahre alt, ich fast ein halbes Jahrhundert jünger. Ihre magere, geschrumpfte Gestalt mit verblichenem, ehemals blondem Haar erweckte wenig Zuneigung; wenn man aber tief in die funkelnden blauen Augen schaute und die heitere Musik ihrer Stimme vernahm, so konnte man immer noch die Trümmer verfallener Schönheit entdecken und sich sehr gut vorstellen, wie sie es selber stolz gestand, dass sie in früheren Jahren Männer oder Frauen, egal welchen Geschlechts, wie Fliegen anzog. Als es ihr einmal zu heiß wurde und sie den schlampigen grauen Pullover, ihr Lieblingskleidungsstück, ungeduldig über den Kopf zog, ließ sie die Warze einer hageren Brust wie ein drittes Auge hervorgucken, bestimmt aus Unachtsamkeit, aber als sie sich selbst dessen bewusst wurde, lächelte sie schelmisch und zuckte mit den Achseln, um die Wirkung einen Augenblick lang zu erproben, bevor sie, grinsend, die Brust wieder unter ihre Bluse schob. Wir tranken, rauchten manchmal und besprachen Bücher, die ihrigen und die der anderen. Sie hatte Gedächtnis und Phantasie zu einer herben Marmelade gemischt, die sie jetzt nur mehr spärlich auf Papier strich. Alt sein, meinte sie, sei ein Fluch. Es fehle ihr jetzt die genügende Kraft, mit den Fingern auf die alte Olivetti zu hauen und die genügende Konzentration, Romane aus dem Gelebten zu pressen. Der Vermittlungsdrang blieb aber immer noch stark.

Draußen bellte ein Hund.

Der Hund gehörte mir nicht, fing sie unvermittelt an zu erzählen. Gezähmte Tiere gefielen mir schon von meiner frühen Kindheit an nicht. Katzen schleuderte ich am Schwanz herum und warf sie vom Balkon auf die Straße. Hunde waren mir zu schwer. Ich jagte sie einfach aus dem Haus. Du bist ein unnatürliches Kind! meinte meine Mutter. Natürlich! grinste ich frech zurück.

– Palmbäume duldest du aber!

– Weil sie selbständig sind!

– Allerdings, erwiderte ich, wenn ein Anderer sie wässert!

Sie nickte, ein wenig verärgert. Die Geschichte hatte bereits angefangen und die gnädige Dame duldete keine Unterbrechungen.

Nun gehörte dieser Hund meinem damaligen Liebhaber, erzählte sie weiter, einem ukrainischen Matrosen in der Handelsmarine. Frag mich nicht, was für ein Hund es war. Er war groß und dunkelbraun mit weißen Flecken im Gesicht und einem Maul voll scharfer Zähne, die mir aber nicht Angst machten, da er seine Wut eher gegen den Matrosen richtete. Es war eine schlechte Gegend, das Bellen schreckte Einbrecher ab, daher duldete der Mann die Wutanfälle des Hundes. Der Matrose sprach nicht genügend Englisch und ich kein Wort Ukrainisch. Er selber bellte hier und da ein Wort. Komm!... Mich will!... Schon gut so!... Genug!... Manchmal dachte ich sogar, er hätte von dem Hund sprechen gelernt. Das Tier wackelte verständig mit dem Schwanz und bellte zurück. Der Matrose und ich verbrachten nur wenig Zeit miteinander, und dies meist in der Finsternis, wo es auf jeden Fall nicht um Worte ging. Und da der Matrose öfters verreist war, musste ich mich bei seiner Abwesenheit um den Hund kümmern.

Ich gewöhnte mich bald an sein Bellen, konnte sogar das Verlangte entziffern – Hunger, Durst, den Drang sein Bedürfnis draußen zu verrichten – besser noch als bei dem Matrosen, der wenig sprach, und stattdessen einfach nach dem Gewollten griff. Wie gesagt, er war öfter verreist. Als ich mich morgens über meine Olivetti beugte, lag der Hund mir zu Füßen und störte mich nur, wenn sein Bedürfnis zu pinkeln ihn überwältigte. Einmal merkte ich mit großem Staunen, dass er sogar versuchte, meine tippenden Finger nachahmend, mit dem Schwanz rhythmisch zu klopfen, und als ich zögerte, dem treffenden Wort nachsinnend, brummte er leise, als ob er mir zuflüstern wollte: Reg dich nicht so auf, du wirst es schon finden!

Wir vertrugen uns eigentlich viel besser miteinander als jeder von uns mit dem Matrosen, bei dessen Rückkehr es immer Krach gab. Sobald er mich berührte, bellte der Hund laut und der Matrose haute ihm in die Fratze. Frau meine! bellte der Mann zurück und der Hund fletschte seine Zähne. Und wenn der Matrose mit mir sein Bedürfnis befriedigen wollte, so musste er den Hund erst im Badezimmer an der Dusche anbinden, wo er immer weiter bellte. Die Nachbarn beschwerten sich. Der jugoslawische Hausmeister, der selber nur wenig Englisch sprach, schob ein Blatt unter die Tür: Dog go! Ich verteidigte das Tier, schlich nachts, sobald der Matrose schnarchte, zu ihm ins Badezimmer, hätschelte ihm den Kopf, hinter den Ohren, am Bauch und manchmal sogar da unten, wo Mann und Hund sich gleichen. Das Bellen verwandelte sich zu einem freudigen Brummen.

Eines Abends kam der Matrose stiermäßig betrunken nach Hause. Einen Monat war er schon an Land gewesen und es wurde ihm zuwider. Da er aber nicht in der Lage war, sein Unbehagen auszusprechen, war Wodka das einzige Mittel, sich Erleichterung zu verschaffen. Vielleicht half ihm das Trinken, die bedrückende Unbiegsamkeit des Bodens aufzulösen und sich, wie ein Wal in den Wellen schwebend, die Illusion flüssiger Freiheit herbeizuschaffen. Lange hatte ich seine Launen geduldet. Er war ein großer, fescher Mann mit starken Armen, der linke mit einer nackten Wassernixe tätowiert, und wässrigen seeblauen Augen, in deren wilden Wellen ich glücklich ertrank. Vieles kann man Schönheit verzeihen. Diesmal kam er mir aber ekelhaft vor, wie ein stinkendes Ungeheuer, das aus dem Schilf gekrochen kam.

Ficken! bellte er.

Müde! murmelte ich, mit dem Kopf wackelnd.

Er aber packte mich bei den Haaren und zog mich von dem Tisch weg, an dem ich saß, den Hund zu meinen Füßen, ins Bett.

Er riss mir die Kleider vom Körper. Es war nichts dagegen zu tun. Ich lag still unter seinem Gewicht, vor Angst und Kälte zitternd, und wartete nur, dass die Sturmwellen abflauten.

Nun hatte er aber diesmal vergessen, das Tier im Badezimmer anzubinden. Und als er mich bestieg, sprang der Hund ihm nach und biss ihm in den Schenkel. Der Matrose stöhnte, im Alkoholrausch verwirrt zwischen Genuss und Schmerzen; er drehte sich um, den Hund mit seiner Faust zu schlagen. Das Tier war aber schneller und biss dem Mann in den Arm. Brüllend, blutend und bellend vor Schmerzen und Wut stürzte sich der Matrose aus dem Bett, riss die Tür auf und stolperte die Stiegen hinunter.

Ich lag, das Herz bebend, mit Blut befleckt, im Bett. Der Hund lag neben mir, zuckte mit den Nasenlöchern und leckte mir die Blutflecken von Brust und Beinen. Ich muss es gestehen, dass ich, neben Angst und Kälte, noch anderes empfand, Gefühle, die ich sonst immer nur im Dunkeln mit Fremden stillte.

Nun guckten wir uns an, der Hund und ich. Wir waren gar keine Fremden. Meine Mutter meinte immer, ich sei unnatürlich, es gibt aber nichts Natürlicheres … oder was denkst du?

Entsetzt von dem Gehörten, erwiderte ich nichts.

Du kennst doch die Erzählung von Balzac, fügte sie hinzu.

– Die mit dem Soldaten und der Löwin in der Wüste?

– Es war ein Panther … ein schönes Tier.

– Das ist doch nur eine Geschichte!

Sie grinste.

– Die russische Kaiserin Katharina die Große soll angeblich arabische reinrassige Pferde besonders geschätzt haben.

Ich wusste nie, ob sie etwas ernst meinte oder mich nur necken wollte, um meine Reaktion zu erproben. Es machte ihr Spaß, Skandalöses auszusprechen, im hohen Alter etwa, sich das Vorrecht der Jugend anzueignen.

Und der Matrose? fragte ich.

Und tschüss! Sie zuckte mit den Achseln, um die Belanglosigkeit der Frage zu betonen. Dann machte sie eine Pause. Mit dem Hund aber, das war eine echte Liebe … an die ich gerührt denke sobald ich Bellen höre.

Es war unser vorletztes Gespräch.

Wir sahen uns lange nicht. Ich gestehe, dass ich damals die Geschichte etwas empörend fand.

Zu ihrem 95. Geburtstag organisierten Freunde für sie eine Feier, zu der ich auch eingeladen war. Sie aber war nicht mehr ganz bei Sinnen.

Ich reichte ihr Blumen. Wie geht's dem Palmbaum? Ich suchte vergeblich nach ihm.

Sie schaute mich an, versuchte mein Gesicht in dem Gewühl der Erinnerungen zu fixieren. – Ich weiß, dass du jemand bist, nur weiß ich nicht wer.

Von Traurigkeit zerrissen, stürzte ich mich zu Boden, hockte vor ihr und bellte.

Draußen bellte ein Hund zurück.

Alle Gespräche hörten plötzlich auf. Selbst unter Künstlern und Schriftstellern gibt es gewisse Grenzen der Schicklichkeit.

Die anderen Gäste wussten nicht, ob sie laut lachen oder mir eine Zwangsjacke holen lassen sollten.

Sie aber forschte in meinen Augen und ich entdeckte in ihren das Flimmern einer flüchtigen Erkenntnis.

Schreckliche Erkältung! krähte ich aus verschleimter Kehle, stand wieder auf und versteckte meine Tränen in einem Taschentuch.

Die Liebe im Schrank

Der Großstädter bildet sich ein, dass ihm seine Miete die Herrschaft über seinen Wohnraum gewährt. Um sich der Lächerlichkeit dieser Selbsttäuschung bewusst zu werden, braucht man nur mal ein Ohr an die Wand zu legen oder ein Auge lange genug auf einem schwarzen Fleck ruhen lassen, bis die Wand wackelt und der Fleck sich bewegt.

*

Er trinkt seinen Tee, den er sich mindestens vor einer Stunde aufgegossen hat. Der Tee ist kalt und ungenießbar. Das Telefon klingelt nicht. Keiner klopft an die Tür. Nicht einmal die Nachbarin spielt ihre unerträglich laute Musik. Er legt sein Ohr an die Wand, in der Hoffnung doch einen Gesprächsfetzen aufzuschnappen. Nichts. Nun greift er zerstreut in die Hosentasche und holt ein Päckchen Streichhölzer heraus, auf dem eine junge blondlockige Dame mit blutroten Lippen in brennenden Buchstaben einlädt: *CALL ME!* Ihre Schultern sind nackt.

Hebt er den Deckel, wo die Dame wiederum einlädt: *CALL ME!* und reißt ein Streichholz heraus und reibt es gegen den Feuersteinstreifen, so empfindet er in sich etwas wie das plötzliche Aufleuchten einer kleinen Flamme. Seine zitterige linke Hand greift alsbald nach dem Telefonhörer, die rechte braucht er für andere Zwecke.

NUR FÜR ERWACHSENE, heißt es.

Der Hörer aus schwarzem Plastik ist eine Voodoopuppe mit Kopf, Rückgrat und löcherigem runden Unterteil. Heiß ist die

Puppe in seiner Hand. Die spiralige Telefonschnur ist liederlich lockig.

CALL ME! flüstert sie. *CALL ME!* fleht sie ihn an.

Und plötzlich klingelt das Telefon.

Er lässt es drei-, viermal läuten. Voller Erwartung hebt er ab.

Ach, du bist's! stöhnt er auffällig enttäuscht.

Wer denn sonst? erwidert seine Mutter. Die selige Marilyn Monroe?!

Ich erwarte einen wichtigen Anruf … Person to person … Muss die Leitung freihalten, erklärt er zornig und hängt auf.

Der Hörer ist wieder Hörer, die Löcher nichts als Löcher, die Leitung Leitung.

Wütend zündet er das Päckchen Streichhölzer an und sieht zu wie die junge Dame in Flammen aufgeht.

Sein Tee ist immer noch kalt.

Er geht zum Schrank und zieht seine heimliche Gefährtin hervor, eine schlanke, kopflose Schaufensterpuppe. Sutra, wie er sie nennt, entdeckte er einst an einer Straßenecke vor einem Sari-Laden, in einem kläglichen Zustand, nackt. Mitleid und Reiz bewegten ihn, sie mit nachhause zu nehmen.

Besonders anmutig findet er ihre Knöchel und die abwärts gebogenen, für hohe Absätze geeigneten Fersen. In schwarzen seidenen Strümpfen und Lackleder sieht sie göttlich aus.

Anfangs gefiel ihm ihre Stummheit. Es reichte ihm, sie anzu-glotzen, wie eine Puppe an- und auszuziehen. Er hatte kein Be-dürfnis, mit ihr etwa ein Gespräch zu führen. Jedes Verhältnis hat aber seine Gipfel und Tiefpunkte, und bald wird auch die angenehmste Gewohnheit langweilig.

Sutra braucht eine Stimme, entscheidet er.

Er bohrt ihr einen Kasten mit gerundetem Deckel in den Bauch, und setzt das Lautsprechergehäuse eines teuren japanischen Tonbandgeräts hinein.

Viele Stimmen versucht er, bekannte Schauspielerinstimmen, Fernsehreporterinstimmen, Telephonistinstimmen, doch gefällt ihm keine.

Tagsüber läuft er mit einem Microrekorder in der Tasche herum, immer auf der Suche nach frischen Stimmen.

In der U-Bahn stellt er sich in die Nähe junger kaugummikauender, schwatzender Sekretärinnen, die ihm, ihrer Stimmen beraubt, nachts als Sutra dienen. Ein Blaubart des Gehörs wird er, ein König Shahriyar aus tausendundeiner Nacht, der keine Stimme ein zweites Mal duldet.

Bis er endlich von einer alten verkratzten Schallplatte die richtige entdeckt.

Bei der Liebe fehlte ihm früher immer etwas an den Frauen. Entweder waren die Schenkel zu dick oder die Hüften zu schmal. Entweder verehrte er sie oder sie ihn, aber niemals gegenseitig zur gleichen Zeit. Nach jeder Trennung bildete er sich ein, die wahre Liebe gerade eben verloren zu haben und blickte ihr traurig nach wie den roten Lichtern eines Schnellzugs, die vom Nebel des Nachhineins verschluckt werden.

Mit Sutra dagegen teilt er seine innere Welt. Ruhig hört sie zu und bildet sich niemals ein Urteil über das, was er ihr erzählt, zeigt, oder mit ihr tut.

Zieh dich an! sagt er ihr jetzt mit einem schelmischen Lächeln.

Wir wollen einen alten Freund von mir besuchen.

Nun stehen sie bereit.

Er in seinem roten, seidenen, etwas zottigen Schlafrock mit einer Paisley Ascot um den Hals gebunden, mit weichen marokkanischen Pantoffeln, rotgestreiften Pyjamahosen und einer braunen Verlängerungsschnur um den Bauch gebunden.

Sie in schwarzen Nahtstrümpfen und Strumpfgürtel, Lacklederschuhen mit hohen Absätzen, schwarzem Büstenhalter mit passendem Höschen, in einen seidenen roten Sari gewickelt, der auf der Rückseite einen Riss hat.

Er streichelt ihr den hölzernen Hintern.

Benimm dich, Sutra!

Hinten auf der inneren Seite der Tür ist ein langer Spiegel angebracht.

Das ist die Sutra! stellt er sie stolz vor.

Freut mich sehr, erwidert der Freund im Spiegel.

Sutra, Liebchen, sing uns was vor!

Dabei schiebt er sie zärtlich zu ihm hin, legt sie auf seinen Schoß und tastet nach dem unter ihrem Sari versteckten Hebel, der ihre Stimme im Bauch einschaltet.

Ich bin von Kopf bis Fuß auf Liebe eingestellt, Ich kann halt Liebe nur, und sonst gar nichts, singt sie Dietrichrau.

Rührend! deutet der Freund im Spiegel, und klatscht, tief beeindruckt.

Verbeug dich, Sutra!

Der Freund nickt etwas zu höflich, zu theatralisch. Was denkt der sich eigentlich? Nun bemerkt er den Riss in Sutras Sari. Der Freund bemerkt es auch und glotzt sie an.

Sutra, du Schlampe! Er gibt ihr einen harten Klaps auf den Hintern. So, und jetzt tanzt du uns was vor! Sutra ist eine begabte Bauchtänzerin, erklärt er dem Freund. Zeig ihm mal, Sutra, wie du dich drehen kannst!

Er stellt sie auf ihre linken Zehenspitzen und dreht sie zwei, drei Mal herum. Dabei wickelt sich der Sari ab und fliegt ihr vom Körper. Und nun steht sie da fast nackt.

Er wird wütend. Der Freund wird auch rot im Gesicht.

Madame Butterfly, was!

Er reißt ihr die Unterwäsche vom Leib, der steife hölzerne Busen steht schamlos stolz hervor.

Du Hure! brüllt er, ich heb dich vom Dreck auf, bring dich mit nachhause, zieh dich schön an – und das ist dein Dank! Betrügst mich mit meinem besten Freund!

Mach jetzt, was du willst. Ist mir alles scheißegal! Tanz! Tanz! Tanz uns einen Todestanz, du kopflose Salome!

Nun dreht er sie wild und wütend, in endlosen Pirouetten grausamer Lust.

Der Freund kann sich nicht mehr beherrschen, er greift auch zu. Schneller und schneller dreht sie sich.

Eine Spinne bist du, und ich eine Fliege, hilflos in deinen Spinnweben gefangen, schreit er. Zerdrück mich in deiner Umarmung! Zerquetsch mich! Verschluck mich! Vernichte mich!

Nun wächst ihm die Schlange, die giftige Viper, aus der

eigenen Mitte. Er löst den Knoten der Verlängerungsschnur, öffnet seinen Schlafrock.

Spinne verschlingt Fliege.

Schlange schluckt Spinne.

Endlich hebt er die vor Erschöpfung zu Boden gefallene Sutra auf, stellt sie in den Kleiderschrank zurück, winkt dem Freund zu – Auf ein baldiges Wiedersehen! – schließt die Tür, sammelt und faltet sorgfältig ihre Kleider für ein anderes Mal. Schamlos, unanständig sind die Wände, die alles aufsaugen. Sie vibrieren jetzt wieder von entfernter Musik. Fernsehfeuilletonmusik.

Es ist die Nachbarin. Sie lebt allein und ist schwerhörig. Ihr pausenloses Dasein braucht Unterbrechung, laute Begleitung, um die schwebende Einsamkeit zu stillen. Und alle zehn Minuten Werbung. Die Wände vibrieren vor Begehren nach Seife, Deodorant, Haarwuchszeug für Männer mit Glatzen, nach Zahnpasta, usw. Manchmal weint sie stundenlang. Das müssen die Wände auch ertragen. Manchmal vergisst sie den Wasserhahn zuzudrehen und es gibt eine Überschwemmung, und die unter ihr, die mit den Hunden, beklagt sich, und die Hunde bellen.

Was hat sie sich zu beklagen! beklagt sich die darüber, bei ihr stinkt es wie im Zoo! Früher luden beide noch Männer ein. Laut und rau ging es zu. Das mussten die Wände auch ertragen. Ein andermal gab es ein Feuer, und die von obendrüber floh, nackt und besoffen auf den Gang, während unten heftig gebellt und gebrüllt wurde.

Lieber sterben als da mitmachen müssen, denkt sich der Mann.

Irgendwann schläft er ein. In einem sich immer wiederholenden Alptraum verschwindet die vierte Wand. Er erwacht splitternackt, wie auf einer Bühne, oder in einem Puppenhaus. Da sitzt seine Mutter mit den Nachbarinnen, sie besprechen sein Leben, seine Fehler. Gib mir sofort meine vierte Wand zurück! will er sich beschweren, bringt aber keinen Laut hervor. Er ist in seinem Bett zu einem stimmenlosen Spielzeugsoldat aus Plastik geschrumpft.

Die tausendundzweite Nacht

Er war ein äthiopischer Prinz und sie die Tochter eines reichen verwitweten ägyptischen Kaufmanns, der sich aus unbekannten Gründen in Vevey in der Schweiz ansässig machte. Sie lernten sich eines Abends auf einem Diplomatenball kennen. Es war ihr erster Ball, flehend bat sie den Vater um Erlaubnis, wobei er endlich, wenn auch widerwillig, nachgab.

Gib acht, meine Tochter, warnte er, die Fallen sind wie Blumen ins Leben gestreut.

Sobald aber ihre alte Behüterin den Rücken drehte, während eines flotten Walzers, da traf sie im Gewimmel ein brennender Blick, der tief in ihre Seele traf, sodass sie sich wie ein Vogel fühlte, der plötzlich begreift, dass er bis dahin in einem Käfig lebte, und dass es einen freien Himmel gibt.

Ihre Mutter war eine italienische Ballerina gewesen, die zum Islam übertrat, um den Kaufmann zu heiraten, aber knapp drei Jahre später, etwa sechs Monate nach der Geburt ihrer Tochter, sich mit einer plötzlichen Pirouette in die Arme eines spanischen Stierkämpfers stürzte und mit ihm davonlief. Der Kaufmann folgte den Fliehenden bis nach Genf, wo kurz danach ein Fischer zwei Schatten im See schwebend fand. Solch große Forellen gibt es nicht! meldete er den Behörden. Tod durch Unfall wurde im Register eingetragen. Der Kaufmann verkaufte sein Hab und Gut, legte seinen gesamten Reichtum auf ein Schweizer Konto und zog sich vom weltlichen Leben nach Vevey zurück. Seine Tochter ließ er streng erziehen. Er hatte immer die

Absicht gehabt, sie nach Kairo zu einer alten Tante zurückzu-
schicken, doch da sie so sehr seiner Frau ähnlich sah, die er
trotz allem noch liebte, vermochte er nicht, sie aus seiner un-
mittelbaren Umgebung wegzulassen. Er selber war an diesen
verfluchten Ort gebunden wo Schande, Eifersucht und Leidenschaft ihn fesselten, und schämte sich, sein Gesicht je wieder
den Seinen in Ägypten zu zeigen.

Wie soll man eine solche Schönheit wie die der Kaufmannstochter beschreiben? Kann Alabaster sich mit Basalt mischen?
Gibt es dunkle Perlen oder helles Ebenholz? Eine grünäugige
Nefertiti mit schelmisch verwöhntem Lächeln, die Haut so glatt
und braun wie Kastanien und Haare wie schwarzer Regen.

Ihr Tänzer, ein Äthiopier, war nicht minder ansehnlich mit
seinen langen Gliedern, seinen wilden schwarzen Augen und
dem fein geschnittenen Mahagonigesicht.

Sah man sie zusammen bei Sonnenuntergang an den blühen-
den Ufern des Genfersees spazieren, so dachte man sofort an eine
Erzählung aus *Tausendundeiner Nacht*. Wie ein Panther und
eine ägyptische Katze, schritten sie leise am Seeufer entlang,
lauschten dem Lispeln der tausend und einen Wasserzungen
und dachten weder an Zukunft noch an Vergangenheit – bis
endlich eines Nachts, der Kaufmann durch das Klappern eines
offenen Fensters die Abwesenheit seiner Tochter bemerkte, sie
von seinen Leuten suchen ließ und ihr strengstens verbot, jemals wieder dem Äthiopier zu begegnen.

Nun schickte der Prinz dem Kaufmann unendlich viele Kost-
barkeiten aus Elfenbein und Ebenholz, Gold und Diamanten.

Dann ließ er ihm einen kurzen Brief zukommen, in dem er um die Hand seiner Tochter warb.

Der Kaufmann ließ alles zurückschicken. Der Teufel hol' dir dein Elfenbein und deine Edelsteine. Nicht weil du schwarz bist, ließ der Kaufmann dem Prinzen mitteilen, nicht deshalb kann ich dir meine Tochter nicht als Braut geben, sondern weil du ein verfluchter Christenteufel bist – *N'audhubillah!*

Ein letztes Treffen erbat heimlich der Prinz von der Kaufmannstochter. Seine Bitte wurde durch bestochene Dienstleute vermittelt, und trotz ihres Vaters Verbot, so schwer es ihr auch war, seiner pausenlosen Aufsicht zu entkommen, da er die Behüterin entlassen hatte und selbst vor ihrem Zimmer Wache hielt, gelang es ihr, mithilfe eines Schlafmittels, das sie mit Tabak und Kif in seine Wasserpfeife mischte, barfuß aus dem Hause zu schleichen und zu ihrem Geliebten zu eilen.

Diesmal hatte der Äthiopier einen wilderen Blick in den Augen als je zuvor. Sie fürchtete sich, als sie ihn so sah, doch fasste er sie bei der Hand und drückte so fest zu, dass sie ihm nicht entlaufen konnte – was auch gar nicht nötig war, denn die Fesseln der Liebe genügten. Stillschweigend zog er sie hinter sich her. Sie zitterte aus Angst und Begierde. Nimm mich wohin du willst, ich folge! dachte sie sich.

Lange, lange, so kam es ihr vor, liefen sie, ohne ein Wort zu wechseln. Niemals zuvor schien ihr das Rascheln des Wassers so laut. Eine Mondsichel hing niedrig im Himmel wie ein türkisches Schwert. Und plötzlich blieb er stehen, drehte sich zu ihr um und sprach: Wenn ich deine Schönheit nicht mehr genießen darf, dann soll sie niemand jemals mehr genießen! – Da biss er ihr die Nase ab und spuckte sie ins Wasser aus.

Sie fiel blutend in Ohnmacht, so fand sie der Vater am folgenden Morgen und seine Wut war in väterlichen Kummer verwandelt.

Der Kaufmann ließ tausend Taucher den Seegrund in der Umgebung des Angriffs durchsieben und fand endlich die Nase, die nach einer schwierigen, aber erfolgreichen Behandlung, wobei der Chirurg Knochen und Knorpel so geschickt zusammennähte und mit zarter, von der Wade entnommener, Haut, umzog, dass man nach drei Monaten die Narben, etwas schräg zwischen den Backen hervorragend, mit einem Vergrößerungsglas suchen musste, ein fast unbemerkbarer Fehler, der die Schönheit des Ganzen nur umso mehr betonte, wie etwa die Glasaugen der Nefertiti in Berlin.

Von diplomatischer Immunität beschirmt, entkam der Täter.

Nicht lange danach, erleichtert und trotzdem noch achtsam, gab der Vater seine Tochter einem wohlhabenden Pferdehändler aus Dubai zur Braut. Bald darauf, erfreut über dieses, sein letztes Geschäft, starb der Kaufmann an einem Herzanfall. Seine Tochter aber lief nach einem Jahr von dem Pferdehändler fort und reiste nach Äthiopien um ihren wildäugigen Prinzen zu suchen, wo sie heute noch glücklich zusammen leben und Kinder erzeugten so schön wie das funkelnde Sternenzelt der Sommernacht.

Der Zigarettenfresser

Es war einmal ein Zigarettenfresser, der seine eigenartige Kunst in Paris auf der Rue de la Harpe vortrug. Staunend blickten alle auf diesen skeletthaft mageren Mann, der Marlboros und sogar Gauloises verschlang, als wären sie die feinsten Leckerbissen.

Er streckte seine lange Eidechsenzunge aus, legte die dünnen, weißen Papierröllchen darauf, so dass das glühende Tabakauge bis zur letzten Sekunde den Zuschauern zugewandt blieb. Dann winkte er verschmitzt und wirbelte die Zigarette mit akrobatischer Sorgfalt einmal herum, blies einen perfekten runden Rauchring und schluckte gierig wie ein Raubtier seine noch lebende Beute.

Sobald die verwöhnte Straßenmenge sich von solchen Wundern gelangweilt abwandte, und sich von der verführerischen Flöte des Schlangenbändigers an der nächsten Ecke anlocken ließ, hielt der Zigarettenfresser triumphierend eine glänzende Rasierklinge in die Luft. Nun huschten alle eine letzte lange Sekunde zu ihm zurück, in der Hoffnung, doch ein Tröpfchen Blut zu sehen.

Er grinste befriedigt, bezeugte an seinem Arm, dass die Klinge sehr wohl schneiden konnte; und mit einer zärtlichen Begierde ließ er dann seine Zunge langsam wie den Finger eines Liebhabers an den beiden scharfen Kanten entlanglaufen, die Klinge lustvoll wie Casanova ganz umfassen und sie endlich ins warme Bett seines Mundes hineinziehen. Seine Zeigefinger kreuzten sich vor den schmalen zugezogenen Lippen, um

Stille zu erbitten. Lautlos hob sich sein stark hervorstehender Adamsapfel. Jeder spürte die Klinge in der eigenen Gurgel herunterrutschen; keiner zweifelte an der Wirklichkeit des Wunders.

Man zitterte kurz und flüchtig, wie wenn man zufällig in einem hellen Fensterrahmen oder an einer finsteren Ecke geheime Liebeleien erblickt, und wider Willen eine kleine Ewigkeit lang stehen bleibt, um dann doch hinzugucken, bis Sirenen und andere Straßengeräusche einen mit Scham plötzlich überhäufen – und man schnell weitereilt, weg zu den anderen Sehenswürdigkeiten der Nacht.

Grüße aus dem Schlamasselsee

Unter den zahllos vielen, prächtig schönen und schön benann-
ten Seen im Brandenburgischen, dem Schaafsee, dem Scharmützel, dem Witzker, dem Wusterwitzer, den zwei Wannseen,
groß und klein, und dem Zermützelsee gibt es einen, der auf
keiner Landkarte zu finden, weil er so bescheiden, fast nicht der
Mühe wert zu erwähnen, eigentlich eher ein von Größenwahn
erfüllter Teich ist: den sogenannten Schlamasselsee. Es behaupten sogar manche, dass es ihn gar nicht gibt, eine unverschämte
Lüge, die ich hiermit ein für allemal widerlegen will. Ich kann
seine Existenz aus eigener Erfahrung bestätigen. Es scheint mir
manchmal, als ob es gegen ihn eine Verschwörung gäbe, als ob
er nicht würdig wäre, im Brandenburgischen zu wässern.

Wo liegt er?

Wie soll ich das wissen? Ich war nur auf Besuch, noch dazu war
es ganz nebelig, ein richtig beschissenes Wetter, als ich plötzlich in
ihn hineinstieg, d.h. eintauchte.

Glücklicherweise bin ich ein guter Schwimmer. Das Eigenartige war aber, dass ich nicht nass wurde, wobei ich schwöre,
dass mir das Wasser bis über die Nase ging. Viele Fische aller-
art, die ich nur geräuchert kenne und deren Namen ich leider
nicht weiß, schwammen völlig ungerührt und flott an mir vorbei. Sie waren auch gar nicht erstaunt, unter ihnen einen Lun-
genatmenden zu bemerken.

Eigenartig war auch die Bevölkerung in dieser Gegend.

Wo bin ich? fragte ich einen Menschen mit forellenartigen

Zügen und winzig kleinen Augen, als ich aus der Tiefe wieder an die Oberfläche tauchte.

Er bewegte langsam seine Forellenlippen, doch es kamen keine Worte heraus.

Höflich wiederholte ich meine Frage. Die Sitten sind überall anders.

Daraufhin bewegte er noch heftiger seine Lippen und machte mir Zeichen mit dem Schwanz.

Da begriff ich, dass er taubstumm war und ahnte, dass er von meinen Lippen gelesen hatte und nun das gleiche von mir erwartete.

Es tut mir schrecklich leid, schüttelte ich den Kopf, ich kann nicht Lippen lesen.

Da wurde er aber wütend und verschwand.

So schrie ich ihm nach: Verflucht seid ihr mit eurem Schlamasselsee!

Nun drehte sich der Mensch zu mir um und blinzelte traurig mit seinen kleinen Forellenaugen, und es schien, als ob ich den Nagel auf den Kopf getroffen hatte.

Und als ich endlich wieder aus dem Teich stieg, denn ehrlich gesagt, es war wirklich nicht viel mehr als eine Lache, da schüttelte ich mich wie ein Hund, um die Nässe loszuwerden. Nun erst merkte ich, dass meine Kleider überhaupt nicht nass geworden waren und wunderte mich über die erstaunlichen Fortschritte der Textilindustrie.

Und als ich am folgenden Tag im Café Einstein mit meinem Freund Grischa am Tisch saß, und Grischa mich fragte, wo ich gestern gewesen war, berichtete ich von meinem Erlebnis an diesem See.

Der Kellner kam und fragte, was ich essen wollte.

Was gibt's denn heute?

Heute gibt es Forelle, gebraten nach französischer Art.

Wie braten denn die Franzosen ihre Forellen? fragte ich ihn, da ich immer auf der Suche nach Erkenntnis bin und mich besonders für kulinarische Fragen interessiere.

Der Kellner drehte mir aber nur den Rücken zu. Da bemerkte ich, dass er sehr wohl genährt war, nur nicht vorne am Bauch, wie die meisten Berliner, sondern hinten am Gesäß, als ob er tatsächlich unter seinem Frack einen Schwanz versteckte.

Komisch, murmelte ich.

Was ist komisch? fragte Grischa.

– Der Kellner hat hinten einen Schwanz.

Und diese Entdeckung hatte mir den Appetit verdorben. So bestellte ich mir nur eine Suppe mit einem unaussprechlichen Namen, so was wie Wischywasch.

Es dauerte besonders lange, bis der Kellner mit dem Schwanz mir endlich meine Suppe brachte, und als ich einen Löffel voll zu meinen Lippen brachte, bemerkte ich angeekelt, dass sie schon kalt war.

Die Suppe ist kalt, beschwerte ich mich.

– Natürlich ist sie kalt.

– Was heißt natürlich?

Wischywasch ist immer kalt, erklärte der Kerl.

Verflucht seist du mit deinem Schwanz und deinem Wischywasch. Das ist keine Suppe, wütete ich. Das ist kalter Tomatensaft, der in eine Schüssel geschüttet wurde.

Nun beschimpfte mich der Mann mit Worten, die ich hier nicht wiederholen kann.

Reg dich nicht so auf! sagte Grischa. Ist schlecht für's Herz.

Ich stand auf, verabschiedete mich von meinem Freund, und ging hungrig aus der Gaststätte.

Eine Gaststätte, wo man hungrig wieder rauskommt, ein See, in dem man nicht nass wird – eigenartig ist Berlin!

Die menschliche Erinnerung spielt einem komische Streiche, vergangene Enttäuschungen mildernd unter dem ständigen Druck der Gegenwart.

Wenn mir der Magen knurrt, mich aber auf der Speisekarte nichts anspricht, oder wenn es im Sommer so heiß ist, dass man aus der Dusche steigt und schon fünf Minuten danach wieder klitschnass ist, dann denke ich wohlwollend an den Schlamasselsee.

Das Märchen von der gesegneten Mahlzeit

Folgendes erzählte man sich im KZ Hoffnungslos. Eines Tages war der SS-Unterscharführer Haselbeck, ein Mann, der sich nur selten über seine Umwelt wunderte, sehr verwundert, als er bemerkte, dass die Häftlinge in einem Block sich immer die Finger leckten nach jedem Eintauchen in ihren kärglichen Eintopf.

Juden, Affen und Freimaurer haben doch keinen Geschmack, sagte er halblaut zu sich.

Da flüsterte ihm eine Stimme ins Ohr: Gesegnete Mahlzeit!

In seiner Kindheit, bevor er in die Partei eintrat, war er gläubig erzogen worden. Jeden Abend hatte die Mutter zu ihm gesagt: Der liebe Gott denkt an dich, auch wenn du nicht an Ihn denkst. Haselbeck schüttelte seinen Schädel, um seine Gedanken wieder zu ordnen.

Als das Fingerlecken sich aber immer wieder wiederholte, wurde der Unterscharführer neugierig. Er fragte den Stubenältesten: Warum schleckt ihr Saujuden euch die dreckigen Finger?

Weil uns das Essen so gut schmeckt, Herr Unterscharführer, bekam er als Antwort.

Da wurde Haselbeck erst recht neugierig. Den Häftlingen gab man nämlich nichts als schäbige Fleischreste und Knochen, die man einem Haushund nicht überlassen würde, verfaulten Kohl und Kartoffeln zu essen. In der Schule hatte Haselbeck gelernt, dass die Juden schlau seien und gar manche schwarze

Magie kannten. Der Jude könne aus Mist Gold machen, hatte der Lehrer gesagt.

So versteckte sich Haselbeck hinter einem riesigen Kessel, wenn die Männer morgens den wöchentlichen Vorrat geliefert bekamen, von dem er dann selbst seinen Teil abzweigte, um ihn danach an die Schweinehunde zurückzuverkaufen, denn der Jude hat immer einen Vorrat an Geld und Wertsachen, die er in den Arschbacken oder sonst wo versteckt hält. Die Nahrungsmittel wurden von einem kleinen Mann mit zarter Miene und langer Nase entgegengenommen, der das Gelieferte wie ein Hund beschnüffelte und sich höflich dafür bedankte. Und als die Anderen wieder weg waren und der kleine Mann nach dem riesigen Kessel griff, schlich der Unterscharführer hinter einen noch größeren Kessel. Erstaunt sah er zu, wie der kleine kuriose Kerl alles sorgfältig sortierte, mit der stumpfen Klinge seines abgebrochenen Taschenmessers das Verfaulte von Fleisch und Gemüse entfernte und den Rest in gleichmäßigen Häufchen auf einem zerbrochenen Holzbrett aufreihte. Aus beiden Hosentaschen holte er eine Handvoll Unkraut heraus und legte das Zeug daneben auf das Brett.

Und als der kleine Mann dann nach dem Kessel griff und der Unterscharführer sich nirgendwo mehr verstecken konnte, da sprang er hervor und sagte: So, jetzt habe ich dich erwischt, du mieser Teufel. Was für schwarze Magie treibst du mit deinem Unkraut? Wen willst du damit vergiften?

Etwas erschrocken, aber immerhin gefasst lächelte der kleine Mann zum Unterscharführer gutmütig zurück. Das ist keine schwarze Magie, Herr Unterscharführer. Ich war früher Koch im Hotel Adlon!

Und was für Unkraut mischst du da in die Brühe hinein?

Auf den Feldern um das Lager herum wachsen wilde Kräuter. Ich bitte die Häftlinge in den Arbeitsgruppen, die außerhalb des Lagers arbeiten, sie für mich einzusammeln.

Nun sah der Unterscharführer, der niemals in seinem Leben einen Fuß, geschweige denn seine Nase in eine feine Gaststätte gesetzt hatte, wie der kleine Mann Fleisch und Gemüse feingeschnitten in den Kessel gab, in Margarine andünstete, Wasser eingoss, die trockenen Kräuter zwischen seinen Händen zerrieb, so dass die zerbröselten Blätter hineinfielen und ihm nur die Rispen übrigblieben, und das Ganze zum Kochen brachte. Und immer wieder steckte er seinen Löffel hinein, um zu kosten, bis er endlich zufrieden war.

Wollen Sie mal einen Löffel kosten, Herr Unterscharführer? fragte er den Haselbeck.

Ängstlich hielt sich der SS-Mann zuerst zurück. Der Gauner will mich sicherlich vergiften, dachte er sich. Als er aber den kleinen Mann selbst seinen Löffel mit Genuss ablecken sah, nahm er seinen Dienstlöffel aus der Tasche, tauchte ihn erst nur an der Oberfläche in den Kessel herein, holte sich eine kleine Kostprobe und traute seiner Zunge nicht recht. Das Zeug schmeckte ihm so verdammt gut, er tauchte noch ein Mal tief hinein und holte sich einen vollen Löffel heraus.

Das ist recht lecker! sagte er dem kleinen Mann. Viel besser als das, was wir in der Kantine zu fressen bekommen!

Freut mich sehr, lächelte der Koch.

Solch ein Geheimnis wollte der Unterscharführer zuerst für sich behalten und daraus später seinen Nutzen ziehen, so dachte er sich. Jede Woche zur Anlieferungszeit war Haselbeck nun dabei, wenn der Koch seinen Vorrat bekam, kam dann wieder zurück, wenn alles fertig war, und ließ es sich gut schmecken.

Eines Tages hörte Haselbeck, dass die Frau des Kommandanten eine Weihnachtsfeier halten wolle wie zu den guten alten Zeiten, dass aber ihre junge polnische Köchin schwanger sei, jeden Tag ein Kind erwarte und daher nicht in der Lage sei, ein richtiges Festessen vorzubereiten. Da trat der Unterscharführer Haselbeck vor und sagte: Gnädige Frau Kommandantin, ich kenne einen Koch, der Zaubereien in der Küche hervorbringen kann.

Lassen Sie ihn mal zu mir kommen! erwiderte die Frau erfreut.

Der Unterscharführer Haselbeck wagte es natürlich nicht, der Frau Kommandantin zu gestehen, dass es ein Häftling war – und noch dazu ein Jude!

Und als er das nächste Mal den Koch zur Anlieferungszeit in der Häftlingsküche besuchte, brachte er ihm einen Anzug mit, den er aus dem Entkleidungsspeicher der Neuankömmlinge genommen hatte.

So, jetzt wäschst du dich, dass du nicht stinkst und ziehst dich anständig an! Du hast eine wichtige Verabredung.

Ich muss aber erst das Essen für die Häftlinge kochen, Herr

Unterscharführer! Pflicht ist Pflicht! protestierte der kleine Mann.

Die Schweinehunde können mal auf ihren Fraß warten! schrie Haselbeck.

Zu Befehl, Herr Unterscharführer! erwiderte der Häftling.

Also achtete der SS-Mann darauf, dass es keiner bemerkte und nahm den verkleideten Häftling mit zum Besuch bei der Frau des Kommandanten.

Sprich nur, wenn man dich anredet. Du darfst aber niemals verraten, dass du ein Häftling bist, und schon gar nicht ein Jude. Sonst gibt es Krach!

Nun stellte der Unterscharführer Haselbeck der Frau Kommandantin den kleinen Mann vor. Sie servierte ihm Tee und Kuchen. Und nachdem sie ein wenig das Wetter erörtert und gefragt hatte, ob es morgen regnen würde, fragte sie ihn höflich, was sein Lieblingsgericht sei.

Worauf er erwiderte: Erwürgte Gans von Himmel und Erde.

Komischer Name für ein Gericht, meinte sie.

Das war die meistbestellte Hauptspeise zur Weihnachtszeit im großen Restaurant des Hotel Adlon. Damals war ich nur ein Lehrling in der Küche. Die Kochkunst habe ich von dem Chef de Cuisine, Monsieur Delivrance gelernt, einem Franzosen.

Ach, das Hotel Adlon! seufzte die Frau. Einmal in meiner Kindheit hat mich mein lieber Opa dort zu Kaffee und Kuchen mitgenommen. Er zog zufrieden an seiner Pfeife, strich sich den Schnurrbart und lachte, wie ich die letzten Tropfen meiner heißen Schokolade aus dem Becher ausschleckte. Es war und blieb mir ein Wunschtraum, von Rauch umweht. – Erwürgte Gans? Warum denn nicht? erwiderte sie, völlig ergriffen von der Erinnerung. Es muss aber besonders gut schmecken! Mein Mann arbeitet so schwer. Ich will ihm damit das Leben ein wenig verschönern.

Es wäre für mich eine besondere Freude, Gnädige Frau, Ihren Wunsch zu erfüllen.

Nun ließ der SS-Mann den Häftling eine Liste machen und bestellte alles, was er verlangte. Und an dem Tag vor dem Heiligen Abend beschaffte der Unterscharführer Haselbeck dem Häftling einen weißen Kittel mit einer weißen Kochmütze. Und der Koch kochte ein so sagenhaftes Weihnachtsessen, dass der Kommandant mehrmals vor Freude und Genuss die Augenbrauen hob und sich sogar die Lippen und Finger leckte.

Am folgenden Tag wurde der Koch zum Kommandanten bestellt. Der Unterscharführer war etwas besorgt. Es ist nämlich eine Sache, eine Komödie vor der Frau des Kommandanten zu spielen, es beängstigte ihn aber doch, eine Maskerade vor dem Kommandanten zu wagen. Nun hatte er keine Wahl mehr. Einmal vorgelogen, könnte die Wahrheit ihm jetzt Haft oder gar noch Schlimmeres einbringen.

Wegtreten! Befahl der Kommandant dem Unterscharführer, worauf er dem verkleideten Häftling die Hand reichte und ihn höflich fragte: Mit wem habe ich die Ehre?

Unterscharführer Haselbeck zitterte, als er durch das Schlüsselloch guckte und folgendes Gespräch mitbekam:

– Der Name ist Riesig.

Der SS-Mann musste, trotz aller Aufregung, dabei lächeln. Komischer Name für einen kleinen Judenkerl.

Sie sind ein Zauberer der Küchenkunst, Herr Riesig, sagte der Kommandant. Nun hätte ich eine große Bitte. Bald habe ich einen ganz besonders wichtigen Besuch. Obwohl es geheim ist, sage ich es Ihnen: Es geht um den Reichsführer Himmler. Ich möchte, dass Sie etwas Feines für ihn vorbereiten, nur ist er Vegetarier!

Kein Problem, Herr Kommandant, erwiderte der Koch. Ich bereite ihm meine Erwürgte Gans von Himmel und Erde ohne die Gans. Nur brauche ich dazu besondere Kräuter.

Der Kommandant ließ den verängstigten Unterscharführer wieder hereintreten und befahl ihm: Sammeln Sie sofort ein Ackerbau-Kommando und lassen Sie sie alles anpflanzen, was der Herr Riesig verlangt!

Haselbeck tat wie befohlen. Ein Feld wurde mit allerlei Kräutern und Gemüse bepflanzt.

Darauf sagte ihm der kleine Mann: Ich brauche aber auch einen Hof mit Gänsen.

Wieso Gänse? Der Reichsführer ist doch Vegetarier! protestierte der Unterscharführer.

Die Gänse sind nur dazu da, um mit ihrem Dünger die Kräuter, Kartoffeln und Äpfel zu stärken.

Schade wäre es um das verschwendete Fleisch! winkte ihm der Unterscharführer zu.

Darauf ließ der Haselbeck einen Hof neben dem Haus des Kommandanten aufbauen und mit fetten Gänsen aus Ungarn bestücken.

Das Gänsegeschnatter störte aber den Kommandanten bei der Arbeit. Das Geflügel muss schleunigst verschwinden! befahl er dem verunsicherten Unterscharführer.

Gestatten Sie, mein Kommandant, der Koch braucht sie, um sein Gericht für Ihren großen Gast vorzubereiten, erwiderte der Unterscharführer.

Bauen Sie den Hof sofort ab und legen Sie ihn im Lager an. Der Lärm ist mir unerträglich und stört meine Konzentration!

Sofort, Herr Kommandant, erwiderte der Unterscharführer und besorgte noch ein Arbeitskommando, um den Gänsehof am Haus des Kommandanten abzubauen und im Lager wieder aufzubauen.

Der Eintopf der Häftlinge wurde täglich leckerer. Gerüche und Gerüchte gingen durch das ganze Lager.

Nun kam der Tag des wichtigen Besuches. Der kleine Häftling wurde wieder als Chef de Cuisine verkleidet und in eine vom Kommandanten eigens ausgestattete Küche gebracht, um das Gericht vorzubereiten.

Folgendes erzählte man sich: Die Vorspeisen schmeckten dem Reichsführer Himmler ganz gut. Als er aber das Hauptgericht kostete, fiel er fast in Ohnmacht, so gut schmeckte es ihm, er ließ sich sogar eine zweite Portion servieren.

Den Koch möchte ich kennenlernen! befahl er.

Sofort! erwiderte freudig der Kommandant und ließ den kleinen Mann aus der Küche holen.

Ich gratuliere! sagte der Reichsführer, die Brille noch vom Dampf der Brühe beschlagen. Das war ein sagenhaftes Essen.

Wie heißt denn das Gericht?

Erwürgte Gans von Himmel und Erde, Herr Reichsführer, erklärte der Häftling.

Auf diese Worte erstickte der hohe Herr fast. Jeder weiß, dass ich Vegetarier bin, so wie der Führer selbst.

Der Dünger und das Schnattern der Gänse dienen nur dazu, die Kartoffeln, Äpfel und Kräuter ein wenig zu kräftigen, Herr Reichsführer.

Sie kommen mir irgendwie bekannt vor. Wo haben Sie Ihre Kochkunst gelernt?

Vor dem Krieg im Hotel Adlon, mein Führer, erwiderte der Häftling.

Beeindruckt bat der Reichsführer um das Rezept und einen 'Proviantbeutel' für die Rückreise nach Berlin – das, was die Amerikaner ein 'Doggybag' nennen.

– Gern, mein Führer!

Und was war in dem Doggybag?

Gänsemist natürlich!

So wurde es unter den Häftlingen in dem Konzentrationslager Hoffnungslos, wo es eine Zeit lang Gänseeintopf zu essen gab, erzählt. Ob es wirklich wahr ist, kann kein Schwein sagen und schon gar keine erwürgte Gans.

Und was ist aus dem kleinen Koch geworden? Hat er die Haft überlebt?

Nach dem Krieg soll er eine kleine Gaststätte in Berlin geleitet haben. Und einst erschien dort der Kommandant, der inzwischen Leiter eines großen Getreidehandels geworden war. Wurde er nicht verhaftet und verurteilt?

Das KZ Hoffnungslos ist nirgends in den Akten erwähnt. Als der Koch von der Küche aus ihn mit seiner Gattin die Gaststätte betreten sah, war er erst etwas furchtsam.

Als er aber hinschaute und den Gesichtsausdruck der Gäste sah, wie sie Erwürgte Gans von Himmel und Erde auf der Speisekarte lasen, lächelte er ruhig.

Die Gans wurde bestellt, gebraten und serviert. Der Getreidehändler stocherte nur auf seinem Teller herum. Seine Gattin dagegen, die in der Zwischenzeit recht wohlbeleibt geworden war, leckte sich heimlich die Finger ab und war gerade dabei, einen kleinen Knochen abzuknabbern.

Da trat der Koch aus der Küche heraus und stellte sich seinen Gästen vor.

– Wir kennen uns von früher.

Unmöglich! murmelte fassungslos der Getreidehändler.

Doch! Doch! erwiderte der Koch und wandte sich an die Gattin. Ich begrüße Sie, Gnädige Frau!

Herr Riesig aus dem Hotel Adlon! lächelte sie etwas nervös.

Klein, aus dem KZ Hoffnungslos! korrigierte der Koch.

Worauf die Frau wie eine Gans mit dem Kopf zuckte und schnatterte und an dem verschluckten Knochen im Hals erstickte.

Im Märchen soll es aber doch ein gutes Ende geben.

Was soll dabei nicht gut sein?

Der große Getreidehändler ist pleite gegangen. Der Klein kaufte das Geschäft.

Und die Menschheit, was soll sie aus all dem entnehmen? Gar nichts.

Bei den Gänsen aber kann man bis heute immer noch ein zufriedenes Schnattern hören.

Die Heilige des Stiegenhauses
Ein Großstadtmärchen

1

Die dreckige Decke

Einst betrat eine junge Frau, ihr Gesicht von einem dicken Wollschal verschleiert, mit einem Bündel, das in eine dreckige Decke gewickelt war, den Hof einer Mietskaserne, schaute flüchtig herum, um sich zu bestätigen, dass niemand sie beobachtete, und ließ das Bündel unter den Stiegen bei den Mülleimern liegen. Wenn es nicht so ein kalter Winter gewesen wäre und der Hausmeister, Jaime Rodriguez, nicht selbst die Decke benötigt hätte, würde er den schmutzigen Stoff samt Inhalt sofort in den Ofen geworfen haben. Als er gerade einer hungrigen Ratte einen heftigen Tritt gab, bemerkte er, dass die Decke sich bewegte. Einen Augenblick lang dachte Señor Rodriguez, der etwas abergläubisch war, besonders wenn er ab und zu um sich körperlich und seelisch aufzuwärmen, einen Schluck Rum zu sich nahm, die Decke sei verhext. Er fiel auf die Knie und betete die Jungfrau Maria an, sie solle ihn vor allen dunklen Dingen beschützen. Und da entdeckte er plötzlich das Kind, kein Neugeborenes; obwohl blind, armlos und beinlos, konnte es schon deutlich reden. Beißen und Besen waren seine Lieblingswörter. Alles war Beißen und Besen.

Jeder Ort braucht seinen Geist, seinen Schutzpatron. So wurde das eigenartige Kind, dessen Oberkörper sich im Laufe der Zeit weiblich entwickelte, halt die Hausheilige der Mietskaserne.

Von dem gebastelten, mit Decken ausgepolsterten Bretterschuppen unter dem Stiegenhaus verteilte sie Weisheit wie andere Menschen Dummheiten. Man gab ihr zu essen und zu trinken, badete sie und kleidete sie in Lumpen. Zum Dank erwiderte sie etwas, wie zum Beispiel: Morgen, so Gott will, wird es regnen! Und tatsächlich kam es immer genauso, wie sie es voraussagte. Die Zukunft ist doch nichts anderes, meinte sie, als der verdaute und ausgespuckte Reste der Vergangenheit, eingewickelt in eine neue Haut.

Ich weiß nicht, wie ich hierher kam, wie lange ich schon hier gewesen bin, wie lange ich noch hier bleiben werde, sagte sie. Es scheint mir, als ob die Leute immer zu mir gekommen sind und mich nach irgendetwas gefragt haben.

Manchmal ging es um ein Geschäft: Das Pferd, dessen Mist du mir verschafft hast, ist krank und wird sicherlich morgen im Rennen verlieren. Setz keinen Pfennig darauf.

Meistens aber ging es um Liebe und Kummer: Nach dem Geruch des Hemdes, das du mir gebracht hast, Elvira, meinte sie, würde ich deinem Mann nicht trauen.

Man brachte ihr auch neugeborene Kinder noch vor der Taufe, damit sie sie heimlich segnen sollte. – Es riecht ganz heil und munter. Gott sei Dank.

Gracias, La Santa, gracias, erwiderte die dankbare Mutter.

Dann spuckte die Heilige dem Kleinen zu seinem Glück einen Mundvoll Speichel in die Augen und auf die Stirn.

So Gott will, schwor die dankbare Mutter, spende ich für dich ein Grab und errichte dir ein Denkmal.

Ich brauche weder Grab noch Denkmal, erwiderte La Santa. Hier unter den Stiegen bin ich zuhause. Meine Knochen würden sich anderswo fremd fühlen. Lasst mich bitte hier liegen, solange es Gott will. Hier kenne ich jedes Geräusch und jeden Geruch. Hier rolle ich mich gegen scharfe Ecken und spüre die Rauheit des Lebens. Selbst der Staub ist mir vertraut.

Man sagt, ich sei verlassen worden, ein Fehler der Natur, eine fehlgeschlagene Abtreibung einer herzlosen Mutter. Die arme Frau hatte sicherlich ihren Grund. Alles hat seinen Grund, selbst die Grausamkeit. Bestimmt hat sie es sich vorher eine Zeit lang überlegt und versucht, sich doch um das Kind zu kümmern, denn die Leute sagen, ich sei schon rollend, riechend, hörend und sprechend gewesen, als man mich in eine warme Wolldecke gewickelt entdeckte. Vielleicht war es, wer weiß, ihre einzige Decke. Dafür bin ich ihr immerhin dankbar.

La Santa wurde auch außerhalb der Mietskaserne bekannt. Ihre Anhänger sorgten dafür, indem sie Flugblätter in der U-Bahn verteilten.

Die Weißen nannten sie das Orakel von der Avenue D. Die Schwarzen nahmen sie in Anspruch als eine der ihrigen und behaupteten, sie wäre eine heimliche Voodoo-Königin. Die Spanischsprechenden nannten sie einfach La Santa.

Zwei Männer, beide muskulös und schwer bewaffnet, hielten ständig Wache. Angst hatten ihre besorgten Anhänger permanent, ihre Heilige zu verlieren, Angst, dass andere sie eines Tages wegschleppen würden.

Sie erkannte jeden Schritt, jedes Geräusch.

Das freudige Knurren der Kinder, die auf ihrem Hintern lustig auf dem Treppengeländer herunterrutschten.

Das ungeduldige Stampfen der Jungen, die drei Stiegen mit einem Schritt hinaufstürmten.

Die schweren Schleppschritte der Alten, die mühsam einen Fuß nach dem anderen hinaufzogen.

Das Klopfen der Gehstöcke derjenigen, für die der Lebensweg schon bald zu Ende war.

Die gleitenden Schattenschritte der Gedanken, die nichts wiegen.

Das war ihre ewige Nachtmusik, deren Töne das Leben der anderen auf ihrem krummen Rückgrat wie auf einem Klavier spielte.

2
Carlito

Das alles erzählte sie einem Jungen, der es Wort für Wort aufschrieb. Das Geschriebene konnte sie weder sehen noch lesen. Manchmal stellte sie ihn auf die Probe. Carlito, sagte sie, lies mir das mal vor. Und er las es ihr genauso vor, wie sie es in Erinnerung hatte.

Der Mutter des Jungen half sie nach drei Fehlgeburten, endlich mit ihm schwanger zu werden. Es soll ein Sohn sein, sagte ihr La Santa. Und als er alt genug war und sich als fleißig erwies, versprach die Mutter, ihn ihr als Waisenknabe und Schreiberling zu schenken. So rief sie ihn immer wieder zu sich, wenn sie nachmittags, nach der Schule, seine Schritte sich nähern hörte, und wenn sie Erinnerungen sammeln, Gedanken festhalten oder die Zukunft bestimmen wollte.

– Bist du bereit, Carlito? Ist dein Bleistift gespitzt?

– Warte mal, La Santa, damit ich mir mein Heftchen hole.

– Nun höre und schreibe!

3
Rache gerochen

Einst kam zu ihr ein Mann des Namens Armando Spats. Er roch nach Ärger und Begierde. Deine Hand zittert, Armando Spats, warum denn? Es lohnt sich nicht, mir Lügen zu erzählen. Ich rieche, wenn was falsch klingt.

Armando Spats blieb still.

– Ist es wegen einer Liebesgeschichte?

Armando Spats sagte weiter nichts.

– Bei der Liebe gibt es keinen Reiseplan und keine Landkarte. Der Weg läuft immer krumm.

Er stöhnte.

– Bitte, Señor Spats, sag mir, was dir fehlt.

Nach einer Weile fand er endlich seine Stimme. – Elisabetta heißt sie. Sie ist mit einem anderen verheiratet.

– Glücklich oder nicht?

Er schwieg.

– Gibt es Kinder?

Ein Sohn … er zögerte. *Mein* Sohn, Guillermo … Noch ein

Zögern. Es war früher was zwischen uns ... zwischen mir und der schönen Elisabetta, als wir beide noch jung waren. Wir kannten uns schon als Kinder. Wir liebten uns. Doch wollte sie sich immer mit einem Reichen verheiraten.

Ich will mich endlich mal aus dem Dreck erheben, Armando, sagte sie mir.

Ich kann es auch schaffen, genügend Geld zu verdienen, versicherte ich ihr.

Ich will in einem großen Haus wohnen, wo man mit der Türglocke läuten muss und breite Stiegen steigen, mit kristallenen Leuchtern am Plafond, orientalischen Teppichen auf dem Fußboden und Dienern noch dazu.

– Hab doch nur ein wenig Geduld, Elisabetta. Ich bringe es zu was.

– Geduld ist für Dummköpfe. Ich will Geld.

– Warte nur, Elisabetta, ich bitte dich! Nun machte ich mich an verschiedene Geschäfte, nicht alle ganz korrekt, um möglichst schnell für sie Geld wie Luft einzusaugen. Einiges ging aber schief, und ich fand mich plötzlich im Knast wieder. Warte auf mich, Elisabetta! flehte ich sie an. Anfangs besuchte sie mich noch und brachte mir sogar Blumen und M&Ms, meine Lieblingsbonbons. Die Besuche wurden aber immer seltener. Die Blumen vertrockneten. Ich sparte mir meinen letzten Bonbon, einen roten, auf, den ich wochenlang unberührt in seiner Plastiktüte ließ, bis ihn mir eine Ratte wegschnappte. Dann gebar sie den kleinen Guillermo. Sie brachte ihn ein einziges Mal zu mir. Er lächelte mich an mit seinen großen braunen Augen.

– Ich kann dich von nun an nicht mehr besuchen, Armando, sagte sie mir plötzlich.

– Warum denn nicht?

Sie zögerte. – Weil ich morgen heirate.

– Du Schlampe!

– Ich habe es dir doch immer gesagt. Ich muss raus aus dem Dreck.

– Was soll denn aus dem Guillermo werden?

– Ein Knastbruder ist kein Vater. Mein Gatte ist großzügig, er wird ihn adoptieren.

– Guillermo ist doch mein Sohn!

– *Er* wird ihn anerkennen.

Dann war die Besuchszeit zu Ende. Der Wächter kam herein.

Adios, Armando! sagte sie mir und wischte sich eine Träne aus dem rechten Auge, wobei das linke schon schräg zur Seite blickte, den Wächter als Mann und Goldgrube bewertend …

Es sind Jahre vergangen. Jahre voller Wut und Begierde. Ich roch an den vertrockneten Blumen, bis meine Nase keine Erinnerung mehr aus ihnen saugen konnte und die Blüten zu duftlosem Staub zerfielen. Selbst der Schlaf ließ mir keine Ruhe. Im Traum sah ich immer wieder Elisabettas schönes Gesicht, eine Träne aus dem rechten Auge tropfend, das linke aber schräg seitwärts gerichtet, und Guillermos Lächeln. Nun habe ich meine Zeit abgesessen. Endlich wurde ich entlassen. Letzte Woche kam ich raus. Die Welt sieht jetzt anders aus, La Santa. Sie stinkt nach Geld. Die alte Gegend hat sich verändert. Alles ist mir fremd.

Er wurde wieder eine Zeit lang still.

– Wehe dir! Ich rieche böse Absichten, Armando!

– Ist es böse, wenn ich das Meinige wieder zurückhaben will? Ich habe mich erkundigt. Ich weiß, wo sie wohnt.

– Sie ist mit einem Anderen verheiratet.

– Ein Geistlicher hat wohl die Ehe gesegnet, der Guillermo gehört aber mir.

– Und nun verlangst du meine Hilfe?

– Tausend Dollar gebe ich dir.

– Was soll ich damit?

– Ich geb dir noch einmal tausend, wenn es zu Ende ist.

– Was heißt, zu Ende?

– Du musst mir helfen, La Santa!

Sie zögerte. – Kannst du mir von ihr ein Kleidungsstück verschaffen, dass ich die Zukunft darin rieche?

– Das tue ich.

Und so kam er in der folgenden Woche wieder. Sie fragte ihn nicht, wie er an das Kleidungsstück gelangt war.

– Hier ist es, La Santa!

Er reichte ihr ein intimes Etwas, das an ihrer Haut gelegen hatte und nach Gebärmutter roch.

– Halte es mir vor die Nase.

Er tat, wie sie verlangte.

– Sie gehört dir nicht mehr, Armando Spats! Such dein Glück bei einer Anderen.

– Sie hat mir mein Glück gestohlen.

– Wie du willst, erwiderte sie endlich. Nun geb ich dir die Wahl.

– Welche Wahl?

– Zu welchem Zweck du das Gift gebrauchen willst, Mord oder Selbstmord, oder gar gegen Kakerlaken. Und wozu hat Armando Spats das Gift benutzt? Das ist eine andere Geschichte für morgen.

4
Woher ihre Weissagungskraft stammte

Leben ist Zufall und Zerfall, eine langsame Zerstückelung, lehrte La Santa. Der normale Mensch bemerkt es nur im Nachhinein, wenn ihm was fehlt. Sie, die sozusagen im Staub geboren und aufgewachsen war, erlebte es ständig. Staub ist Puder des Gewesenen. Soviel man wusste, schlief sie nie, so war ihr alles Traum. Sie konnte wachend die Bruchstücke der Zukunft wie ein Tausend-Teile-Puzzle sorgfältig zusammensetzen. Und da sie dazu noch blind war, keine Finger hatte, um nachzutasten und selbst körperlich zerrissen, so roch und spürte sie die Risse des Lebens.

5
Das Gebet der Gläubigen

O La Santa, du Selige! Gib mir Augen hinten im Kopf und Nasenlöcher im Gedärm! So beteten die Gläubigen. Nun bückte man sich, legte sich demütig auf den Boden und kroch wurmhaft zu ihr, um ihre eigenartige Bewegungsweise nachzuahmen und gleichzeitig dabei auch zu bezeugen, wie unvollständig und unbeholfen man selber, trotz Armen und Beinen, ohne ihre Hilfe wäre. – Lass mich endlich durch diese harte Puppe hindurchbrechen und wie ein Schmetterling frei fliegen! Amen! So klang das Gebet.

6
Beschützung

Die Behörden und den Hausbesitzer fernzuhalten war ihren Angehörigen ein ständige Sorge. Es kamen immer wieder wohlmeinende Fürsorgerinnen vom Sozialamt, Wohlfahrtspflegerinnen und Agenten von der Verwaltung und letztlich auch städtische Wachmänner. Jeden musste man täuschen oder bestechen, jeden auf seine Weise. Den Fürsorgerinnen täuschte man eine Familie vor, Pflegeeltern, die sich um sie kümmerten. Die Wohlfahrtspflegerinnen führte man in ein Zimmer mit Tageslicht und frischer Luft.

Es kamen auch Geistliche, denen es vor allem um ihre Seele ging. Ja, ja, wurde immer wieder versprochen, wir bringen sie nächsten Sonntag zur Beichte. Und wenn es nicht dazu kam, so sagte man, die Arme sei vorläufig leider erkrankt, werde aber bestimmt am übernächsten Sonntag wieder gesund sein. Agenten aus der Hausverwaltung bestach man mit Geld.

7
Die Unbefleckten

Um die Wachmänner abzuhalten, stellte sich ein Verband von jungen Verehrerinnen, die sogenannten Unbefleckten, wechselnd in kurzen Röcken und Stöckelabsätzen an der Straßenecke zur Verfügung, so dass die Behörden immer noch glaubten, dass es hier eigentlich um etwas ganz anderes ging, und solange die Bullen auf diese Weise ihre Lust kostenlos stillen konnten und sich dadurch täuschen ließen, guckte keiner hinter die Kulissen. Sie, die Unbefleckten, gaben freiwillig ihre Körper. Sie stellten der Heiligen ihre Beine, ihre Brüste, ihre Gebärmutter zur Verfügung. Vergib uns unsere Sünden, La Santa! beteten sie.

8
Staub lügt nicht

Manche fremde Skeptiker, vor allem die Weißen, verhöhnten ihre Offenbarungen. Wie kann ein armloser, beinloser, blinder Krüppel die Wahrheit, die er nicht einmal sehen oder tasten kann, enthüllen! Kommt nicht Wasser aus den Tiefen? Gräbt man nicht nach Gold und Edelsteinen in der Erde?

Manche, die sie nicht mit eigenen Augen gesehen hatten, zweifelten sogar, dass es sie überhaupt gab. Sie behaupteten, sie wäre von schlauen Schiebern erfunden, um die allgemeine menschliche Verzweiflung auszunützen und daran Geld zu verdienen. Denen wurde einfach erwidert: Staub lügt nicht.

Manchmal stöhnte La Santa und es klang bald wie lang geblasene, bald wie kurz gezischte, bald wie gebellte, tierische Geräusche, doch folgten keine deutlichen Worte nach.

Carlito wartete geduldig, Bleistift in der Hand, die Ohren gespitzt. Was ist mit dir, La Santa? Hat dein Geist deinen Leib verlassen? fragte er besorgt nach einer Weile.

Da hob sie ihren Kopf und guckte ihn an, als sollte ihr blinder Blick doch etwas ganz Bestimmtes aussagen, bis sie wieder zu sich kam. Ich bin ein Rohr und musste mich leeren.

9
El Palacio de los Relojes

La Santa hatte nämlich Konkurrenz. Eine dicke, hartherzige Dirne, Madame Dagmar, selbst längst beruflich im Ruhestand, leitete einen Puff mit dem Decknamen El Palacio de los Relojes (Der Palast der Uhren), im Parterre einer ehemaligen Uhrenfabrik auf der gegenüberliegenden Avenue D. Dinero por su oro, (Geld für dein Gold) hieß es in großen, goldenen, auf das Schaufenster gemalten Buchstaben. Alte Uhren, die längst kein Tick-Tack mehr von sich gaben, lagen in staubigen Haufen herum. Die einzige Bewegung, die der Vorbeilaufende bemerkte, war das Blinzeln im Auge einer schwarzen Katze, deren Miau bei der Ankunft eines Kunden als Glocke diente. Dagmars Kunden, meistens ältere Herrschaften, suchten nicht die Zeit zu bändigen, sondern eher das Gegenteil. Alle hatten keine Eile.

Vergebens versuchte Dagmar La Santas Unbefleckte, die

jünger, hübscher und angeblich erfahrener waren als ihre eigenen Nutten, für sich zu gewinnen. Ich gebe euch das doppelte Gehalt, mit Sonntagspause für die Beichte! bot sie ihnen an. Die Mädchen lächelten nur und lehnten alle Angebote ab.

Hijo de la gran Puta! beschwerte sich die Dagmar bei ihrem ehemaligen Geliebten, Stammkunden und alten Beschützer, Detektiv Dick Danko, Chef der Sittenpolizei. Die Unbefleckten vertreiben mir meine Kunden. Kannst du nichts dagegen tun, Dicky dear? wie sie ihn nannte, wobei sie ihm ihren linken kleinen Finger in sein rechtes Ohrloch steckte, um Ohrenschmalz herauszufischen und ihm dabei liebevoll das dicke Doppelkinn kratzte.

Detektiv Danko, der seine Finger in jeden Topf tauchte, Montag und Dienstag Nachmittag bei Dagmar, Mittwoch, Donnerstag und Freitag aber bei den Unbefleckten, seufzte und zuckte mit den Achseln. – Konkurrenz belebt das Geschäft! Tut mir schrecklich leid, mein Liebchen!

10
Die Entführung

Dagmar hatte endlich genug. Eine einfallsreiche Frau, entschied sie sich, selbst in dieser Sache einzugreifen. Sie verbarg ihr Gesicht hinter einem schwarzen Schleier, gab sich als traurige alte Witwe aus und begab sich in die lange Schlange der Gläubigen vor La Santas Stiegenhaus.

Dagmar wartete geduldig. Ließ anderen aus vorgetäuschter Güte den Vortritt, bis sie endlich an der Reihe war. Da legte sie sich vor La Santa in den Staub und kroch auf dem Bauch vorwärts. Vergib mir meine Sünden! betete sie. Alles war gründlich durchdacht. Sie schenkte den Muskelmännern eine Flasche Rum, wartete, bis sie sich davon reichlich bedient hatten und ihre Aufmerksamkeit den Unbefleckten zuwandten, und griff dann schnell zu, stopfte der Heiligen den Mund mit schmutzigen Lappen, wickelte sie in ihre Decke und schleppte sie aus dem Stiegenhaus.

Halt's Maul! bedrohte sie ihre wimmernde Beute, sonst dreh ich dir den Hals um!

Wie eine glückliche Großmutter hatte sie La Santa in einen Kinderwagen gelegt und war mit ihr davongefahren.

Der steigenden Angst nachgebend, zitterte La Santa am ganzen Leib, bis sie begriff, dass jeglicher Widerstand nutzlos und lächerlich war. Keiner würde ihr zu Hilfe kommen. Und so lag sie still, um ruhig ihre Lage zu erwägen.

Es war ihr erster und einziger Ausflug aus dem Stiegenhaus. Sie, die ihr Leben lang drinnen lag, spürte, hörte und roch zum ersten Mal das sinnliche Gewirr und den Gestank der Großstadt. Alles raschelte und klopfte und schüttelte um sie und unter ihr. Der Kinderwagen flog über Asphalt und Pflaster, mal ruppig, mal sanft. Hin und her rollte er. Alles schrie. Alles blies. Ihre Angst vermischte sich mit Neugier. Wo bringst du mich hin? dachte sie. Ihre Nase wirkte wie eine Hand mit unendlich langen Fingern. Ihre Entführerin roch nach Neid und Wut. Der Duft kam ihr irgendwie vertraut vor.

Dann spürte La Santa wieder das Rumsen der Räder auf abwärts führenden Stiegen. Eine metallene Tür öffnete sich.

Danke! rief Dagmar jemandem zu und schob den Kinderwagen weiter vorwärts.

Eine Stimme schrie laut: Vorsicht! Der Uptown 6 kommt an! Dann folgte ein fast unerträgliches metallenes Kreischen, so schrecklich laut, dass La Santa dachte, ihre Trommelfelle würden platzen. Dagmar beugte sich hinunter zum Wagen und flüsterte ihr zu: So, jetzt geht's los, Liebchen.

Sie hielt der Gefangenen ein Tuch, in Äther getränkt, vor den Mund. Im Halbtraum, was ja doch nur eine Verwandlung von Bewusstsein ist, fühlte La Santa einen Druck in den Ohren, wie sie es schon einmal gefühlt haben musste, da es ihr eher wie eine Erinnerung vorkam. Der Kinderwagen wurde eine Badewanne. Hände wuschen sie. Wo bin ich? fragte sie. Die Hände, die zu niemanden gehörten, waren aber nicht gesprächig. Sie wusste, dass sie unter Wasser war. Dabei empfand sie aber keine Angst, sie wunderte sich nur ein wenig, dass sie dabei nicht nass wurde.

Als sie aus dem Rausch wieder zu sich kam, empfand sie eine plötzliche Enge.

Eng. Eng. Alles war ihr eng. Der Wagen, in dem sie wie eine lebendige Tote lag. Ihr Körper selbst, dieses armlose, beinlose, blinde, nutzlose Ding, das nur da war, um anderen behilflich zu sein, umfing sie wie Beton. Was hat der liebe Gott mit meinen Beinen und Augen gemacht? dachte sie in ihrer Verzweiflung. Hat Er aus ihnen eine Suppe gekocht? Und die Augen, wurden sie zu Fettaugen verschmolzen, so dass sie nur noch nach innen sehen? Dabei weinte sie bittere Tränen.

Dann lockerte sich die Enge wieder und der Druck in den

Ohren gab nach und wurde plötzlich abgelöst von einer lauten Musik, einem Bummern und Händeklatschen. Tänzer waren es, Break Dancers.

– What time is it, ladies and gentlemen? It's showtime!

Ihre Bewegungen konnte sie nicht wahrnehmen. Die rhythmischen Schwingungen aber konnte sie im Rückgrat spüren und bewundern. In diesem Augenblick war es, als ob die Tänzer La Santa ihre Körper liehen. Ihr wuchsen Augen, Arme und Beine aus dem Gehirn. Im Kinderwagen hin- und herrollend, tanzte sie mit.

Danke! God Bless! ertönte danach eine Stimme. Es wurde geklatscht. Womit sich für sie das, was sie schon längst wusste, bestätigte: dass man Gott überall begegnet, besonders dort, wo man das Göttliche am wenigsten erwartet. Die Enge löste sich auf in einer zärtlichen Umarmung des Weltalls.

La Santa stöhnte.

Gott im Himmel spielt manchmal aus Langweile eigenartige Streiche mit Menschenleben. Dagmar beugte sich zu der Gefangenen, unschlüssig, ob sie sie beruhigen oder erwürgen sollte. Eine Locke Haar fiel La Santa kitzelnd auf die Wange, und nun erkannte sie den Duft. Sie spuckte die Lappen mit einem kräftigen Ruck aus dem Mund. Mamma! Mamma! schrie sie laut auf.

11
Die Doppeloffenbarung

Die Entführerin fiel in Ohnmacht.

Und als Dagmar wieder erwachte, war es, als ob ihr die Scheuklappen von den Augen gefallen wären. Sie kniete sich vor ihre gesegnete Tochter. – Verzeihe mir meine Sünden!

Sündigen kann man nur wissentlich, sagte La Santa. Du schliefst. Jetzt bist du erwacht.

Von nun an übernahm La Santa die Leitung von El Palacio de los Relojes. Ein Beichtstuhl in Form eines Stiegenhauses wurde innen mit bequemen Kissen und außen mit roten samtenen Vorhängen ausgestattet. *Dinero por su oro,* (Geld für dein Gold) blinkte ein Neonschild in brennenden goldenen Buchstaben.

Sonntags gingen Mutter und Tochter mit dem Kinderwagen spazieren. Die Glückliche ließ sich danach von den Break-Tänzern berauschen. Detektiv Dick Danko ließ sich Montag- und Dienstagnachmittag wie früher von Dagmar das Ohrenschmalz mit dem kleinen Finger herausfischen und sich dabei das dicke Doppelkinn liebevoll kratzten.

La Santa empfing täglich eine immer längere Schlange von Gläubigen. Die Unbefleckten empfingen weiter ihre Wachmänner. Kinder und Mieten wuchsen. Die unfassbare Zukunft geriet zur greifbaren Gegenwart und verfiel alsbald in verpfändete Vergangenheit. Weissagung und Genuss blieben aber immer noch ein gutes Geschäft.

Letztes Gespräch

Sie lag mit dem knochigen Schädel seitwärts auf dem Kissen, mit eingefallenen Wangen, das Gesicht etwas schräg, als ob der himmlische Bildhauer falsch berechnete hätte, zu viel Lehm auf der einen Seite und nicht genug auf der anderen anhäufend. Der kleine geschrumpfte Körper war nichts mehr als Haut und Knochen.

Wenn die Erdäpfel weich sind muss man sie schälen, murmelte sie so im Halbschlaf vor sich hin.

Ist der Mensch ein Gedicht? fragte ihr Sohn.

Im Allgemeinen, erwiderte sie.

Was ist deine erste Erinnerung? forschte er weiter, das bisschen Leben, das ihr noch übrig blieb, behutsam rührend.

Krieg!

Warum schüttelst du den Kopf? fragte er.

Bläde Welt! bestimmte sie, ihre letzten Worte.

Der Müll tanzt einen Walzer mit dem Wind

Der Müll tanzt einen Walzer mit dem Wind. Leere Plastikflaschen folgen ihm in schwungvollem Tanzschritt. Gestern begehrt, liegen zusammengeknüllte Zeitungsseiten heute wie Mauerblümchen eng an den Straßenrand gepresst. Eine alte verbogene Schallplatte schaukelt hoffnungsvoll hin und her. Wie eine frühzeitige Witwe, denkt der billige verlassene Schirm, das schwarze Kleid von den metallenen Rippen gerissen, immer noch liebevoll an ihrem wütenden Gatten hängend, auch wenn der sie schlecht behandelte. Der dreckigweiße Plastiklöffel liegt schwankend vor dem Lüftungsgitter des Lebensmittelladens, heimlich hungernd nach heißen Lippen.

Der gesunde Mensch isst, scheißt und vergisst
Ein ungepflegtes Nachwort

Vergangenheit besteht aus unverdauten Gegenwartsstücken. Erinnerung ist ein Brummen im Bauch, ein Rülpser, ein Aufstoßen, bei dem man den etwas säuerlichen Geschmack des Gestrigen als Nachgeschmack genießt. Geschichte an und für sich – die große wie die kleine – ist im Grunde nichts als ein Verdauungsproblem. Der gesunde Mensch isst, scheißt und vergisst.

In mir lebt ein ungeborener Dichter deutscher Sprache

Eine Nachbemerkung

Da ich Deutsch als erste Sprache rein mündlich von meiner Mutter lernte, so ist und bleibt es meine eigentliche Muttersprache. In Englisch aber bin ich groß geworden. Und da ich Deutsch erst viel später, als Erwachsener, zu lesen und zu schreiben lernte, bleibt es für mich eine Kindersprache, oder vielmehr ein Lausbubendialekt. Als solcher entdeckt der, der Peter Wortsman heißt, im Erklingen deutscher Laute immer wieder sein zweites Ich, den Mr. Hyde zu seinem Dr. Jekyll, ein gaunerhaftes, unverschämt plauderndes Geschöpf, das sich Frechheiten erlaubt, die sein wohlerzogenes, erwachsenes, englischsprachiges Ich gewiss zensiert hätte.

Ich sage es mal klipp und klar, auch wenn es komisch klingt: In mir lebt ein ungeborener Dichter deutscher Sprache, der sich trotz allem zu der literarischen Tradition von Kleist bis Kafka bekennt. Zu dieser Tradition habe ich als Übersetzer ein intimes Verhältnis. Jedes Wort ist doch eine Luftblase, jeder Satz ein leichter Wind, eine Ausatmung mit Bedeutung belastet. Mit dem Ohr an den Mund des Gewesenen geklebt, wirkt der Übersetzer als Medium, das buchstäblich die Inspiration durch fremde Silben vermittelt. Übersetzung von einer Sprache in eine andere, besonders der Worte der Toten, ist eine Art Atemspende, mit der man abgelaufene Gedanken neu belebt. Nun gibt es für mich im Deutschen auch, wenn ich ganz ehrlich bin, einen düsteren Subtext. Die Sprache der Dichter und Denker, zu denen ich mich auf meine bescheidene Weise dazuzähle, ist wohl auch die Sprache der Richter und Henker. In Auschwitz und Buchenwald hat man nicht nur Menschen umgebracht, man hat auch die dünne Grenze zwischen Albtraum und Wirklichkeit ein für allemal ausradiert und dadurch eine neue Grenzsprache geschaffen, in der das Bewusstsein und das Unterbewusstsein wie ungetrennte siamesische Zwillinge plappern. Sprichwörter wie „Jedem das Seine" und „Arbeit macht frei" und Lagerbegriffe wie „Muselmann" (ein lebender Toter) und „Kanada" (der Lagerraum in Auschwitz-Birkenau, wo das Hab und Gut der Getöteten gesammelt wurde, und daher der Inbegriff von unbegrenztem Reichtum und unbegrenzten Möglichkeiten) bekunden einen schwarzen Humor, der heutzutage eine Reizung in der Gurgel erzeugt, die sich nie in lockeres Lachen auflöst. Auch diese deutsche Sprache habe ich geerbt.

Nun zu meiner zwiespältigen kulturellen Zugehörigkeit. Es gab mal eine zwar stürmische und immer wieder in gewalttätige Anfälle ausbrechende, aber immerhin reiche und fruchtbare Kulturehe zweier Völker, die schließlich in einer schrecklichen Scheidung auseinandergegangen ist. Diese deutsch-jüdische Ehe, in deren verflochtenen Seelen sich Nordsee und Mittelmeer, Bergsteiger und Nomade trafen, und die zurück bis in die Zeit der Römer führt, als Juden erstmals kleine Siedlungen am Rhein gründeten, hat zu den Höhepunkten und Tiefpunkten unseres Zeitalters geführt. Man kann sich wohl nur einen Marx, einen Freud, einen Kafka, einen Wittgenstein, oder gar einen Einstein unter den vielen anderen Wegweisern der Moderne vorstellen, an deren Wegkreuzung sich strenge deutsche Syntax, Logik und Idealismus mit talmudischer Gerechtigkeit und Idealismus, und der Neugier eines Nomaden, der nirgends zuhause ist, verbinden, Eigenschaften, die zum einen zum Messianismus neigen und zum andern bei manchen Juden mit der anscheinend entgegengesetzten Bereitschaft verbunden sind, nämlich alle Regeln regelmäßig zu brechen. Wahlverwandtschaft vielleicht. Ich würde eher, im Rückblick etwas zynischerweise von einer produktiven Symbiose reden, so wie der Vogel, der auf dem Rücken des Bisons lebt und sich von den Insekten in dessen Fell ernährt, bevor er weiterfliegt. Bison und Vogel sind zufrieden. Nur die Flöhe freuen sich nicht.

Das biblische Wort „Ivri" (Hebräisch) bedeutet überschreiten. Abraham verließ seinen Geburtsort Ur, um sein Leben anderswo zu suchen. Moses führte sein Sklavenvolk aus Ägypten durch die Wüste und die zurückrollenden Wellen des Roten Meeres, um am anderen Ufer die Freiheit zu suchen.

Ich gehöre zu einem Volk der Wanderer. Vielleicht trage ich das Nomadentum meiner Urahnen in meinen Zehen und deren ungeduldige Atemzüge noch in meinen Lungen. Die Deutschen waren auch mal ein wanderndes Volk, oder Völker. Bewegungen der Moderne wie Wandervögel und Kibbutzniks, wenn auch von verschiedener politischer Neigung, sind im Grunde genommen vielleicht nicht gar so voneinander verschieden. Vielleicht trafen sich in meinen Knien tatsächlich deutsche und jüdische Wanderlüste. Schon als junger Mann war mein Vater, ein geborener

Wiener, öfters unterwegs irgendwohin, vorzugsweise nach Paris. Später wurden meine beiden Eltern aus ihrer Heimat vertrieben. Mein Vater, der sieben Sprachen fließend sprach, hat seinen Status als Flüchtling zu einer Lebenskunst entwickelt. Er hat uns von Kindheit an zu Reisenden erzogen. Hinter dem Genuss, die weite Welt zu erfahren und sich immer neu in der Fremde zu entdecken, gab es jedoch immer wieder den Gedanken, dass man wie eine Katze springen lernen muss, da man nie wissen kann, wann man wieder weg muss.

Jüdisch sein heißt für mich vor allem, im Gehirn ein tief eingraviertes Fragezeichen wie ein Ehrenzeichen zu tragen, sicher nur in der Unsicherheit zu sein und sobald ich mich irgendwo befinde, mich schon nach einem Ausgang umzusehen.

Es kam mir immer so vor, als wäre ich im Schatten der Flammen geboren, als ob alles Bedeutsame und Folgenschwere schon vor meiner Geburt geschehen wäre und dass ich eigentlich kein Recht auf eigene Erlebnisse hätte, weil man sie immer als belanglos und folgenlos einschätzen würde im Vergleich zu dem, was meine Eltern erlebt hatten.

Dann landete ich 1973 mit einem Fulbright Stipendium an der Albert Ludwig Universität in Freiburg im Breisgau, um die Märchen, die Lieblingsliteratur meiner Kindheit, zu studieren. Und ein Jahr danach zog ich als Stipendiat der Thomas J. Watson Foundation nach Wien, wo ich Interviews mit Überlebenden der KZs machte. Sie sind heute in der „Peter Wortsman Collection of Oral History" im U.S. Holocaust Memorial Museum in Washington aufbewahrt. Damals habe ich die Gespenster im

Schatten aufgesucht. Daraus sind auch ein paar Lieder entstanden und viele Jahre später schrieb ich mein erstes Theaterstück *The Tattooed Man Tells All*.

Mein Vater starb 1979. Trotz des schweren Gewichts der Trauer befreite mich aber auch sein Tod, als wäre eine zweite Nabelschnur durchschnitten worden. Erst nach seinem Tod fing ich eines Tages an, kurze Texte auf Deutsch zu schreiben. Mein erstes Buch kurzer Prosa *A Modern Way to Die* (1991), in dem manche Texte ursprünglich auf Deutsch geschrieben waren und danach ins Englische übersetzt wurden, habe ich meinem Vater gewidmet und zwar mit dem von ihm oft wiederholten Wiener Spruch als Epigramm: „Nichts dauert ewig, der *schänste* Jud wird schäbig".

Komischerweise fühlte ich mich erst nach dem 11. September 2001, als die große Gefahr in unmittelbare Nähe zu rücken schien und ich aus dem Fenster die Türme fallen sah, von den Phantomen der Vergangenheit befreit. Die geopolitische Lage um mich herum schien sich vollkommen zu ändern.

Meine Mutter, mit der ich meistens deutsch sprach, starb 2007. Ich fiel danach in eine große Depression und hörte eine Zeitlang auf zu schlafen, was dann auch schwere Konsequenzen für meinen Geisteszustand hatte. Am Rande des Wahnsinns war ich fast bereit, alles aufzugeben, meine Ehe, meinen Beruf, mein bürgerliches Leben. Ich schrieb fast nichts mehr. Glücklicherweise bin ich mit der Liebe einer klugen Frau gesegnet, die meine Launen so lange duldete, bis sie sich allmählich auswuchsen.

Dann im Jahr 2010 hat sich alles plötzlich wieder geändert. Als Holtzbrinck Fellow an der American Academy in Berlin hatte ich die Gelegenheit, nicht nur Berlin in all seiner kulturellen Vielfalt zu entdecken, sondern auch die Tiefe meines Verhältnisses zur deutschen Kultur und zur deutschen Sprache auszuloten. Ich sammelte und verarbeitete meine Beobachtungen, Erlebnisse und Erinnerungen in dem Buch *Ghost Dance in Berlin: A Rhapsody in Gray*, in dem ich endlich mit den Gespenstern meiner Kindheit tanzte.

Passen meine jüdischen und deutschen Sprachpuzzlestücke eigentlich überhaupt noch zusammen?

Wenn man heute noch von Volkseigenschaften reden kann und darf, was ich zuweilen bezweifle, so läuft man Gefahr, sich in hohlen Klischees zu verlieren, wie zum Beispiel, dass die Deutschen fleißig, träumerisch und idealistisch sind, gerade so wie die Zwerge im Märchen vom Schneewittchen. Normalität, weder die europäische, noch irgendeine andere Variante, wünsche ich keinem Individuum und keinem Volk. Die Norm zieht nach unten. Bleiben wir lieber alle abnormal, exzentrisch, verschroben und versponnen, eine Versammlung harmloser Irrer, die an allem Möglichen Spaß finden.

Vielleicht haben wir Deutsche und Juden der Nachkriegszeit als Kinder dieser verkrachten Kulturehe zusammen noch etwas Positives zu schaffen, vielleicht können wir ja noch ein paar Fetzen Vernunft aus den Trümmern der Vergangenheit herausholen und daraus ein Zelt aufschlagen, das groß genug ist für all unsere Träume.

Danksagungen

Viele Freunde haben mir unermesslich auf dem Weg zur Veröffentlichung dieses Buches geholfen. Zu allererst verbleibe ich in Anerkennung und tiefer Dankbarkeit für Beatrix Langner und Werner Rauch, die mit viel Geduld, Gefühl und Geschick den Teig meiner deutschen Sprache in einen Strudel ausrollten und kneteten, der, wie ich hoffe, den Lesern gut schmecken wird. Ich muss mich auch recht herzlich bei Julia Kissina und Martin Jankowski bedanken, Co-Organisatoren des 2018 Urban Dictionary Berlin New York Literatur Festival in Berlin, die mich zu den Teilnehmern auswählten, und es mir erlaubten, meine deutschen Erzählungen einem deutschen Publikum zu präsentieren. Julia Kissina und Deborah Feldman muss ich auch recht herzlich für ihre beredsamen Anpreisungen danken. Beim Urban Dictionary Festival hatte ich auch meine wunderbare Verlegerin, Catharine Nicely von PalmArtPress kennengelernt. Ich möchte hier auch die linguistische Feinabstimmung der Korrektorin Barbara Herrmann anerkennen.

Ich muss meinem Bruder, Harold Wortsman, doppelt Dank sagen, erstens als dem klugen Lektor und zweitens als dem Künstler für die Druckgraphik, die meinen Worten auf dem Buchumschlag ein Gesicht geben.

Danke, Ricky Owens, guter Freund und Meister Photograph, für das Autorenphoto.

Einen besonderen Dank noch an meinen Freund, Frederick Lubich, Professor von World Languages and Cultures an der Old Dominion University in Norfolk, Virginia, der mich zum ersten Mal bat, ihm meine deutschen Erzählungen zu schicken, und mich danach ermutigte, sie zu veröffentlichen. Ein Teil des Nachworts wurde aus einem von ihm geführten Interview über meine literarische Laufbahn entnommen, das in *Transatlantische Auswanderergeschichten. Reflexionen und Reminiszenzen aus drei Generationen*, Festschrift in honor of the German-Jewish-Argentinian author Robert Schopflocher, bei Königshausen & Neumann, in Würzburg, 2014 erschienen ist. Die englische Fassung der Erzählung "The Fairy Tale of the Blessed Meal" soll auch demnächst in dem Sammelband *Translated Memories, Transgenerational Perspectives in Writing on the Holocaust*, bei dem Verlag Lexington Books erscheinen. Herzlichen Dank an Herausgeberinnen Bettina Hofmann und Ursula Reuter.

Eine etwas überarbeitete Fassung eines Auszuges aus dem Vorwort und der Title Story „Stimme und Atem", sind im Februar 2019 in *Zwischenwelt, Zeitschrift für Kultur des Exils und des Widerstands,* in Wien, erschienen. Ich danke den Herausgebern, Konstantin Kaiser und Vladimir Vertlib. Die originalen deutschen Fassungen der Erzählungen „Der Vogelmann" und „Der Milchmann kommt nicht mehr" sind ursprünglich in der Zeitschrift *Trans-Lit2* erschienen (deren ehemaliger Verlegerin Irmgard Hunt ich herzlich danke) und wurden mit dem 2008 Geertje Potash-Suhr SCALG-Prosapreis der Society for Contemporary American Literature in German belohnt. Die englischen Übersetzungen bzw. Bearbeitungen mancher Erzählungen wurden in mein Buch, *A Modern Way to Die*, bei Fromm Publishing International, 1991, einbezogen, wofür ich mich bei meinem damaligen Verleger und andauernden Freund, Thomas Thornton, auch herzlich bedanke. Die englische Version von "Beat It!" und "After the Storm" sind erstmals auf der Webseite *Mr. Beller's Neighborhood*, und die von "The Bullfighter and the Samurai" auf der Webseite *Ragazine* erschienen. Die englischen Version von "Barking Love" wurde ursprünglich in der Zeitschrift *Fence* veröffentlicht. Ein Auszug aus der englischen Version der Nachbemerkung "I Harbor a Stillborn Scribe of the German Tongue in Me" ist in *The Yale Review Online* erschienen, bei deren damaligen Interim Chef Redakteur Harold Augenbraum ich mich bedanke. Danke an alle Redakteure.

Ich danke allen recht herzlich, und auch noch jedem Leser, der sich die Zeit nimmt, einen Blick in mein Buch zu werfen.

II

Out of Breath, Out of Mind

In the Dark Cellar of the Self
A Foreword

That which I hastily jot down in German does not actually merit the lofty label of literature. It is rather a scratching, a shoveling in the dark cellar of the self, in what Freud called the unconscious. The little child does not immediately fathom the meaning of what it blabbers. Those not yet entirely formulated words still belong in part to the realm of screams; they are the constituent parts of a wobbly bridge between the unspeakable and the spoken, and so have more in common with grousing and grumbling than with grammatically regulated speech; and nevertheless, for that very reason, they give voice to essential things that would otherwise have been left unsaid.

To have reached, at age 66, after years of considerable creative effort in English, the beginner's level in another language is in my view no small feat, something on the order of digging a hole so deep into New York granite that you come crawling back up in China, filthy but still breathing. If as an adult I stutter and stumble with the shaky spoon of my tongue back into the still fluid forecourt of consciousness that German constitutes for me, I do so in full consciousness as an English speaker reminded of other syllables that say more to me about the unspeakable than yes and no.

Once, after heartily and gamely shooting the breeze over Russian bubbly at a congenial gathering in the former GDR, the Polish wife of a German friend asked me what, in fact, my mother tongue was. The conversation, in which I took a lively part, vigorously affirming and defending my points of view about this and that, was conducted entirely in German, while I communicated shreds of the essential gist in French to my French wife, and every now and then scolded my young son in English, who, two years of German instruction notwithstanding, made not the slightest effort to exchange a few German words with the neighbors' delightful little daughter.

Reflecting for a moment, I gave the following answer: My mother tongue is actually a kind of linguistic wrap, with German, the language I spoke for my entire life with my mother, enveloped by English, whereby I am quite sure that there are forgotten Yiddish sentiments slipped into my eccentric German, the Yiddish, in turn, still studded with Hebrew longings smuggled out of the desert, the whole generously salted with tears and seasoned with screams.

Sing, O Muses, the Weather Forecast!
A Second Foreword

Sing, O Muses, the weather forecast!

Had The *Iliad* begun with these sensible words, the brave Greeks would have been spared considerable sufferings. The blindness of the bard surely brought about regrettable misery. Had Dante had a functioning compass in his pocket he would definitely not have gotten lost in that dark wood. One wonders if the whole megillah might not have turned out differently, thereby sparing us a lot of bellyaches, if only the forecasters back then had the technology and a little common sense to go with it. There were always exceptions. Noah was warned in time of the Flood and acted accordingly. Moses must have had a notion of the tides, a knowledge clearly lacking among the Egyptians, for all their learning. David had a good aim. But none of it seemed to help much. Those in the know are not necessarily the happiest. Galileo almost lost his head on account of his celestial knowledge. And even Columbus stubbornly sailed in the wrong direction and finally returned to Spain disillusioned, old and poor from his thankless trips.

Better stay put.

Les gens heureux n'ont pas d'histoire, happy people have no story to tell, as they say in French.

The French, moreover, can rightfully claim to have promulgated happiness on earth with a well-oiled beheading, and still live longer today and more happily, it seems, than everyone else.

Which probably, however, has more to do with red wine, and less with innate reason.

The world keeps turning and man still kills time with mistakes and mishaps. Without his fabled heel, Achilles, while still half-godly, would have been nothing but a pretentious fop. More single-minded and lacking a woods to get lost in, Dante would have remained a perfect bore, forever complaining about his unrequited love for an underage girl. So the heavens need their thunder and man a bellyache to keep him amused.

Read on then, friend, take heart and heed the ruins of my shattered dreams and disappointments, and sow a little sympathy amidst your smiles. Misery loves company.

Family Members

Family members are not like other people. They are attached to each other by thin invisible wires at every moveable part. As distinct from marionettes, however, whose strings all stretch upwards to the fingers of the puppeteer surreptitiously directing their fate, the wires of domestic life are horizontally strung, binding spouses and their progeny like the members of a chain gang. One could well compare these domestic desperados to a wagon team, though the family drags nothing forward but itself. It advances rather like a jellyfish, teased by the tides, driven hither and thither by the currents of jealousy and love, never going anywhere, until, one by one, the members miraculously break free, each in his own way defining himself and dying in the process.

The Landing Mirror

Metaphysical stances often have a physical source. Take Newton's apple and Plato's cave! My world view derived from the profound influence of a tall mirror located on a landing at the foot of the stairs, three stumble-prone steps above the living room, in an attached one-family red brick row house sandwiched in between two others on a residential block in Jackson Heights, Queens.

A landing is a place to pause before the climb and just prior to completion of the descent. Though neither upstairs nor downstairs, but rather, strictly speaking, a suspended intermediate plane, it is generally treated architecturally as a mere appendage of the stairs, a superfluous platform where the light is always on the blink and the carpet frayed. Just like at the bus stop or the bathroom, you're not expected to linger on the landing, except to cast a furtive glance at the mirror in passing and get on where you're going.

It was here at the age of four that I took a one-man stand, scowling back at the world. I hammered on the glass. The mirror rattled.

My mother called from the kitchen: What's the matter?

Nothing! I called back, lying on my belly, trying to peak through the tiny gap between mirror and wall. But the space was too small and the dust too thick. I flew into a rage, balled my tiny fist, determined to force the mirror to reveal its secret. But what if the commotion drew my mother from the kitchen, I feared, and forever broke the secret spell of reflection.

How do you get in there? I asked the boy on the other side. But he wouldn't say. That made me mad. I had a mind to smack him one, but the boy looked like he'd smack me back. Maybe he can't talk, I thought. And then all of a sudden, I realized that the mirror boy probably had to be careful on account of a mirror mother.

Ssshhh! I whispered, an index finger pressed against my lips. From now on we'll be best friends, okay?

He nodded.

Your secret is safe with me, I said.

In time, I noticed how the mirror swallowed everything and spit it out again a little out of whack, a pimple or freckle, for instance, shifted from the right side of the face to the left.

Only the dead never returned to the living room.

One time my mother almost fell in.

Tripping on one of my rollerskates, she tumbled down the stairs and struck her head on the mirror, cracking the glass with her forehead. She must have found the right spot, I figured, because she didn't move.

This is my theory. Through the crack she glimpsed that great lost and found where every person or thing that ever passed through the living room lived on. And there she spotted her own old mother seated on a sofa, side by side with herself, younger, like in the photo album, still plump and happy. All the relatives were there too, gathered for a family reunion, except my father who was never in the picture because he held the camera. Everyone was smiling like for a snapshot.

Mother leaned farther and farther in, but I held tight to her apron strings. – Mother, Mother, don't fall in! I cried, afraid to be left behind in the loneliness of the empty living room.

I'm alright! she said, but I could tell she was shaken.

She wore a bandage on her head for a long time after that. Keep away from the glass! she warned.

Some men came the next day and removed the broken mirror, so I never did get to go in.

Falling

In a short-lived spurt of activity in an otherwise inert childhood, I took to falling.

First, I fell out of bed, and later graduated to tumbling down stairs and out of trees.

Falling was pure delight. I did it wherever and whenever I could.

When my first-grade teacher, Miss Bone, found me at the bottom of the upstairs stairwell, she cried: Whatever are you doing down there, Henry?

Fallen, I said.

– Someone pushed you?

– No, I just felt like falling.

– But why?!

– It's what I do best.

Henry is well behaved and a very good reader, Miss Bone wrote in my report card, a delightful child in most respects, were it not for the habit he has of falling. I urgently advise professional counseling. Maladjustment is best addressed early.

So they took me to see Dr. Baum.

The doctor studied me through his thick-lensed bifocal glasses and raised his cultivated bushy brow.

Well? he said after a while, when I said nothing.

Well? I said back.

Would you like to begin by telling me why you're here? Dr. Baum suggested, stroking his chin.

– Because my teacher told my parents to send me.

But why? he persisted.

– Because she thinks I'm maladjusted.

– That's a very big word for a little boy!

– You doctors like big words, don't you?!

– And why did your teacher suggest that your parents bring you to see me?

– Because I like to fall.

Ah-hah! – Dr. Baum was taking notes. – But why?

– Because falling makes me feel.

– Other boys your age play baseball. Have you ever tried to take up baseball?

– Baseball is a bore.

– I see. He took more notes. That'll be all for today.

The next patient after me in the waiting room was a girl who thought she was made of glass. Her parents had to carry her in.

Break a leg! I said in passing.

The girl laughed.

That's incredible, her father said, I've never seen Sally laugh!

Sally and I became friends. Everybody including Dr. Baum and Miss Bone thought it was a good idea.

Once a week after my session, I waited for Sally to finish with Dr. Baum and then I carried her home. Glass girls aren't very heavy.

We generally stopped at a bench halfway to rest. I lay Sally flat on the boards beside me because she couldn't bend her crystal knees.

Isn't falling dangerous? she wanted to know.

No, I said, not if you know how.

That night Sally gathered all her courage and tumbled out of bed, breaking her crystal legs.

I never forgave myself. Shaken to the core, I gave up falling and friendship and decided to take up less perilous pursuits.

I Don't Want to Drown

We came by boat, my father said, and I wondered, as a young boy, why the people I knew were always fleeing over water, like Abraham and Moses in the Bible, why back in the Old Country my grandfather (father's father) had to wrap his possessions in a rubber bag and swim across a great river to freedom, why Cousin Ziggy migrated to New Jersey and Cousin Shirley to Long Island – and when would I too have to swim for my life?

It was my first trip into the City. My father had taken us along on the train that miraculously runs under the river for his bi-monthly expedition downtown to buy a pound of tea at the Palestinian tea and spice merchant. I knew when we were submerged, as he said I would, by the pressure in my ears.

Swallow! he said, and I did.

My ears went pop – Are we really under water, Daddy?

He nodded.

– Then how come we don't get wet?

Because we're in a tunnel, he patiently explained, the tunnel has walls and the walls keep the water out.

But what if the train gets stuck? I worried. What if it gets stuck under water?

Don't worry, it won't! my father tried to console me.

– But what if it does!?

– Then I guess we'll just have to get out and swim!

Standing on tiptoes, I peered nervously out the window.

Columbus, I pondered, must have felt that same pop in his ears when he discovered America, but not without the sacrifice of a sailor or two to the deep. Daddy, I asked, did Columbus know how to swim?

– I don't know, son.

– You don't know how to swim, do you, Daddy!?

– No, I don't.

– Aren't you afraid of drowning?

– I try not to think about it, that's the best policy.

– Do you think the other passengers in this train know how to swim?

– Some do, some don't, I imagine.

– Aren't they afraid of drowning?

My father finally lost his patience. Why don't you ask them!? he suggested.

I DON'T WANT TO DROWN! I DON'T WANT TO DROWN! I howled all the way to the City.

The One-Eyed Tomcat, or the Theory of Waves

I was seven or eight at the most. It was a hot summer day. The others were having fun at the beach. I sat alone on the front porch of our rented bungalow, gazing at the deserted street, waiting for something to happen. And suddenly a tomcat leaped up and landed in my lap. He was dust-gray and dirty, with one eye missing. His filthy, rust-colored orange fur was scratched away in spots.

My mother wanted to chase him away.

You had a cat too in London during the War! I protested, and she relented.

After he had slurped up and emptied the bowl of milk my mother set out for him, he wanted nothing more than to be scratched under the throat, shutting his one eye, emitting a raspy and contented purr. And once he had recouped his strength, he opened his eye again to gauge his chances, lifted himself slowly but decisively, and leapt back into the street.

The summer was almost over. We would soon have to leave our bungalow and go back to the city.

What if some other tomcat scratches out his good eye? I asked my mother.

Cats have whiskers growing out of their cheeks that help them slip out of tight fixes, she assured me.

– What happened to your cat in the War?

My mother shrugged.

A week after our return to the city a fierce hurricane tore

the trees and telephone poles out of the ground and scattered them like pickup sticks. There were TV reports of flooding on the shore.

Can cats swim? I asked my mother.

Water's not their element, but they can scramble up a wall, she said.

The next summer we went back. The first week went by, and then the second. I sat on the porch, waiting.

I wouldn't have been able to think it through, but I sensed that there would be no miracle this time and that the boredom would be never-ending if I didn't do something about it.

Until then I had a terrible fear of the ocean and only went unwillingly to the beach. I would wall myself inside a sandcastle fortified with high ramparts till the waves came and made short shrift of my safe haven.

In a fit of fury, I jumped up and flung myself into the water and was immediately knocked down by a wave. Then another and another. Until a big kid taught me how to catch the waves and ride them.

There are waves on dry land too, as I would learn much later, only they are invisible, and therefore much more difficult to recognize and ride.

I stopped being afraid of the deep after that, but I did develop an allergy to cats.

The Self-Extension Cord

A dental technician once told me that the tongue doubled everything. He meant it in the purely technical sense, that fillings appear twice as thick as they really are, but I have always taken it as a license to enlarge upon life's limitations. My size, for instance. I've always been small.

Think big, that's what counts, my mother told me again and again. Look at Napoleon, he was a pipsqueak and he practically conquered the world, and even Alexander the Great hardly filled his father's sandals!

What is me, what is not-me? Where do I begin and where do I end? These questions troubled me from early on.

My fingertips yes, but the clipped fingernails, no. My hair, of course, yes, until it grew too long and had to be chopped off and gathered in a filthy heap at the foot of the barber stool. And the little yellow worms that my mother cut out of processed American cheese and stuffed down my throat like a mother robin to make me grow – when did it stop being cheese and begin to be me?

Once swallowed, I concluded, everything belonged to me and no one could steal it from either end. And so, I decided to hold on as long as I could. I sat and sat on the stupid stool with the hole in the middle, muttering:

I and thou
Miller's cow

Miller's donkey
You're it now! ...

and otherwise amusing myself.

Did you do it already, Henry? my mother called from the kitchen.

– No, not yet, Mom!

My stomach muscles ached and still I refused to let go until at last came a terrible explosion down below and a big brown snake slithered out. With revulsion and wonder, I stared at the serpent in the bowl, studied and admired it till my mother rudely barged in, pulled the plunger, and dragged me out screaming, as my precious appendage disappeared in a swirl of water.

The loss was later compensated by a wondrous discovery.

Grasping around one day on the dark side of the basement where we kept the coal, searching for the first best band within reach to tie up a bundle of newspapers I'd been told to take out to the trash, I discovered a once white, now grimy gray extension cord encrusted with the filth of everyday life which had been idly lying about, god knows how long, amidst other domestic debris. And this artery of energy had its tributaries, likewise gray, that cut their meandering path through the dust canyons and worn garment gorges to isolated outposts of attenuated progress (cast-off clocks, lights, TV, radio, toaster etc.)

all drawing their essential vitality from a distant mother socket.

I tugged at the cord and ticked off a series of miniature avalanches. Gadgets tumbled noisily from shelves. Devices were upended.

But to my surprise nothing was damaged. Quite the contrary. The Hong Kong bank clock that had previously run several minutes too slowly made up for lost time. The black and white TV whose grainy reception was intermittent at best, with channels 2 and 4 alternately available and all the others blurry, was now even receptive to the obscure foreign language programming on channel 31. And as for the old copper-coated toaster from which Wonder Bread slices had once popped burnt to a crisp, it now spit them out golden brown.

Like Arthur with Excalibur and young Phaeton with Pegasus, destiny made me bind that magical extension cord around my middle.

All at once I felt an exhilarating surge of power and an oppressive shudder of bondage. Dizzy with the limitless ability I now possessed to make things work, yet limited in my own mobility, forevermore shackled to the object world, I knew that things would never be the same.

Father's False Teeth

My father firmly believed in do-it-yourself. He liked to take things apart – himself, for instance, like a Mr. Potatohead – dis- and reassembling each component part.

Evenings, in the privacy of the master bedroom, he first slipped his teeth out of his mouth and dropped them into a glass of water, where they floated through the night like the jaws of a prehistoric fish. Then he pulled off his hair and placed it carefully on the faceless wooden dummy head he kept for that purpose and combed it until it glistened like silver. Then he screwed first his right eyeball and then his left out of its socket in the skull, rolled them around like marbles in the palm of his hand, and dropped each into a clear plastic husk. And then with his right hand he took hold of his stiff left arm, the one that broke and never healed right, grabbed it by the elbow, and gave a hefty tug or two until it popped out of the shoulder socket.

Mother had to help him remove the remaining parts – this I could only imagine, never actually having seen it happen, though I overheard suspicious sounds emanating from behind their door.

Only once did I catch a behind-the-scenes glimpse. This happened much later, but I might as well tell it now.

Home from the hospital, following his heart attack, he was too tired to bother with all the usual precautions. Seated in his favorite easy chair, his head poked out of the open collar of a red paisley dressing gown like a ripe pumpkin, giant and bare, eyes sunken, ever so slightly off-center in their sockets. His teeth jutted out loose and ill-fitted in the jaw. The stiff left arm lay strangely wrenched out of place on the armrest as though it did not really belong to him.

You're not well put together today, Daddy, I thought, and said: Daddy, you know, you're growing wiser in your old age, your head is swelling!

Whereupon the old man smiled sadly, knowing full well what I meant.

The following morning his teeth were found floating in a glass of water. The remaining component parts were carefully gathered and laid in a big long box. A stranger in a black hat uttered a few select lies. Then they hoisted the box down into a hole in the ground and covered it with dirt.

It was raining that day and the mud stuck to my shoes. A drowned rat bobbed in a puddle. And suddenly I remembered the molars left floating in the glass.

Daddy, I cried, you forgot your teeth!

Mother Tongue ... Father Mouth
A Lullaby

The couple attempts a heart-to-heart talk, only no words come out.

Open up, the woman motions the man in sign language, let's have a look, see what's wrong. Teeth, tongue, larynx, everything appears to be in order.

Let *me* have a look! the daughter, not quite two, suddenly bursts into speech, mimicking her mother's concern.

The parents' jaws drop, knees buckle under, now they are really speechless.

Why the big surprise? the daughter asks, grabbing and playing with her father's and mother's tongues, tugging at them, trying to tear them out. Sing me a song, a duet! she demands.

Prostrated before their daughter, both held fast by their tongue, as if on a leash, the parents grunt a well-known lullaby, the one about the baby in the treetop, but without words.

Though the tune is off and the sound hardly soothing, both succumb to the soporific effect and fall fast asleep.

In the man's dream, the woman is the first to awaken; in the woman's dream it's the opposite – that's pretty much the only difference – except that in the man's dream, the daughter turns into his dead mother and keeps tugging at his tongue, as if she were tolling a church bell, whereas daughter and mother merely switch places in the woman's dream, each tugging at the man's tongue, but more like a doorbell.

Who's that? asks the daughter (formerly his dead mother) – in the man's dream – pointing at him. He looks very familiar.

It's only the deaf and dumb man in the dream, his dead mother (formerly his daughter – the roles, it turns out, are reversible) replies with a matter-of-fact shrug.

In the woman's dream, the child swallows the man whole like a python a pig.

You must learn to share, the woman protests in her sleep.

Meanwhile, wide awake, the little girl giggles.

Flood of Feeling

We all stumble through life with an ever more pronounced attitude to the world at large. In some cases, it fosters a crooked tilt, in others an easygoing generosity. It is a stance that likewise affects a person's posture: Lanky individuals tend to lean forward, magnanimous on account of a surplus of self; shorter folk, on the other hand, who cannot afford such a squandering of personal reserves, stand a bit stiffly, parsimonious in the arcane geometry of the psyche with a carefully calculated inclination, or a reticence to others, as the case may be. In the beginning this attitude functions as a genial repellent, indeed as a protective shield, but later we keep lugging it around with us as a heavy burden, an atrophied vestige of childhood, a shadow invisible to others in which the stunted grownup still seeks illusive refuge.

I fathomed from early on that the body is actually a conduit, a pipeline which can be shut off at top and bottom so as to prevent a flood of feeling. Thus did asthma and constipation become my earliest modes of self-preservation. But the consequences of such a stance proved somewhat problematic.

Out of Breath, Out of Mind

I was a strange boy. Small and sly like every other child, I was sometimes consumed by peculiar thoughts and imaginings. You'd never have suspected it from my fine features and angelic blue eyes.

Other boys got their kicks scuffling with each other, playing war, and with a magnifying glass or the lens of their eyeglasses focusing the sun's rays on ants until they went up in a cloud of smoke. But that wasn't suspenseful enough for me.

My game was thoroughly thought out. I picked out a washed and rinsed glass kosher pickle jar from a garbage can in the kitchen, a box of wooden safety matches, and a Viceroy filter-tipped cigarette filched from the pack my father, a recently re-formed smoker, kept hidden behind the radiator for emergencies and sudden cravings, beside a pack of playing cards with naked women on the back. I plucked off the filter and saved it for a special purpose.

From the drawer of my father's workbench in the basement I next fetched a hammer and a thick nail with which I banged a hole in the top of the metal cover of the pickle jar. So far so good. Then I got me some ice cubes from the freezer. I'm thirsty, I muttered aloud.

Busy, meanwhile, preparing the Sabbath meal, with no inkling of my intentions, my mother merrily recounted how in her youth in Vienna, before World War I, giant blocks of ice were delivered. They were carried by a man with a giant pair of pincers gripping the ice block on his stooped back, graced with a likewise bountiful, pincers-shaped mustache, who eyed her with an impish squint that made her tremble with terror, as if he were the Devil, and who threatened, if she'd done something naughty, to shove her along with the ice block in the ice box. – Things are much easier in America today! my mother said.

To which I nodded, oblivious, completely engrossed in my game.

I went on an ant hunt in the backyard. Ants are deaf and dumb and as tiny as a grain of pepper, which is why they were so perfectly suited for my game. I poked a twig rubbed with sugar in an ant hole and picked out the fastest.

It was a hot summer day. I had to proceed quickly if I didn't want the ice to melt entirely. Tapping the twig gently against the inside of the jar, I managed to dislodge the little grains of pepper. Some dropped on the ice. Some fell directly in the water and drowned. Most of them ran around like crazy on the ice. A few sought futile refuge on the inside of the glass jar.

Then I screwed the cover shut, and with a trembling hand struck a match – muttering in the echo chamber of my head my mother's favorite premonitory maxim: *Messer, Gabel, Scher und Licht/ sind für kleine Kinder nicht!* (Better not let children touch/ knife, fork, scissors, matches and such.) – lit up a cigarette, drew on it till it glowed like a red eye. I felt sick in my stomach and had to cough and gasp for air. The smell made me want to puke.

What are you doing out there? my mother called from the open kitchen window.

– I'm playing.

Then I stuck the glowing cigarette in the hole in the lid, sucked on it several times until the jar filled up with smoke, lay with my belly on the grass and watched as some of the little spots suddenly stopped moving and others ran ever faster around the inside of the jar till, one after the other, they also fell into the water. A last one circled for a while till it, too, finally suddenly stopped and dropped. I breathed deeply in and out.

And evenings, long after the Sabbath candles had gone out, the last drop of the chicken soup had been lapped up, and all that was left of the roast chicken was a heap of bones, the family gathered in the living room for my show. Sometimes I sang, sometimes I danced.

That evening I came trampling down the stairs, dressed in rubber boots and a jacket turned inside out with a belt tightly fastened around my middle, and the filter of a cigarette dyed in black ink stuck as a mustache to my upper lip. Then I extended my right arm in a salute and was about to scream out the most awful things. Everyone watched with rapt attention, hesitating between horror and amusement. That's when my voice and breathing gave out.

They called up Dr. Goldberg, who came and gave me a painful injection in the thigh, the punishment, I thought, for my ghastly game, whereupon I reclined with my left leg twitching until finally I lay still and breathed deeply in and out.

The second time it happened in the synagogue at my brother's Bar Mitzvah, when, eleven years old by then, as an honor,

I was seated on the bimah (the sacred stage) with the heavy Torah scroll on my lap, pressing it hard against my chest, so as to permit the rabbi with the aid of the cantor to remove the velvet Torah robe and the silver bangles. Already impatient, the shammes (sexton) held above my head the silver Torah pointer, with which the one called up to read, in this case my brother, could point out and recite aloud the holy letters. Suddenly I thought of the ice deliveryman with the giant pliers. I was supposed to mumble a prayer or at least an Amen. And then my voice and breathing gave out again. I wouldn't let go of the Torah scroll. It was as if the congregation wanted to undress me and with a pair of silver pliers wrench the horrid secrets out of my throat, and then I puked my breakfast all over the bare skin of the holy scroll.

Maybe the smoked lox had gone bad, or maybe I was a little jealous of my brother. Like I said, I was a strange boy.

The Apotheosis of the Smile

Comedy is Tragedy revisited.
- Phyllis Diller

It was the Fifties, the era of enforced happiness. The smile was the face of the moment and those who refused to conform were coerced into an obedient butterfly flutter of the lips or else denied their Bosco. War and Depression were a thing of the past. The A-Bomb gave way to the Baby Boom, and all of us new little lumps of life were expected to, *Smile, brother, smile!* like they said in the cigar commercial.

Mickey Mouse emoted it.

Pepsodent polished it.

Life Magazine promoted it.

Thanks to Kodak, the smile was plastered on America's lips.

And nowhere was this veil of levity more avidly prized than in Jackson Heights, Queens.

My parents, being newly minted Americans eager to please, turned joy into a credo.

Every morning at seven sharp my father led the family in vigorous lip exercises. Sulking, groaning, sniveling or any other signs of ill humor were strictly prohibited.

Wiggle those ears! Lift those lazy cheeks! Ventilate those nostrils! he commanded. Being of a philosophical bent, my father devised a theory.

Eight openings hath man, said he, eight portals of in and egress: two eyes, two nostrils, two ears, a mouth, and a *pupeck.* (Woman hath a ninth portal, but of this we will treat later.)

Through the eyes man soaks up light and shadow, and therewith the necessary dose of Vitamin D, shedding the excess in tears. Through the nostrils he inhales scents and smells, wherewith he satisfies and celebrates the animal in him. Through the ears he collects stirring rhythms. Through the *pupeck* he absorbs terrestrial vibrations, translating them into digestive spasms essential to the discharging of bodily waste. Canines consider it a second mouth. And through the mouth man takes in, not only nourishment, but also and above all air, the element in which we float, as fish do in water. The mouth is man's primary portal, wherefore the lips double as gate and gatekeeper. Smiling keeps them fit and limber.

In his spare time, my father compiled a compendium of speculative theories on the benefits of smiling.

So, for instance, Rabbi Abraham Abulafia, the 13th-century Spanish Cabbalist, recommends that everyone, and the melancholic in particular, begin his day with a morning dose of merriment. The U-form or in Hebrew, the half shin-shape of the upwards-turned lips acts as a spoon or dipper and is ideally shaped to scoop up the dew, which, according to Abulafia is particularly rich in godliness.

It is said that Saint Augustine, in his youth a hedonist and later an ascetic, perceived laughter to be the Ur-form of sacred intent and, therefore, a state to be sought regularly, albeit sparingly, by man as a homage to his Maker.

And Meister Eckhart, the German mystic, who once reproached the clerics of the Sorbonne: When I preached at Paris,

I said – and dare I repeat it now, that with all their learning the men of Paris are not able to conceive that God is in the very least of his creatures, even in a fly! wrote in a little-known passage of his classic *Buch der Göttlichen Tröstung*, that the smiling man resembles the Godhead in that his upwards turned lips encompass the three points of the Holy Trinity.

Buddha smiled.

Cupid smiled.

Even on his deathbed, my father insisted, King Solomon is supposed to have kept smiling, having ordered a bevy of naked virgins to tickle him into a blissful coma.

An impressionable child, I took my father's message to heart. My mobile rubbery face kept any outward sign of inner discord hidden under the skin where no one could see it. My smile was a masterpiece of resilient cheeks and squelched emotion. Unlike Mona Lisa's coy lip, my boyish beam was unambiguous and eminently marketable.

Snapped in passing by a consumer reporter at the fruit and vegetable counter of the local A&P, my smile became the model for Billy Boy Broccoli. The broccoli growers and the spinach growers were at odds. The latter relied on Popeye to promote their leafy green interests. For a brief moment in the sun, my smile offered serious competition, putting more broccoli spears than spinach on American dinner tables.

I became a child star overnight, appearing on the Mickey Mouse Club Show smiling up at a nubile bosomy Annette Funicello.

Norman Rockwell considered painting my portrait.

The broccoli growers even lobbied, albeit unsuccessfully, for a Billy Boy postage stamp.

I was scheduled to appear in vintage Dutch attire as a dapper dwarf among the jolly burghers on the next Dutch Masters Cigar commercial – Step up to Dutch Masters and smile, brother, smile!

But the glory was short lived. A pesticide scandal compelled green grocers to pull broccoli off the shelf. The spinach growers were quick to cash in on the bad press. In the very next episode, Popeye blew his stack at Olive Oyl for serving him broccoli instead of spinach for dinner. – It's *poysernous* dont'cha know! piped Popeye.

Dutch Masters reneged on the deal. Norman Rockwell postponed the sitting indefinitely.

Broccoli growers ran scared.

The letter began: We regret to inform you that due to a change in broccoli marketing strategy … You can guess the rest. My cheeks never quite recuperated. It broke my father's heart.

Then came the Sixties and the smile took a seditious turn, a squeal of protest spiked with psychedelic glee and framed with billowing locks and tinted spectacles. I practiced in the mirror but could never get it right.

The look went disco in the Seventies, all dolled up in wide-collared polyester and striated with strobe lights, enhanced, reproduced and patented by Andy Warhol, whose blasé leer cornered the market.

Immured in my sulk, in the years that followed I forgot what lips were for.

Then a funny thing happened.

Riding home one afternoon, I noticed the man seated opposite me, his face hidden, huddling behind a newspaper, folding his *Times* with crisp pleats into ever narrower vertical wedges, as my father liked to do, with a narrow-brimmed, nondescript gray felt hat of the kind my father favored.

Sometimes the face of an old photograph, with an expression altogether inappropriate for the present, wafts forth out of the past and lodges on the shoulders of a modern man. Gripped by a sudden nostalgia, I longed for the wholesome sight of a good old-fashioned Fifties smile and felt certain the blocked felt and newsprint were harboring one. But how to get my man to let down his guard?

Presently, the train screeched round a hairpin curve and the headpiece tilted first into, then out of the turn, succumbed to the centrifugal force and tumbled to the floor, rolling in my direction.

Your hat, Sir! I said, reaching to retrieve it.

No response.

Your hat! I insisted, ramming the brim against the white knuckles that clasped the paper, which I only now fathomed was upside-down and trembling.

Thank you, friend! came the muffled reply as an afterthought in the wake of a wordless stream of sound, more echo than now.

He rose like a tall man falling. And like a secret grown sick of itself, like yesterday's stale news, the paper fluttered and fell, revealing the absence of a face. No nose, no eyes. Holes instead. Flaps of skin where ears ought to hang, and in the middle, a horizontal slit twisting upwards into a contorted crescent.

He grabbed the hat and was gone in a flash.

The train must have stopped and started up again. I lost track.

Trying to shake the foolish grin that would not let go of my face, my eyes sought refuge in the impersonality of another train passing on a parallel track. Running express to my local, it came so close I could practically have reached out and touched the cold steel. Each train, in turn, slowed down and sped up, now losing, now gaining ground.

And just before the final split, a woman on the express looked up. I cannot now recall her hair or eye color, what she was wearing or whether she was particularly attractive – only that I was riveted by the intensity of her gaze. Had we been seated opposite each other in the same subway car we would both more than likely have averted eye contact after that, but the composite scramble of proximity and distance prevailed over inhibitions.

If seeing is believing, then surely, they put fig leaves over the wrong body part!

An electric smile passed between us, generating a rush and a rise that tore me out of my seat and wrenched an involuntary yelp from my throat, which, only in putting my hand to my mouth, I was able, for propriety's sake, to camouflage as a hiccup.

And when it had passed, when the trains pulled apart like screeching cats in heat on which someone had dumped a bucket of cold water, each streaking down its own dark alley, I slumped over, heart racing, choked with emotion.

All this transpired in the time it took to turn my head.

The sweetness still lingering in the curl of my lips, I looked up wondering what people must think. But the smile went out of fashion long ago. This is New York and, of course, no one noticed.

Lamb, a Love Story

Her name was Naomi and she wore a polished round lamb-chop bone on a butcher's filament around her neck – the gift of a delivery boy.

Never have I since laid eyes on a more provocative piece of jewelry. Neither silver, nor gold, nor precious stones could possibly adorn a woman's body quite as well, turning her into a virtual sacrifice.

The bone bounced as she moved, in sync with her swaying hips, its cylindrical rigidity rubbing up and bobbing in the cleft between the soft convexities of her breasts. And though I could not fathom its effect – I was eleven at the time, and she a good six years my senior – I did identify, in some wordless way, with that hollow bone polished to a porcelain finish and the filament running through it.

Deeply tanned with multiple coats of Coppertone and a thick plate of long black hair, the Long Island daughter of the kosher butcher who lived across the street and kept our summer colony in the meat, Naomi looked Egyptian in my book, the spitting image of Nefertiti, a black and white photograph of whose portrait bust I'd torn from the dictionary in the public library, taped inside my dresser drawer, and ogled every time I dug for my underwear.

I even composed a poem:

What a pity
Nefertiti
Never came to New York City.
I'd've been so very giddy
Sucking Nefertiti's titties.

Naomi had a perennially puzzled expression, the function of an uncorrected cross-eyed squint that gave her gaze, depending on the angle of beholding, a sultry air or a look of stupidity.

In truth, Naomi was not very bright, but the eye of the beholder can make certain concessions.

My older brother Rupert and I never spoke of the lamb-bone necklace or its wearer, but I could always tell when she walked by on the way to the beach in a bikini by the rattle of the wooden railing of our front porch – which once gave way and sent Rupert sailing head over heels into the sand, bruised, but, miraculously, with no bones broken – a factor, I suspect, in his later conversion to vegetarianism.

It was the summer of Uncle Wilfred's wedding to Aunt Ada, a woman who hated children because she couldn't have any, and, so, couldn't tolerate anyone else's around to rub it in. Little accidents, she called us. Informed of our exclusion at the last minute, my mother, who had never left us alone with a stranger, contemplated staying home. But Wilfred was my father's beloved only brother, and Ada would have made a stink.

I had a sudden brain storm: How about Naomi?!

The *butcher's* daughter!? my mother flashed a queasy look, like she was being asked to leave us in the care of a leg of lamb or a side of beef.

She's a good-looking girl, my father remarked, and for a moment I wondered if he too was aware of the bone necklace.

Everything was arranged.

Naturally my mother fixed us lamb chops for dinner. The hot night air inside our rented summer bungalow was infused with an animal scent when Naomi arrived tightly wrapped in jeans and a lifeguard T-shirt inherited from her current beau, the lamb bone bobbing against her breasts.

You can read them a bedtime story, my mother suggested, handing Naomi our favorite tome, *Of Myths and Legends*, a big red book, its spine broken from frequent fingering, a compendium of the somewhat sanitized, but, nevertheless, still gutsy goings-on of the ancient pagan gods. Like Baldur the Beautiful, who liked to have other gods shoot arrows at him for fun, and Loki, the cunning trickster, who found and made an arrow of the one root that could kill him. More fun than the Ten Commandments, that's for sure.

Who's the Norse goddess of fertility? Rupert cruelly quizzed Naomi as soon as our parents were gone, still blaming her for his spill.

She acknowledged her ignorance with a lovely cross-eyed squint.

It's Freya, stupid! he said.

How should she know? I leapt to her defense.

She would if she ever opened a book! Rupert sneered.

Busy filing and painting her nails, Naomi was too preoccupied to register the slight.

– Where's the T.V.?

– We don't have one.

Oh, *Gawd!* she yawned.

How about a bedtime story! Rupert demanded.

Sorry, she said, I left my lenses home.

I've got a better idea, I said, let's play checkers! You win, we go to sleep without a story.

Naomi perked up.

That's gambling! Rupert objected. You know we're not allowed!

I win, I said, ignoring my brother's call to conscience, you lose your lamb bone necklace.

Naomi fixed me with a cross-eyed probe, probably as close as she ever came to a bona fide inquiry. – Deal!

I regularly beat her younger brother Shimmy at checkers and counted on the family intelligence quotient to seal my victory. And though, like I said, we'd never discussed Naomi or her necklace, Rupert shot me a conspiratorial look.

The game proceeded as planned. I attacked with black. She defended with red. Our forces clashed. I shrewdly let her take one of my advance guards, and then another, pretending surprise – Darn! – toying with her confidence – You're too good for me, Naomi! – before striking out suddenly from the left flank, overtaking three foolishly unguarded red checkers and landing in her end zone, reinforcing my troops with invincible doubledisks now primed to attack from the rear. Poor Naomi never knew what hit her.

Acknowledging defeat, she held up her hair, while I untied the filament at the nape of her neck. Inhaling essence of lamb crossed with Coppertone – a scent, I'm sure, no French perfumer ever concocted – I swooned and fumbled with the bone, letting it fall to the floor where it broke.

Naomi shrugged: Larry promised me a shark-tooth necklace!

I saved the shards of bone wedged in between my BVD briefs and Nefertiti, until my mother found them and threw them away.

Rising to pee in the middle of the night, I smell the essence of the grilled lamb chops I had for dinner trickling from my kidneys. The toilet bowl reeks of liquefied lamb. Neither repulsive nor pleasant per se, the smell, part unguent, part ointment, part aphrodisiac, makes me weak-kneed. There was a time, as a child, when I ate nothing else, cold lamb for lunch, and the same seared, clinging to the bone, for supper. Let others count leaping sheep. I'll lull myself to sleep with lamb memories.

Dirt

There is no such thing as absolute dirt:
it exists in the eye of the beholder.
– Mary Douglas

Dirt is the Devil's diversion! Miss McBride told us with a voice shrill as chalk on the blackboard and a terrifying fury that made Robert Long let loose in his pants on the first day of second grade. I mean to make you clean from where you sneeze to where you sit, so help me God, it's my personal crusade! she said, forcing Robert to sit in it till lunch. The rest of us squirmed, holding tight to every orifice.

Morning began with the Handkerchief Parade. Plucking the neatly folded squares of white cloth from our pockets – no checkerboard pattern would do, they had to be spotless white – we waved them as we marched around the classroom to the quickening croon of "America the Beautiful" on a 78rpm record. Heaven help him who comes to school without! she warned.

The girls got off with a scolding. – I'm disappointed, a clean girl like you! Better remember the next time, Eileen!

– Yes, Miss McBride!

But she had it in for the boys. No excuse would do. The little delinquent would be made to sit stooped over in shame with a bright red devil's head pinned to his back, suffering Miss McBride's scorn and the swipes of handkerchiefs snapped at his bowed head in passing.

My best friend Harlan Lansky was always in trouble.

His nose ran non-stop like a live volcano, the old snot hardening into a crust, over which the fresh coat surged, layer upon layer, in never-ending eruptions, the overflow gathering in the indentation of his upper lip, where he'd let it solidify on the surface like the yellow of an egg before sopping up the whole mess with his shirtsleeve.

Harlan, my mother shook her head, was the product of a broken home, but I never saw the cracks. He had twice as many toys as any kid I knew scattered all over his room. His mother was not the housekeeping kind. With long red fingernails and bleached blond hair, she kept a cigarette with a good quarter inch of ash forever dangling from her lips, lighting up another before rubbing out the first in the pea pocket of the soiled aluminum tray of a Swanson turkey TV dinner, and didn't give a hoot about hankies.

Shame on you, Harlan! Miss McBride scolded him day after day.

And day after day Harlan tried and failed to dam the flood in the curl of his upper lip.

Wipe that snotty grin off your face! she commanded. Which he did, smiling still, making liberal use of his shirtsleeve. Now sit there in your slime and filth, she said, while the rest of us celebrate cleanliness.

And we, the clean ones, marched, waving our white flags of purity. Miss McBride swung the rubber-tipped pointer like a regimental baton. The girls jeered: Dirty! every time they passed Harlan. And the boys, especially the past offenders, tied knots in the corners of their handkerchiefs to make them sting extra hard when flicked.

One morning the ordinarily stern-faced Miss McBride greeted us with a broad smile that must have put a terrible strain on her cheek muscles and on the hairpins holding her red hair in a tight knot. The corners of her thin lips twitched.

Before we get started today, children, she said, I have an announcement to make. I'm going to be married Sunday. Sidney works for the Sanitation Department, she added with pride. To celebrate this happy occasion, I've brought in milk and cookies … for the clean ones. Holding up a brown paper bag, she pulled out my favorite, a Davy Crockett-shaped gingerbread man inspired by the weekly television serial, with a cinnamon-dusted coonskin cap and the brown sugar-coated barrel of Old Betsy, his rifle, raised – the sight made me drool. But first things first, it's time for the Handkerchief Parade.

Here, Harlan, I whispered, slipping him my hanky, I've got a spare. We were both big on Davy Crockett.

So what if my spare was a fake! With the white yarmulke I kept stuffed in my back pocket for Hebrew School every afternoon except Friday, fluffed up between thumb and forefinger, I figured God wouldn't mind if I helped-out a friend.

Everybody gasped and Miss McBride crossed herself when Harlan waved a white flag. I never thought I'd live to see the day! she said, Hankies high! beaming victorious like Betsy Ross, the flag lady in our reader.

The record was already playing and we were marching for the cause of sweetness and had almost made it to the stirring finale: … and crown thy good with brotherhood from sea to shining sea, and I could almost taste Davy's rifle barrel dipped in milk, when Robert Long, who'd never lived down his shame, and held it against us all, figured out the ruse. What kind of hanky is that? he cried. It doesn't flap!

The smile still frozen on her face, Miss McBride stopped the music, and reaching out with the tip of the pointer, plucked the imposter nose rag from my shaking fist, revealing its true identity as a head covering for the House of the Lord. – You scheming little blasphemer!

Trembling all over, I lost bladder control. A hot stream ran down my legs, but nobody noticed.

All eyes were on Miss McBride, whose smile split down the middle so that it looked like she had two faces glued together. While the right side kept a tight grip on bliss, the right eye held up by a twitching wall of muscle, the left eye sank into its socket, drowning in a pool of tears, the sadness spilling down the cheek that collapsed beneath it in an avalanche of skin.

It took her a while to fathom from the looks on our faces that something was wrong. Tearing open her handbag, she pulled out a mirror and silently confirmed her divided state.

Her face was at war with itself. There were two Miss McBrides and the weaker one was rapidly losing ground. Rallying all the facial muscles, like Davy Crockett and the heroes of the Alamo, the desperate smile sapped the last reserves of her waning resistance, and the hairpins were dislodged by her tumbling red hair, which mercifully covered the fault line. The smile extinguished, the forces of sadness having won the day, tears ran down to the

tip of her prim nose and the rim of her quivering upper lip. S …
Sidney w … won't have me like thisss! she stuttered and slurred
the words with the working half of her mouth.

A substitute teacher with a sniffle greeted us the next day.

It was a whole new era.

Miss Dworkin didn't wear a bra – you could practically see
it all when she leaned over – Harlan's mother remarried and
they moved to Mamaroneck, and Kleenex promoted the paper
tissue.

Many years later, leafing through *The Davy Crockett Almanac*
at the library, I learned that Davy wore a necklace of the eyes of
the Indians he'd killed, and lost my taste for gingerbread.

Cityscape

Life twists like a snake through skyscraper forest and over the cement lawn. Only the barbed wire bush is still in bloom. At last we've conquered nature.

I run past a mother wheeling a baby carriage. You don't see so many kids around anymore, I say to her in passing, not to speak of pregnant women, I mutter to myself.

I bend forward to admire the baby. There I see a plump, rosy, plastic doll lying in the carriage.

The mother tugs on a skin-colored ring, a plastic bellybutton, which is attached to a thin, almost invisible thread. The doll rocks realistically back and forth and the pretty little thing starts crying. Then mother gives the ring another tug and the doll smiles sweetly, turns its cute, blond, curly head to me and whispers: My name is Lisa ... Don't you love me? ... I love you!

So sweet! the proud mother declares.

A beauty, I agree.

And so practical! the young woman adds. Cries only when I'm in the mood.

Don't you love me? ... I love you! the artificial infant repeats again and again.

That's enough now, dear! mother scolds. And she pulls once again on the ring, whereupon the little darling yawns, obediently rolls over and falls asleep.

The Birdman

Mr. Lang lives alone. Not really alone, just without any human involvements. He loves birds and calls them his children. His home is full of flying children. Day and night you can hear a happy twitter.

And the children love their Uncle Lang. He lays bread-crumbs and grass seed for them on his waxed bald head, and they fly down, land, and try to eat while standing still, where-upon their little claws slide as on a dance floor, and draw thin red lines – blood hairs, Mr. Lang likes to call them.

And evenings when it's time to go to sleep, Mr. Lang puts two little birds into a little cage. He takes the cage with him into the kitchen. The birds chirp merrily until all of a sudden, they give off a panicked shriek.

Silence, children! screams Mr. Lang.

Quickly he opens the cage gate, sticks his hand in, grabs one after the other, and flings them into the modern gas range with the wide-view glass door. He presses a button and the oven light goes on. The birds fly wildly about.

Have no fear, children! he whispers and taps softly with his fingers on the glass. With the other hand he turns on the gas. He sets himself a stool in front of the oven. With swelling ex-citement he watches.

Seated so he finally falls asleep and dreams of woods and meadows, of Birkenau, where he worked as a young technician. Children fly up to heaven in his dream. They smile and wave to him.

Cry, Iced Killers!

It was the Sunday before Easter and everybody was already in a holiday mood. Murray, the old Good Humor Man who'd disappeared without a trace, could always be counted on for a Popsicle on credit; not so Seymour, his tight-fisted replacement. So when Brian and his buddies beat us at softball and claimed the field, we gamely swallowed the shame of defeat. But when they demanded our ice cream money we held out: No way!

Fists flying, bats swinging, they chased us out of the park and across the Boulevard into oncoming traffic, obscurely screaming: Cry, Iced Killers!

I ran home in a state.

Um Gottes Willen! My mother, who'd done her share of running, threw up her hands. Polish, Irish, Italian or Jewish, we all had parents with embarrassing accents who peppered their English with funny phrases.

What … is … it … with … them … and … us? I wedged the words in the sucking gaps between sobs.

They blame us for his passing! she said. To them he was a big shot, to us he was just another Jewish meshuganah, but whatever he was, the Romans did it, not us, *Gott sei dank*!

I nodded like I understood, but, honestly, I couldn't figure what anybody had against Murray.

– Romans are Italians, right, Mom?

That's right, she said, returning to her ironing.

Like the Larussos? I asked.

Like the Larussos, nice people, she nodded, pressing down hard on the collar of one of my father's white shirts. Better stay out of the park and play out back till this business blows over!

Okay, Mom! I said, picturing a Mafia-style rub-out and poor Murray floating face-up with his bike and all the toasted almond pops you could eat, my favorite flavor, wasted on the fishes in Jamaica Bay.

So I went to the jungle, which is what we called the scruffy tree next to the garage, and climbed it. It wasn't really a tree, just a weed that wouldn't stop growing with a tangle of tendrils like what Tarzan swung from on T.V. It's where I went to think about things, like Pinocchio's nose and that other part that grew when you rubbed it, and the mystery of Murray's disappearance. My mother said he moved to Florida, like Grandma and Dr. Gold. – So how come none of them ever call? Long distance is very expensive, my mother explained.

Then along came Brian's old man, Sergeant Boyle, dragging a trashcan heaped high with bottles. He lived next door, upstairs from the Larussos, with his crippled wife and no-good son. The bottle was his ruin, I once heard my father whisper. Retired from the Force, Sergeant Boyle worked as a night watchman at the A&P, but everybody still called him Sergeant.

What's up, killer? he rubbed his red nose and winked, fists clenched, prizefighter style.

It wasn't me! I cried, amazed at his policing ability.

You can't escape the truth, he waved a crooked right index

finger, why it's as clear as the blue of your eyes, you're not cut from the same cloth!

I stared at the scraped shin peeking through the rip in the left leg of my Levis, wondering what it revealed.

Can you keep a secret, son, the Sergeant winked, cross your heart and hope to die?!

I gulped hard and nodded, even though my mother told me time and again we don't do that.

Tell me now, have you ever seen a little Hebrew with blue eyes? he rubbed his nose again and winked. Look at yer supposed kin, eyes dark as the Devil's! Now look at yer own peepers, blue as Heaven above! Why the freckles on your forehead are a dead give-away, boy. There's more than a drop of Hibernian blood runnin' through them veins, or my name ain't Boyle!

I knew people had different types of blood, but I'd never heard of Hibernian. – Is that a good kind?

By the blood of Saint Patrick, he swore, right hand to his heart, where he still wore his badge, it's the best!

Which is when my mother – who had a built-in antenna for trouble, although she generally tuned in late – poked her head out the back window.

Good day to you, Mrs. Lieberman! Sergeant Boyle snapped to attention. Mum's the word about our little secret, son! he winked up at me.

How's Mrs. Boyle? my mother put on her neighborly smile.

A saint, Lord love her! he sighed.

Nobody had actually laid eyes on Mrs. Boyle in years, and

some of the kids on the block suspected him of hacking her to death and carrying out the body parts in the garbage, ever since a beat-up old woman's shoe fell out from under the bottles.

– And Brian?

Boys will be boys, he shrugged, but your Henry, now there's a sharp one! the Sergeant shrewdly changed the subject. Well I'd best be about my business! Good day to you, Mrs. Lieberman, best regards to the chief. And reaching up to tip his hat before he realized he wasn't wearing one, he shrugged again, and staggered off, dragging the un-emptied garbage behind.

My mother was worried about me. She took me to see Dr. Plotz, but he couldn't find any bodily cause for my upset.

How could I tell her about my Hibernian blood, that we weren't cut from the same cloth, and that my blue eyes and freckles cancelled out all the stuff they crammed into our brains in Hebrew School about Moses and the burning bush and plumbing problems in the Red Sea?

Back in my tree on Easter Sunday, I spotted Brian, all dressed up, on his way home from church.

– No hard feelings, huh, Henry?

– Forget it!

– Swell! He was worried about the licking he'd get if his father ever found out, which allowed me a little leverage.

Listen, Brian, I said, I'll give you a Mickey Mantle if you get me into church, I got something I need to confess.

Are you crazy!? he protested, though I could tell he was tempted. What if they find out you're a fake?

Alright, I said, I'll throw in a Roger Maris!

Deal! Brian drooled.

It was no trouble at all getting into Our Lady of Fatima, since everybody else was getting out.

Brian crossed himself and I did the same.

With the right hand, stupid! he corrected my technique. Now when you get inside the confessional, he said, clutching the Mickey Mantle card I'd handed over as a down payment, you kneel down and mumble, the quicker the better: Bless me, father, for I have sinned. It's been a week since my last confession. Only you'd better tell the truth, Brian warned, nodding at the picture of a sad-eyed man with his arms spread wide on the wall, because His eyes'll burn a hole in your chest 'n eat out your heart if you're lying! I'll be outside waiting, okay?

– What's it like inside?

It's like a phone booth with long distance built in, he explained, like one of those little fake wooden houses you crawl into and got kicked out of at F.A.O. Schwarz, only smaller.

An old woman knelt in prayer before the picture of the sad-eyed man with his arms spread wide on the wall turned around and gave us a nasty look.

Brian ran.

I dodged into a confessional and crouched in a corner, unsure of what to do next, when a wooden screen slid open and a cough came from the other side. It was like I'd crawled into the hollow trunk of a talking tree. I waited, heart racing, for the tree to start the conversation.

He already knows the truth! a voice said after a while.

I spit out the words Brian taught me: Bless me, father, for I have sinned. It's been one week since my last confession.

– Unburden your heart, boy!

– My parents don't suspect.

– What don't they suspect?

– It's my Hibernian blood, see? We're not cut from the same cloth.

– Indeed.

– I don't want to hurt their feelings.

– Naturally ... Do you rub it?

Sometimes, I said, poking a finger through the growing tear in the left leg of my Levis, wondering how in the world he found out. It's sore.

– How often do you rub it?

– I don't know.

– It's a sin!

Alright, I said, I'll get my mother to sew it up.

Silence.

– Is there anything else?

There's one more thing, I said, I know who did it!

Who did what?

I know who iced the Good Humor Man.

Silence.

I swear it wasn't me, it was the Larussos, I said, but maybe it was self-defense, they're not the killer kind!

Ah-hem! Ah-hem! came a cough and a lot of throat clearing.

Then it suddenly dawned on me. For all I knew, the confessor was Roman himself, in with the Mob, and I sure as hell wasn't going to wait around to find out.

I ran, panting, out of that confessional booth, past the old lady knelt in prayer, past the picture of the sad-eyed man with his arms spread wide on the wall, and out the doors of Our Lady of Fatima.

Brian ran after me all the way home.

Where's my Roger Maris?! he demanded.

Double or nothing, I said, waving the promised card in his face.

We flipped and I won both cards back.

You Jew'd me! Brian fumed.

Better luck next time! I shrugged.

That's when Mister Softee appeared on the scene, a heaven-sent truck full of sweetness.

My treat! I said, declaring a truce.

The jingling bicycle bell and the canned melody clashed for a while, like the call of two religions. But it was no contest. Toasted almond was out. Soft ice cream in a wafer cone was in. We all ran to the truck, aching for a lick. The driver looked Italian. Maybe Seymour just gave up. It would have served him right, the tight-fisted bastard. Or maybe, I remember thinking, somebody tipped him off to watch out for the Larussos.

The Milkman Isn't Coming Anymore

The milkman isn't coming anymore. Housewives hereabouts are very upset since they now have to haul the heavy bottles themselves. The story is on everyone's lips.

Our former milkman, Mr. Hahn, was a bachelor and still lived with his old mother in the same house in which he was born and raised. His father had been a milkman too, and after old man Hahn kicked the bucket, young Hahn took over the family business.

Early mornings, long before the sun flashed its red cheeks, if you happened to stir out of a deep sleep, you might hear footsteps outside, the gentle tinkle of glass against glass, and the murmur of a truck engine. But no one ever thought of burglars. It's only Hahn, you told yourself, turned over and went right back to sleep. And later at breakfast you poured out glassfuls of the fresh cold drink, and grownups and children alike licked it up like greedy cats.

Nobody knew the milkman personally. Sure, they'd pass him in town from time to time, his gaunt, lanky figure always dressed in white. He'd nod, never say a word, and was known as a loner. But private life is private life, and so long as you behave in a decent, law-abiding manner, nobody pokes his nose into other people's business around here.

Well, one winter morning there was no milk outside. You asked next door, but the neighbors hadn't had any milk delivered either. And the next morning, no milk again. And so, a long milkless week went by, until a cat led us to the root of the mystery.

Miss Gottesman, chairlady of the local chapter of the Society for the Prevention of Cruelty to Animals, noticed a scrawny little kitten scratching and whining at the back door of a house on the outskirts of town. Poor thing! she said to herself, and pounded energetically on the door. A child is crying! that fine upstanding woman complained. But seeing as all of her preaching and pounding came to naught, she turned the knob and pushed the door open. – It wasn't locked, she said. The cat ran in and Miss Gottesman followed, to have a few serious words with the parents of that poor abandoned child. Deeply distraught, she later reported:

I saw empty and half-empty bottles lying everywhere about. And in one corner of the dark kitchen, in a tub filled with milk sat Mr. Hahn. He was pouring milk over his head and gargling with it; he laughed out loud and I shivered in my shoes.

Good morning, Miss Gottesman! he said – just like that.

For God's sake, Mr. Hahn! I said, and wanted to turn around and run for it, but fear kept me glued to the spot.

Then he spoke to me very quietly, like there was nothing wrong.

A glass of milk, Miss Gottesman? he said, and took a glass down from the cabinet over the tub, dipped it into his bath and held out a glassful.

My mother died today – he said without the least trace of sadness. And then all of a sudden, he laughed again like before,

stood up, climbed stark naked out of the tub and started danc-
ing 'round the darkened room. Milk dripped from his hair and
hands.

The cat licked the drops off the floor.

Broken

Among the odd occasional visitors in childhood was a certain
Dr. Lustig (the son of a certain Uncle Karl, the latter deceased)
who dropped by unannounced for coffee whenever he was in
the neighborhood. Dr. Lustig wasn't really a medical doctor, but
rather an osteopath, a "bone bender," as he liked to put it with
a twisted half-grin radiating from the right side of his mouth,
though nobody but him found it funny; and his late father,
Uncle Karl, hadn't really been our uncle, but rather the second
husband of my father's stepmother, Regina, a woman with el-
ephantine arms and a volcanic laugh, and whose baked apples
disgusted me—none of whom, in my book, had a rightful claim
to my affection. In addition to which, though Dr. Lustig's name
meant "merry" in German, there was a sadness that hung like a
cloud around him.

He lived in a three-story house across the Boulevard from
us in Jackson Heights, Queens, with his wife Rose and their son
Richie, only he didn't spend much time there. Rose's father, I'd
heard my parents whisper, had paid for Dr. Lustig's studies. Al-
lusions were also made with a wink to a certain Nurse Tillie,
who wasn't really a nurse, but helped Dr. Lustig in his practice
in the Bronx.

Dr. Lustig blamed his prolonged absences on the workload.
"The whole Bronx," he claimed, this time with a boastful left-
curl of the lips, "brings their bent-up and broken bones to me. I
can't very well let them down now, can I!"

Never having been to the Bronx, I pictured a broken borough with broken-down houses, broken streets and limping people. I imagined his office crowded with humpbacks, polio cases, club foots, amputees and the like, whom Nurse Tillie held down, squirming, on the examining table while Dr. Lustig bent them back into shape.

Whenever he dropped by, Dr. Lustig had the frightful habit of turning us children upside-down at the door by way of a greeting and holding us that way until and we begged to be returned right-side-up. Tall, strong of build and absolutely bald, before Yul Brinner and Telly Savalas made that look fashionable, he sported a pencil-thin Clark Gable mustache that resembled from my topsy-turvy perspective a misplaced third eyebrow on a Mister Potato-head that had somehow slipped upward by mistake.

"Be careful," my mother warned, "children break!"

"Never mind," he chuckled, "I can put them back together!"

Being Viennese by birth, my mother coaxed him into compliance with a cup of strong coffee, her remedy for all forms of distress, but I had my doubts and trembled as soon as I heard the doorbell ring, lest it be him, suspecting somehow, though I wouldn't have been able to put it into words at the time, that he came to drain the merriment from our midst.

Everything about Dr. Lustig looked broken: his rumpled suit with an erratic pattern of wrinkles radiating outward from the seat of the pants and the seam of the jacket, his glasses (they were bifocals, as I later learned, but I'd never seen their kind and they looked cracked to me), his brow and forehead that folded into deep grooves like Lawrence Welk's accordion when he grinned.

He did have one thing that worked and only seemed to be broken: a folding bicycle, which he kept in the trunk of his battered old Studebaker and took out from time to time for a spin around the block. It looked at first sight like it had been run over and flattened by a delivery truck, until he unscrewed a couple of nuts and bolts, tugged at the wheels and yanked at the handlebars, and, wonder of wonders, the bike unfolded like a mechanical butterfly, handbrakes and all. "I keep it for quick getaways," he winked.

Dr. Lustig made his quickest get-away after Rose gave birth to Richie.

We only visited them once a year, on Richie's birthday, but those visits left a lasting impression.

Rose had a spider-like way about her, never looking or moving directly forward or back, but always sideways at odd angles. Prematurely white-haired, with skin like cracked porcelain, she had one striking feature: her variously colored eyes, in which she took a peculiar pride—the one, of a steel blue, that fastened on who or whatever happened to be planted directly in front of her, the other, of a dust gray, that trailed behind as if it lingered on the overlooked. Her voice was pinched and muffled at the same time, and seemed to come from someplace other than her throat.

I remember Richie's twelfth birthday party, the last one we attended.

"Why don't you play with Richie?!" Rose simultaneously coaxed and commanded. "Here's a lollipop!" she dangled the lure, only it was lime green, my least favorite flavor, and looked poisonous.

"I have to go to the bathroom," I said, and flushed it down the toilet.

Still, there was no getting out of it.

We had to play with him.

"What do you want to play, Richie?" I asked.

Richie just smiled. But the smile was turned inward, as if in response to a private joke, and looked to my childish gaze like the eyeballs had been put in backwards.

"He likes hide 'n seek," Rose replied on his behalf.

Dark and grim, the house was untidy but with a certain festive air, as if in sweeping the mess aside Rose had pressed dust balls into balloons and curled the cobwebs into wreaths and trellises for the occasion.

Dr. Lustig arrived halfway through the festivities.

"You're late," said Rose, fastening her searchlight eye upon him.

"Boy, am I beat!" he tried to shrug off the accusation. "I must've bent every bone in the Bronx!" he divided his amusement and his dismay evenly above and below the crack in his glasses, wiping the sweat from his accordion brow. "Where's the birthday boy?" he asked.

"Hiding," said Rose, her good blue eye bearing down hard and the gray one circling now like a police light.

We split up into search parties.

Dr. Lustig checked the attic.

Rose cast her web across the living room, dining room and kitchen.

My parents combed the bedrooms.

My siblings and I were dispatched down to the basement, which is where we finally found him, curled up in the coal bin, covered all over with coal dust, smiling his inside-out smile.

"Look at your son," Rose scolded Dr. Lustig, "black like the devil."

"Here, Richie," Dr. Lustig tried to change the subject, holding out a birthday present. "Go ahead, open it!"

It was a box of magic tricks, complete with a folding top hat and a magic wand.

"Go ahead, Richie, make something disappear!" Dr. Lustig grinned his broken grin, popping open and setting the magician's top hat at a jaunty angle on his son's head and placing the wand in his right hand.

Richie smiled, looking almost happy.

"Richie doesn't need any more of your tricks!" Rose scowled, plucking the wand out of his hand and snapping it in two.

But Richie kept smiling, the hat sitting askew on his head, the eyes turned inward, the splintered pieces of the wand at his feet—which is how I remember him.

We were supposed to attend his thirteenth birthday, but the party was called off at the last minute. I heard my parents whisper something about Richie jumping out the attic window.

We didn't see much of Dr. Lustig after that.

He came over once or twice more for coffee. But he didn't crack a smile or try to turn us upside-down.

He was a broken man with broken glasses and the accordion folds of grief now permanently engraved in his brow.

I wonder what happened to the folding bicycle, the only one of its kind I've ever seen. I think of it whenever I notice one of those mechanical carcasses with the seat and wheels missing chained to a stop sign.

And then I think of Richie and Rose and all the broken people in the Bronx Dr. Lustig never got to bend back into shape.

I Was Once an Idealist

I was once an idealist. A student at a small college in Massachusetts, gripped by a recent reading of Arthur Rimbaud's rousing poem "The Drunken Boat," in my somewhat impulsive adolescent logic I decided that all brakes were fundamentally bourgeois hurdles on the road to discovery that curbed the full force of the stream of life, and that from now on I would whizz brakeless through life to sound its depths.

It was a ripe autumn day of the kind you can only experience in New England; the fallen leaves lay still like a patchwork quilt beside the gnarled, half-naked trees in the field, an apple and raff-scented mirage.

I had just recently conducted an experiment, in which I attempted to break through the bulwark between inside and outside by gathering up leaves and twigs and symbolically strewing them all over the floor of the room I shared with another student. Bugs tagged along with the leaves, which did not please my roommate. I likewise prevailed over the crushing contrast between up and down. One evening with friends I borrowed a tall ladder from a construction site and spanned it at a diagonal across the length of the room; like a robin redbreast I arranged a pillow as a nest on one of the upper rungs so as to see the world and receive guests from a fresh perspective. And as a protest against the stifling straitjacket of time I hung a broken alarm clock from the ceiling, having long since refrained from winding my wristwatch. Like I said, I was an idealist.

In those days I ran around with a staff, wrapped in a Salvation Army blanket in which I'd cut a hole for my head, and wound with a cord around my middle, so that I would have looked like a mad medieval monk, a bona fide hermit, if only my long curly hair would have obediently fallen to my shoulders and not sprouted in a damned halo around my head—in what back then was dubbed a "Jewfro."

I rode around on my old English racer, which I named Rosinante, after Don Quixote's trusted nag.

Like I already said, Rimbaud's poem "The Drunken Boat" hit like a revelation:

Downstream on impassive rivers suddenly
I felt the towline of the boatmen slacken.
Redskins had taken them in a scream and stripped them and
Skewered them to the glaring stakes for targets.[1]

From now on I would endure no indecision, no cowardly diversions, but ride head-on into the future.

There was a steep hill more or less in the middle of the campus, at the foot of which lay a boulder. And on the rock stood the bronze likeness of the school's namesake, an unsmiling judge in his judicial robe, the tail of which fluttered in the wind, in eternal haste. If truth be told there was a certain similarity between his robe and my blanket, a similarity I would not have recog-

---

1   Translated from the French by Samuel Beckett.

nized at the time. He too was an idealist. The first Jewish justice on the U.S. Supreme Court, a defender of free speech, he upheld a progressive stance. But for me the man in his ridiculous robe embodied the tiresome path of the straight and narrow, the fundamental antipode between the legal and the lyrical.

A footpath led past the judge on the rock, and when speeding down on a bicycle you had to brake below and make a sharp right turn.

No, I decided, I will not brake! I refuse to make a slavish genuflection before the law! With skill and resolve a seasoned bicyclist ought to be able to bend a little to the right, in the direction of the curve, so as to bravely get by without braking.

I took off without a hitch, flying down the hill with my blanket waving in the wind, a flag of freedom, symbol of my implied poetic manifesto, the smile playing on my lips an alternative to the dead serious expression of the judge. Only cowards need to brake, I thought to myself, leaning into the curve. But speed, centrifugal force, and a clump of wet leaves betrayed my heroic resolve. I rode directly into the rock and lay a while, struck dumb before the judge, beneath the twisted front wheel of my bike, until my roommate, who happened to be walking by and waved, accustomed as he was to such quirky pranks, convinced that having had a nip, I was just sleeping it off in public to protest proper mores, until he noticed the torn left knee of my jeans bathed in a pool of blood. Lying there in a state of shock, I was unable to utter a word.

They carted me off to the hospital, a small neighborhood clinic situated beside the cemetery just in case, where I was still unable to elucidate the cause of the accident, and where, fearing that any anesthesia might provoke a coma, the surgeon stitched up the open wound on my left knee without a shot. The shock was so great that I felt no pain and just passively watched and listened while the grinning surgeon kept us both entertained throughout the otherwise languorous procedure with an account of the time he lost the surgical needle inside an injured man's wound, and doctor and patient were compelled to wait until the needle pierced through the right fingertip and could be pulled out. – A funny story, no?

There are things you learn in college. The scar of reason is still visible on my left knee.

The Dead Letters Department

*Besides, 99 hundredths of all the work done in the world
is either foolish and unnecessary, or harmful and wicked.*

– Herman Melville

At 18, on my father's repeated prodding to stop idling and finally make something of myself, I answered a want ad in the
Sunday paper under the heading "Editorial," and was, to my great
surprise and decidedly mixed emotions, hired as a junior filing
clerk in the Dead Letters Department of Selden & Reinhardt, an
international dealer in obscure reference materials and arcane
scholarly works, Uzbek-Russian dictionaries, Sanskrit etymolo-
gies, Finno-Ugaritic grammars and the like.

In those bygone days of cheap storage space before hard
drives hoarded data and shredders devoured the detritus, Dead
Letters was the company repository of the unresolved: partially
completed order forms, letters of inquiry and the like, which,
for one reason or another, could not be processed – either because the return address was unintelligible, the zip code inac-
curate, incomplete or lacking altogether, or the sender's name
obscured – but which it was company policy to keep for future
reference, based on the old bromide: You never know. Envelopes stamped with a telltale finger above the words "Returned
to Sender," inscribed in various languages and shades of red,
were filed and consigned to a state of administrative limbo.

My immediate superior, Leo Coocoo, was short, beady-eyed,
near-sighted, stooped and squat, his oily black hair and leath-
ery complexion mole-like, his paws girded with long fingernails

twisted like claws, his foul breath reeking of mold and decay. He had worked his way up – or rather, strictly speaking, down – from company gofer to head clerk of Dead Letters, a position he had carved out for himself and from which there was no prospect of promotion. Still, Leo took unconcealed pride in his work, which he viewed as a wellspring of future possibilities. Having amassed a kind of patchwork erudition reading through reams of unanswered inquiries from, as well as returned mail addressed to, scholars and librarians from a wide spectrum of fields, fueled with the conceit of the autodidact and the resentment of the scorned romantic, he felt woefully underappreciated by the higher-ups, who, by an inverted emotional geometry, he considered beneath him.

– They spit on us as scavengers, but we are treasure hunters, Henry, archival archeologists digging for tomorrow's Troy! he flashed me the semi-deranged, under-oxygenated smile of a happy coal miner in a golden book I pretended to be able to read when I was five, simultaneously nodding and shaking his head. Leo thought I had promising filing fingers and advised me to keep a good inch and a half of nail on my right thumb and index if I hoped to make the grade.

Sunlight and fresh air never filtered down to our windowless precinct, an oblong partitioned chamber – sometimes I thought of it as a bunker, sometimes as a submarine going nowhere, sometimes as the secret passageway of a pyramid – lined with scratched gray filing cabinets and illuminated only by a pair of flickering bare fluorescent bulbs forever on the blink, two flights below street level. Having come of age in the "duck and cover" days of the Cold War Era, it did occur to me that I might survive a nuclear attack here, and so, felt somewhat snug and cozy at first, even privileged – before claustrophobia set in.

There were a few minor annoyances I tolerated at first. The ceiling leaked a sticky black ooze and buckets had to be placed at strategic locations, their position changed in accordance with the shifting source of the leak and emptied several times daily – part of my ill-defined job description. While Leo manned the helm, silently pawing and sorting the recently returned mail that dropped down the shoot, I was perched in an alcove adjacent to the clanking boiler room, in an armless olive-green metal office chair on wheels that badly needed oiling and gave off a tortured squeak.

But like I said, I did not initially mind it down below and, despite the squeak, even developed a fondness for my chair, which I dubbed Rosinante, Rosy for short, after the broken down nag of the Spanish knight errant – whose illustrated adventures, translated into Serbo-Croatian, and returned to sender, address unknown, I salvaged from a frayed Warsaw Pact paper-wrapped package and kept hidden at the bottom of a filing cabinet, pulling it out and flipping through the pictures from time to time, focusing, in particular, on a rather racy depiction of Don Quixote's lady love, Dulcinea, her torn dress falling off one shoulder, to distract from the drudgery.

In the early days of my employment I liked to ride Rosy from corner to corner, shoving off with a spry flex of the knees from the cabinets assigned to the first few letters of the alphabet and butting the dented back of the chair into the x's, y's and z's.

Correspondence from foreign lands with unrecognizable alphabets were lumped together in what Leo designated the "Beyond-Z-Zone" – he himself had devised the system, of which he was very proud. It was my job to fetch batches of discarded letters and packages through which Leo had sifted, to be filed for future reference according to a roster of decipherable features, the first letter of a surname or company acronym, if that could be made out, or any other clue, like the city, state or country indicated on the rubber cancellation stamp. I was efficient, even avid, for the first two hours or so, studying each envelope closely, doing my best to break the code of unintelligibility. In time I turned it into a game, pretending I was at the nexus of a top-secret spy operation in the bowels of the FBI and that the future of the Free World depended on my precision and zeal. Occasionally I would break for target practice with rubber band and paper clips to simulate the firing range in the basement of the Bureau in Washington, which had profoundly impressed me on a family trip.

On good mornings I took pains to weed out the obviously Asian letterings from the Semitic and the Cyrillic. But soon enough, my spirit sagged and my energy level slumped for lack of stimulation and oxygen. I could keep filing more or less efficiently till noon, cheering myself on with the promise of light, nourishment and communion in the company cafeteria and a timid peak at the lengthened lashes and fingernails of the new recruits in the secretarial pool. But we were the company's un-touchables, the lowlifes at the bottom of the barrel. Leo's oily hair and calcified claws drew sneers from the gum-clicking typists who changed nail color daily, hair color monthly, and lived for their bi-weekly manicure. Being Leo's underling, the scorn rubbed off on me too. At the water fountain they shrank back from us as though we had leprosy.

– Don't let it bother you, Leo breathed his foul breath on me in between bites of his mustard-doused Wonder Bread and bologna sandwich, sensing my distress. Deadbeats the lot of them, I've filed more with my left pinky than they ever did with all ten manicured digits. At such times, Leo liked to reminisce. – Did I ever tell you about the time I hit pay dirt – almost?

No, Leo, I dutifully replied, repressing a yawn. I'd heard the same story repeated again and again, each time in a slightly different variation, but it gave Leo great pleasure to tell and stretched the welcome respite from my filing duties.

It was a saffron-colored 9 X 12 with a broken red wax seal and a rubber stamp in classical Arab script I'd filed away in the Beyond Z-Zone, he began.

– I thought it was gold-sealed, Leo!

Leo shrugged, as if such inconsequential details hardly mattered. – Whatever, it was all Greek to me, but I kept coming back, trying to sniff out the secrets that lay buried in its folds!

Who was it from? I asked on cue.

Just wait, he winked. Well, wouldn't you know it! One day, Accounts Payable hires this babe from Casablanca – in alternate accounts, she haled from Cairo, Damascus, Karachi, and Istanbul, sometimes she was a Kurd, sometimes a Chaldean, sometimes a Lebanese Maronite from Metropolitan Avenue in Brooklyn – a swell gal with dark eyes and just the right length of nail. – I could tell by the tone of his voice and the glint in his eyes when he spoke of her, particularly her fingernails, that he had been smitten in the Beyond Z-Zone. – So one day I show her the letter. Sulaya, I says, – sometimes her name was anglicized as Sally – who's it from?

One glance at the sender on the back of the envelope and those coal black orbs almost popped out of their mascara-ringed sockets. This missive, Mr. Coocoo, Allah be praised, is from the private secretary to His Royal Highness, Mohammed V, King of Morocco! She bowed her head as she uttered the name.

Holy Moly! I says, Open sesame! What does His Highness want?'

Gently then, like she was handling something precious, or dangerous, Sulaya inserted the long red nail of her right thumb in under the break in the seal, plucked out and studied the gold-rimmed letter. – Leo's voice trembled each time in the telling, as if he himself were the letter and that long red nail were inserting its sharp edge beneath the buttons of his pinstriped Permapress shirt, stroking his chest hairs. – I tell ya, Henry, she was breathless! It is, Sir, an order for a thousand red, leather-bound copies of the Holy Koran to be given as gifts to the members of His Highness' entourage, wives, concubines, courtiers, eunuchs, cousins and ministers of state, on the last day of the month of

Ramadan. – It was a chance in a million, Henry … a chance in a million!

Did the company fill the order?! I asked, though I already knew the answer.

And each time he told the tale, Leo heaved a great sigh, part moan, part groan, part lamentation, dramatically laying a hand on his chest for the inconsolable loss, as if the disappointment were immeasurably precious to him, a reminder of what might have been, if only they'd listened. Slowly he shook his head. – It was too late, too late I tell you. By the time the big shots upstairs finally got their act together to reply, the old King'd kicked the bucket and the new private secretary of his son and successor, Hassan II, reneged on the order.

And Sulaya? I pried.

Leo paused, his face flushed a Vitamin-E-deficient shade of faded red. – She was promoted to the executive typing pool, and – Leo shook his head and paused again, as though revisiting the memory of a terrible tragedy – they made her cut her nails. The reminiscence always ended abruptly. – No point crying over spilt milk, he tried to shrug it off with a half-hearted smile and a last gulped-down bolus of bread and baloney. – There's work to be done!

The afternoon hours were the worst, the final home stretch after coffee break between three and five o'clock positively lethal. I filed for a while till my energy level ran dangerously low. The boiler banged, echoing my impatience, and the ventilation system strained noisily, pumping in a day's worth of carbon-dioxide-rich yawns from above. I checked the ooze buckets and spat in them for good measure. I kicked around in Rosy, tilting with my windmills of boredom, peered repeatedly at my wristwatch, but time slowed to a crawl and the squeaking grated on my ears.

Initially I was cautious in my distress. Leo liked to creep up behind unannounced. Suddenly a sharp pair of claws would clasp me by the shoulder blades and a malodorous cloud would waft round my nostrils. – Just keeping you on your fingertips, kid! – he'd slap me on the back – Keep up the good work! – and slink back off to his hole.

One day I thought I hit pay dirt.

The brittle brown-edged envelope must have slipped out the back of a battered cabinet drawer and landed in another, God knows how long ago. I happened upon it when trying to wrench open the S-drawer. *Sehr geehrter Herr*/Most Honored Sir, read the crisply folded note typed on the Gothic letterhead of the Reich Office for Racial Research, We are respectfully seeking any and all original literature available on the slave trade, posters, bills of sale and the like, as well as bodily measurements and sample skulls, should they be available, to aid in our research. Your kind assistance in this matter would be most appreciated. It was signed Professor Hans Hauptmann, Doctor of Anthropology, Section Head, Department of Racial Documentation. I dashed over to show Leo the letter.

It's a historical find! I cried out.

Leo gave it the once over. – It's historical alright, he pointed out the postmark, August 4, 1941. A quarter century too late, f&f it, kid!

The same command to f&f (meaning file and forget), which I'd heard and dutifully obeyed countless times before now made my stomach twitch. Something snapped in me. The drip drip drip into the ooze bucket drove me to distraction. The sordid truth of my totally useless work broke into my benumbed consciousness. Nothing we did or would ever do down here mattered. It was a total waste of time.

Despondent, I cast caution to the wind.

It started with a stray letter of the alphabet, a furtive f scribbled on the back of an envelope to be filed, and soon expanded to full-fledged expletives spelled out in ever-bolder script inscribed ever more audaciously on the lips of envelopes and the fronts of letters and unfilled order forms. For weeks I got away with it, though the curses swelled to colossal capital-lettered imprecations:

F*CK THIS JOB! F*CK SELDON & REINHARDT! F*CK DEAD LETTERS! F*CK LEO COOCOO! scrawled in black magic marker and circled in rings of red.

I gave poor Rosy a kick and sent her flying with a desperate un-oiled squeal, denting the gray metal face of the Beyond-Z-Zone. I fired paperclips round the room and peed into the ooze bucket for good measure.

Maybe Leo didn't notice. Or maybe he chose to ignore these infractions, hoping I'd get it out of my system, buck up and pull myself together. But when, finally, he did, inevitably, catch me red-handed stuffing curse-covered correspondence in the gaps between hanging files behind the Beyond Z Zone, it was with more disappointment than anger that he let me go. – You had the finger for it, Henry, only the heart was missing!

I raced up the stairs, stumbling on every second step, chest heaving, tears streaming down my cheeks, gasping for air, my duplicitous heart beating double-time, feeling a bottomless sadness coupled with a profound sense of relief once I reached street level and ran out the door, as if half of me had been returned to life and the other half buried alive.

Beat It!

On the middle level of the ever moving station stop at Roosevelt Avenue, Jackson Heights, in the Borough of Queens, in the City of New York, where I grew up, where the subway and the elevated meet in a shaky embrace and humanity flows on a non-stop escalator between heaven and earth, the melting pot boils over with new arrivals as trains disgorge their load. Here reed-flute players from the Andes, Mariachi orchestras from Mexico, Chinese erhu players, Flamenco guitarists, ventriloquists, acrobats and virtuosos of every description perform their exotic acts.

On a recent Sunday the crowd pressed to the right of the stairs in a long, drawn-out, amorphous ring, from the midst of which emanated deafening music. Even the two Jehovah's Witnesses stationed stiff as wax figures to the left of the stairs gave up God's business for the moment and joined the onlookers, since nobody seemed to be interested in their message.

The object of everyone's rapt attention remained a mystery to the chance passerby until suddenly the wall of humanity parted a crack, revealing a tiny figure mistakable at first sight for a little boy, but soon recognizable – on account of the powerful shoulders – as an adult dwarf. With a black hat set at a dapper tilt, dark sunglasses and a tight black sequined jacket, he moved gracefully and rhythmically backwards, in the soft stepping, faked forward motion of Michael Jackson's trademark moonwalk, transforming the filthy, chewing-gum-flecked, floor into his stage.

Blasting from a somewhat battered boombox, the familiar androgynous voice of the popstar bid the crowd to beat it, as the dwarf abruptly grabbed his private parts, and with shoulders flung back, obscenely heaving his hips, dry-humped the air before him. Some snickered, others cheered at the shrill command. Whereupon, after lowering the jacket slowly, provocatively, first from the left shoulder, then from the right, to demonstrate with rippling muscles the amazing strength of his arms, he started trembling suggestively, ever more unabashedly, first with the chest cage, next with the stomach muscles, and finally with his entire body, consumed by a carefully choreographed orgasm. Some spectators laughed out loud. Others turned red, covering their children's eyes.

But they did the dancer an injustice. For his dance was at once a great tribute and an extraordinary send-up, in which he invested his entire being and a remarkable comic talent altogether worthy of Aristophanes and Harpo Marx.

The crowd fell silent as the song came to an end, and the dwarf took a slow bow, his hat pushed back, his glasses pressed down over his nose, his sadly noble, strikingly handsome Latin Mestizo face held up like a hidden treasure with the pride of a true artist and the desperation of an eternal outsider. For a split second his size was forgotten. In that instant he also revealed a striking resemblance to the fallen popstar. Coins and crumpled banknotes flew through the air. Every injured soul saw itself reflected in that face. And as the spectators scattered, the two Jehovah's Witnesses surreptitiously slinking back into their corner, the dwarf deftly swept up his take, whereupon with hat, glasses and expression once again set aright, he bit his lower lip and prepared to be born again in the next dance.

After the Storm

In the immediate wake of the storm nothing worked. Neither power nor light, neither running water nor heat, neither internet nor ATM machine, the fundamentals of contemporary middle-class life, without which we don't believe we can live happily nowadays. Fish and flesh rotted in the refrigerator. Dirty dishes piled up in the sink. Even your own body began to emit a cheesy smell, given the difficulty of washing, except with sponge and precious bottled water. Flickering candles and flashlights provided feeble light. You were obliged to fall back on resourcefulness and ingenuity, feeling your way around by touch and smell, in lieu of sight. It didn't take long for unheated apartments to degrade into damp, dark caves, in which you huddled together with loved ones, as our ancestors once did, taking refuge from wooly mammoths and saber-tooth tigers. Conversation was the only form of entertainment left.

On the fifth day after the onset of the storm, as if following the somewhat skewed biblical prototype, the flood receded, creation started up again, and there was light, if only uptown, and the subway was running again, but only up to 34th Street.

Downtown remained in the dark. I made myself somewhat presentable and shared a cab to Penn Station with two well-dressed gents in suit and tie, a Caucasian and a Chinese (a white and a yellow man, as we say in popular parlance), who, like me, commuted to work. All three of us complained about the inconveniences of the last week and wished each other a pleasant day, i.e. a speedy return to normalcy.

Then I climbed out of the taxi and transferred to an uptown A-Train. The subway was free of charge for a change. A small compensation. Gift of the MTA. The train, otherwise stuffed like a sausage with human flesh, a conveyance that ordinarily waited for nothing and no one, lingered, laidback, in the station, as if with all the time in the world. I had ample occasion to study my fellow passengers. Directly opposite me sat a somewhat plump black woman of middle age dressed in the blue uniform of a security guard. She had two teeth missing on the top and one on the bottom. In fact, she was not black at all. Her purple-hued face had something soft and squashed about it, like a plum not yet altogether, but almost, turned into a dried prune.

Two seats away from me sat a black man of late middle age, wearing a cap made of a cut-off women's nylon stocking, through the weave of which several stubborn, stiff, white hairs reared like weed through a net. He wasn't really black either, but rather a weather-beaten smoky gray. He kept his eyes half-closed, as if squinting in a glaring light, though the subway car was not particularly well lit. His head was bowed forward, his shoulders somewhat stooped. He stared at the floor.

At the next stop, 42nd Street and Times Square, an old white homeless woman hobbled aboard, shoving a shopping cart heaped full with all her worldly possessions. She muttered quietly to herself, something between a prayer, a cackle and a howl.

Her skin color was not, in fact, white, but rather a waxen beige. Her scent was hardly French perfume.

Ruffling his nose, the smoke-gray man slipped over to the seat beside me.

Maybe she noticed, or maybe not. The homeless woman soon got out again. Whereupon the man breathed an audible sigh of relief.

You get used to everything, said the woman in the blue uniform. I know what it means to be homeless. I spent two years living in a cardboard box in the Port Authority.

My curiosity aroused, I looked at her as if she were indeed a dried prune come alive.

Drugs. Crack. My own fault, she answered my gaze.

The man nodded. That shit is powerful.

Now I can afford a room, thank God! she said.

How did you survive the storm? I asked the man.

In prison you at least stay high and dry, he replied. Just got out. After 31 years everything looks different. A little while later he lifted his head and looked me in the eye, as if in answer to an unasked question. Murder, he muttered. Two concurrent life sentences. I was a hitman, a contract killer.

The purple-faced woman in the blue uniform and I went pale. Both of us stared at him with fear and curiosity.

I studied the law books … found a loophole in the law.

Words failed me.

But he clearly relished the opportunity to speak. His smoke-gray face turned somewhat red, as if he still saw the judge seated before him, he continued. Guilty – I admit it. Thirty-one years is enough time to think things over. But in the meantime, everything done changed. It's like I was locked up in New York and let out in a strange city.

There's so much I would have liked to have asked that curious Rip van Winkle. If he experienced space and time differently? Is life nothing but the present? Or enticed by an uncertain future, did he stay stuck in the past? Is he still seething with anger? How do things stand with love of his fellow man and regret? In light of his former profession, I didn't dare pose any unwelcome questions, didn't want to upset him.

At 125th Street, without a word, he suddenly stood up, got out, and disappeared in the throng.

The woman in blue kept looking after me: Never would have guessed it!

And when she, who had lived for two years in a cardboard box, stood up at the next stop and stepped out onto the platform, she kept shaking her head.

I peered after her with a certain longing, since I was now the last one left. And then when the doors slid shut with a hefty smack, and with a slow hiss the train set itself in motion, I fell back in a fright at the sight of a colorless, transparent face reflected in the scratched, filthy glass pane of the door, until I suddenly recognized it as my own.

The Bullfighter and the Samurai
A Sports Fairy Tale from the States

I must admit from the start that I had never until now felt any particular fondness for baseball. It meant nothing more to me than an optimally hard slam with a wooden bat of a round object hurled by another as swiftly as possible in the batter's direction, whereupon all present, that is to say those players dressed in the same colored uniform and the half of the spectators gathered in the stands inclined to favor them cheer, while the players decked out in the otherwise tinted pants, caps and shirts of the pitcher's team and the other half of the spectators in the stands committed to them either remain silent or else howl and hiss as the batter runs around a freshly cut green field in which nothing but dust and sweat is ever harvested.

Like I said, I felt no affinity for and had no understanding of baseball until one day a houseguest, a diehard baseball fan, insisted on watching the World Series on our TV, and I, in part out of a certain curiosity, but above all for politeness sake and because on that particular evening I had nothing better to do, watched along with her. Even the very term World Series seemed a bit absurd to me, since although Fidel Castro and Hugo Chavez were apparently also diehard fans, it is after all a contest almost exclusively played between American and a handful of Canadian teams.

It was the second game of the World Series in the new Yankee Stadium in the Bronx, New York, on October 29, 2009, a contest between the New York Yankees and the Philadelphia Phillies. One after the other, stiff-limbed batters marched forth out of the Yankee dugout. Like cows they chewed chewing gum or tobacco with their slowly rising and falling jaws, spit the stuff out with a vulgar slurp, wiped the sweat off their paws onto the seams of their pants and took position with outstretched behind and raised bat at the square-shaped white home plate, until, one after another, they were swept away like flies by a seasoned 38-year-old pitcher for Philadelphia.

The pitcher, a certain Pedro Martinez, who called himself Old Goat, did not come from Philadelphia, but rather from the Dominican Republic, where as a poor boy he practiced pitching with balled-up old socks until he could fling that thing so precisely that he never missed. Now he stood there in quiet anticipation like a proud bullfighter on the white spot in the middle of the field, the pitcher's mound. Meanwhile the majority of the spectators, most of them Yankees fans, greeted him with hisses and curses, because he had beaten their team in the first game of the World Series. And in this second game he had already eliminated three batters, including the famous Alex Rodriguez, aka A-Rod, who had recently had a love affair with Madonna, a fleeting reminder of the romance of Joe DiMaggio and Marilyn Monroe. Pedro Martinez stood there gazing at the hostile mob with pluck and a hint of disdain, as if to say: Is that all you've got?

It's the beginning of the sixth inning. Now the left-handed, 35-year-old Yankee batter Hideki Matsui, known as Godzilla, a native of Japan, steps up to the plate. His nickname was originally a derisive moniker given on account of a skin condition, subsequently elevated to honorific on account of his power with the bat. Matsui doesn't chew or spit, just coolly raises his bat and quietly looks his opponent in the eye, like a brave Samurai.

Martinez looks back, and immediately fathoms with an almost imperceptible twitch that he has met his match.

And suddenly the whole game becomes a duel. The stadium falls still. Nothing else matters but these two men. One can sense in this encounter the concentrated dignity of two cultures, the Spanish and the Japanese, each embodied by an individual, pitted against each other. The two men appear titanic and mighty, even though both are actually rather small for professional players. The concentration in their clear, crossed looks almost flickers as though with an electromagnetic current. There is no more before and after, only now.

Martinez raises his pitching arm and hurls the ball as swiftly as a thought. Matsui responds, meets the pitch and slams it back. The ball traces a resplendent arch, the geometric conjunction of two movements, two pathways through life, as it flies into the stands over right field. Dumbfounded, albeit impressed, Martinez gazes with quiet awe as Matsui slowly circles the bases with his stiff knees. Martinez almost seems inclined to bow down, partly in grief, partly in joy at having found a worthy opponent. Were Martinez a Samurai he would now, in fact, have to commit hara-kiri. In our culture things are different. Here it's a matter of money, not blood. New York defeated Philadelphia, 3:1. The fans are almost howling for joy.

But such heroic deeds are quickly forgotten. Matsui went on to play for Oakland. Both have since retired from the game. Baseball is still not my thing. But at that moment, in that unforgettable contest between a master pitcher who learned to throw with balled-up socks in Manoguayabo and a master batter with a skin condition and stiff knees from Neagara, Ishikawa, I will admit that today's baseball championships have earned the right to be called World Series.

The Author Exceptionally Grants
the Reader a Short Pause
An Interlude

At this point you may take a short pause. Consider this a rest area, as on the highway, where eyes and brain are granted a moment's reprieve. The bleary-eyed reader runs the all too common risk of absently letting his thoughts stray, to the lady with the round behind he brushed by on the subway, say, or the gentleman whose repulsive gaze peeled you like a banana. Such fleeting lapses may be perilous, leading to a blind collision with the unexpected. Better not to risk it. A moody reader in Brooklyn who, already reclining and ready to fall asleep, a good three hundred pages into a fat Tolstoyan tome, happened to think of donuts and their absent middles, suffered inexpressible torment when, losing his way in the flow of nicknames and patronymics, he was obliged to go back to the beginning. Therefore, with the reader's best interest at heart, the author grants this pause to attend to pressing needs. Go ahead, look out the window, scratch yourself wherever it itches, get a beer, take a pee. We'll wait for you.

Barking Love

The story was a farewell gift, though I didn't realize it at the time. We lived in the same building, a faceless high-rise, I on the 12th floor, she on the 13th; we'd met in the elevator, she having caught me furtively flipping through a dog-eared paperback copy of *Lolita* and remarked in passing that Vladimir, the lewd rascal, had been an old acquaintance. One word led to another. So began our friendship. Once a week I brought her dinner; watered the palm tree she kept in a pot, summers outside on the terrace, winters in the tropical warmth of the living room; poured us both red wine from a big bottle that never seemed to run dry; and we let our words wander where they wanted, although mostly I just sat by in silence and lent her a listening ear.

At the time she was already 93 years old, and I almost half a century younger. Her gaunt, shriveled figure with a messy head of formerly blond, now chalky white, hair was hardly alluring; but looking deep into her sparkling blue eyes and listening to the lively melody of her voice, you could still unearth the traces of a wizened beauty in the ruins of age, and well imagine, as she herself proudly confessed, that in years gone by she could attract men and women, never mind the sex, like flies to a burning fire. Once when it was hot and she impatiently peeled off the baggy gray sweater, her favorite piece of clothing, she let the nipple of a withered breast peek out, carelessly no doubt, but when she realized what she'd done, she flashed me a sly smile and shrugged her shoulders, testing the effect for the blink of an eye, before grinning and shoving the breast back under the blouse. We drank, sometimes smoked, and talked of books, hers and those of others. Old age, she said, was a curse. She lacked the force in her arthritic fingers to pound on her old Olivetti and the concentration to squeeze novels out of life. But the desire to communicate was still strong.

A dog barked outside.

The dog did not belong to me, she began. Even as a young child I had an aversion to tamed animals. I whirled cats around by their tails and flung them from the balcony out into the street. Dogs were too heavy, I just chased them out of the house. You are an unnatural child, my mother said. Naturally! I replied with an insolent grin.

– But you tolerate palm trees!

– Because they're self-sufficient!

Indeed, I replied, when someone else waters them!

Whereupon she nodded, noticeably annoyed. The story was already underway and the dear lady could not abide interruptions.

The dog belonged to my lover of the moment, a Ukrainian sailor with the Merchant Marines. Don't ask me what kind of dog it was. He was big and dark brown with white spots in the face and a muzzle full of sharp teeth that didn't frighten me, since he turned his rage on the sailor. It was a bad neighborhood, the barking frightened off burglars, so the man tolerated the animal's angry fits. The sailor spoke next to no English and I not a word of Ukrainian. He himself barked out a word or two every now and then. Come! ... Me want! ... Good! ... Enough! ... Sometimes I thought he'd learned to communicate from the dog that wagged his tail in an understanding manner and barked back. The sailor and I spent little time together, and that mostly only in the dark, where in any case it wasn't really a matter of words. And since he was often at sea, I had to take care of the dog in his absence.

I soon grew accustomed to his barking, even managed to decipher what he wanted – hunger, thirst, the need to relieve himself outside – I understood him much better than I did the sailor, who mostly just grabbed for what he wanted. Like I said, he was often at sea. In the morning when I sat stooped over my Olivetti, the dog lay at my feet and only seldom bothered me when the need grew overwhelming. One time to my great amazement, I noticed that he even tried to mimic my fingers, striking out the rhythm of my typing with his tail, and when I hesitated, searching for the right word, he groaned quietly, as if he wanted to reassure me: Don't get so upset, it'll come to you, don't worry!

In fact, the dog and I got along a lot better than either of us did with the sailor, upon whose return there was always a scene. As soon as he touched me, the dog barked loudly and the sailor struck him in the snout. Woman mine! the man barked back and the dog bared his teeth. And when the sailor wanted to satisfy his need with me, he first had to take the dog into the bathroom and tie him to the shower head, where he kept right on barking. The neighbors complained. The Yugoslav super, who didn't speak much English either, slipped a note under the door: Dog go! I defended the poor creature, and come night, as soon as the sailor was snoring, I slipped off to the bathroom, where I petted him on the head, behind the ears, on the belly and sometimes even below where man and dog are alike. The barking faded into a satisfied groan.

One evening the sailor came home dead drunk. He'd already spent a month straight on dry land and he'd had enough. But since he was unable to express his displeasure, vodka was the only available remedy. I think maybe the drinking helped him to dissolve the oppressive inflexibility of the hard ground, and to float like a whale in the waves with the fluid illusion of freedom. I had long tolerated his moods. He was a big, handsome man with strong arms, the left tattooed with a naked mermaid, and watery ocean-blue eyes in the wild waves of which I happily drowned. One can forgive a lot to beauty. But this time he repelled me, like a slobbering creature from the deep.

Fuck! he barked his crude intention.

Tired! I muttered, shaking my head.

He grabbed me by the hair and dragged me from the table where I sat, with the dog at my feet, over to the bed.

He tore the clothes from my body. There was nothing I could do to stop him. I lay there under his weight, trembling with fear and cold, and waited for the storm waves to billow themselves out.

But this time he'd forgotten to tie the animal to the shower. And as he mounted me, the dog bounded onto his back and bit him in the thigh. The sailor groaned, confused in his alcoholic stupor between pleasure and pain; he turned around to strike the dog, but the animal was faster and bit the man in the arm. Howling, bleeding and barking with pain and rage, the sailor staggered out of bed, tore open the door and plodded down the stairs.

I lay there in bed, my heart throbbing, my body dabbed with blood. The dog lay beside me, his nostrils quivering, and licked the bloodstains from my breast and legs. I must admit that, aside from fear and cold, I also felt something else, cravings that I ordinarily stilled with strangers in the dark. Now the dog and I looked at each other. We were no strangers. My mother always said I was unnatural, but is there anything more natural … or what do you think?"

Stunned, I said nothing.

You surely must know the story by Balzac, she added.

– The one about the soldier and the lioness in the desert?

– It was a panther … a beautiful beast.

– But that was just a story.

She grinned. – The Russian Empress Catherine the Great is said to have had a thing for thoroughbred Arabian steeds.

I never knew with her if she meant something seriously or just wanted to test my reaction. She took an immense pleasure in saying scandalous things, appropriating to old age the privilege of youth.

And the sailor? I asked.

Good riddance! she underlined, with a sneer, the irrelevance of the question. Whereupon she paused. But with the dog, that was true love … which I think back to, greatly stirred, every time I hear barking.

It was our next to last conversation.

We did not see each other for quite a while after that. I confess that I was taken aback by the story.

Her friends threw her a party for her 95th birthday, to which I too was invited. But she was no longer altogether there.

I brought her flowers. – Where's the palm tree? I searched for it in vain.

She looked at me, tried to situate the face in the muddle of memories. I know that you're somebody, but I don't remember who.

Torn by sadness, I flung myself at her feet, bowed my head and started barking.

Outside a dog barked back.

All conversations suddenly stopped. Even among artists and writers there are certain boundaries of decorum. The other guests did not know whether to burst out laughing or to fetch me a straitjacket.

But she searched my face with a fleeting flicker of recognition.

Terrible cold! I cleared the phlegm from my throat, stood up and hid my tears in a handkerchief.

The Cruel Absence of Love

The tea was cold and bitter tasting. He'd let it sit too long. In contrast to the determined coffee-drinker who intends thereby to accelerate the machinery of his life, the tea drinker would really rather do absolutely nothing, today or tomorrow or the day after – nothing but slurp on. Doing nothing had always been his favorite activity. It is, in fact, a particular talent of his. To do nothing *well* requires more than mere sloth; also and above all it requires the firm conviction that, conceived in God's image, Man's purpose is to celebrate the seventh day, the day of rest, to observe life from the sidelines, to sit it out. He had always religiously avoided unnecessary effort.

Boredom was beginning to set it. The telephone was silent, refusing to ring. Nobody was knocking at the door. Not even the landlady. He laid an ear against the wall, hoping to catch a shred of intimate conversation from the couple next door, the sound of termites crawling at the very least. Nothing.

So without thinking, he poked around in his pants pockets and pulled out a pack of matches with a curly blonde on the flap, her blood red lips inviting in bold burning letters: CALL ME ... The blonde's shoulders were bare, but that's all you could see.

Lifting the flap, ripping out a redtipped virginal white match and rubbing it against the strip of flint on the rear – where the blonde once again invites you to: CALL ME ... – he could feel a tiny metaphorical flame suddenly igniting in his loins.

A trembling left hand was already reaching for the telephone, his right hand free for other applications.

The receiver with its plastic head, arched spine and punctured round bottom was a voodoo doll, hot in his hand, too hot to hold, the wire lewdly curling. He replaced it in its bed.

But she would not let him be. CALL ME … she cooed … CALL ME!

And suddenly, the telephone rang of its own accord. He let it tingle three, four times, until, bursting with expectation, he could stand it no longer and picked up.

Oh, it's you! he sighed, audibly disappointed at the sound of his mother's voice.

Who were you expecting, she said, maybe the ghost of Marilyn Monroe?

I'm expecting an important call, person to person, he snapped back.

– You haven't called or been to visit for an eternity!

– I'm busy, Mom!

– What are you doing home? You ought to be out looking for a job!

– Sorry Mom, I can't talk now. Got to keep the line open!

He hung up.

The receiver was a receiver again, the holes holes, the wire wire.

In a rage, he lit the whole matchbook and watched the blonde go up in flames.

He had little patience for the care of living things other than himself. His sole concession to animate companionship was a cactus named Clyde, spiny and anarchic in its growing habits and stubbornly self-reliant. He admired and, one might go so far as to say, identified with Clyde, sprinkling the resilient cactus with cold tea from his cup. Clyde thrived on his bedroom windowsill and was forever erupting in new extensions of himself.

Feeling lonesome, he sought out a slender headless mannequin he kept in the closet for special occasions. He'd found Sutra, as he called her, lying naked on a street corner in awful condition outside an Indian sari store. Sympathy and an undeniable attraction impelled him to pick her up and bring her home – it was her shapely ankles, downwards tilted arches and tapered toes that turned him on. In the black stockings and patent leather high heels retrieved on another salvage expedition she looked positively stunning.

At first, he was satisfied with her perennial silence. It was enough for him to leer at her, to dress and undress her. He felt no need to initiate conversation. But every relationship wears thin over time.

Sutra needed a voice box, he decided. He drilled a hollow and constructed a cabinet in her gut complete with a rounded bellydoor, and installed a compact Sony microcassette recorder – the latest model.

He tried out many voices, famous and not, movie stars and chanteuses, TV anchorwomen, telephone operators, radio disk jockeys, the incomprehensible Hindi hostesses of ethnic television extravaganzas, but none quite suited his needs.

On rare outings, he emerged with the tiny tape recorder hidden in his pocket, forever on the hunt for the perfect voice. On busses he'd maneuver himself close to gumclicking secretaries and gossiping schoolgirls, trapping their twang and titter, now lispy, now nasal, now thick and throaty. A Bluebeard of the ear was he, a bitter King Shahriyar straight out of A Thousand and One Arabian Nights, beheading each imaginary bride, for he could not stand to hear the same voice twice.

Gently now, he pulled her toward him and lay her on his lap, feeling for the hidden button beneath her dress.

Ich bin von Kopf bis Fuß auf Liebe eingestellt, she sang in throaty Dietrich, *Ich kann halt Liebe nur, und sonst gar nichts.*

There was a time when he still looked for love. But something was always off. Afterwards, once it was over, he invariably suffered under the delusion of having just let true love slip away.

One time he was on his way by bus to visit a girl named Bea who lived with her invalid mother far beyond the reach of the Flushing Line. The mother had a weak heart and regularly threatened cardiac arrest. He happened to be seated beside a man whose jacket pocket squirmed where the heart is.

Are you alright? he asked.

Oh yes, said the man, it's only my Maisie! He pulled out a white mouse and covered it with kisses. Would you like to give her a peck? he offered, I'm not the jealous sort!

No thank you, he replied politely.

But later, trudging homewards in the snow, having missed

the last bus, he regretted not having taken him up on his offer. Intimate contact with Bea being limited, since the daughter feared the sympathetic effects of too much stimulation on her mother's failing heart, he could at least have gotten a rise out of Maisie.

Eying Sutra now, he had an idea.

Get dressed, dear! he commanded with a sly look. We're going to visit an old friend.

It took them a while, but they got ready. Him in his red silk, somewhat shabby robe with a paisley ascot around his neck; soft, well worn Moroccan slippers; and red striped pajama pants. Her with black seamed stockings held up by a black garter belt, patent leather spiked heels, a black bra with matching bikini panties and a red sari with a tear down the back.

He stroked her wooden bottom. – Behave yourself!

Then he opened the door to his walk-in closet, on the inner side of which a tall mirror was affixed. – I would like to introduce my bride-to-be, Sutra!

There in the mirror, his old friend, grown a bit plump of late, like himself, nodded and bowed his head politely, albeit with a stiff theatricality. He didn't like his friend's insinuating smile. He's got the wrong idea, he thought, but said nothing. Then he noticed the tear in Sutra's sari. His old friend noticed it too and gave her the once over.

Sutra, you slut! He gave her a hard slap on the rear end. So, and now why don't you dance for us, Sutra! Sutra is a splendid dancer, he boasted to his old friend. We met at a sitar concert. Take a turn for us, Sutra, give us a nimble pirouette!

He tipped her onto her left big toe and spun her two or three times around. In the process, her sari unraveled, leaving her back exposed. He was furious. Even his old friend, who'd already seen plenty, got red in the face.

Dancer indeed! he shrieked. You're nothing but a tramp!

He tore her bra open. Her stiff shellacked wooden tits protruded at shameless attention.

Whore! he howled. I go and pick you up off a street corner, take you in, shine you and clothe you, and this is the thanks I get! You go and make a pass at my best friend!

Then he grabbed hold of her bikini bottom and yanked it down.

There! he said. Exhibit yourself! I don't give a damn! Make every move in the Kama Sutra! Do what you like with her! he told his old friend. Dance! Dance! Dance a dance of death, you headless Salome! he cried out, inflamed with anger, and spun her in a wild fury in endless pirouettes of lust.

His friend could no longer control himself. He reached for what was left of the sari and ripped it off.

Faster and faster she turned, knocking against his knees.

You're a spider, a black widow, and I'm a helpless fly trapped in your web! he howled. Press me in your arms! Crush me! Swallow me! Annihilate me!

His friend unbuttoned his pajama bottom and opened his robe.

Then the snake came creeping along, that poison viper.

The spider swallowed the fly and the snake snapped up the spider.

Revolted, albeit relieved, he picked his sullied Indian beauty off the floor and put her back in the closet, collecting and carefully folding her fallen underthings for the next time.

And he peed for good measure on Clyde.

From behind the wall emanated nonstop soap opera music. His landlady lived alone. The daytime television volume was turned up to capacity to drown out the howl of solitude, and every ten minutes the walls vibrated with a need for deodorant, hair for bald men, toothpaste, etc. Sometimes she cried. This, too, the walls had to endure.

He was tired after all that exertion. Sleep came easily.

In a dream the fourth wall of his bedroom disappeared and he awakened stark naked as if on a stage or in a massive doll house, with the landlady and his mother, larger than life, commenting and shifting things about.

He's a good boy! his mother observed.

Give me my fourth wall back! he himself, shrunken to toy soldier size, wanted to cry out but could not, being made of plastic.

The swish of the street. The snoring apartment. No, these are not the real culprits, he realized. Nor is it the moan of the refrigerator. Painful are the inside sounds: the thump and thud of heavy machinery being dragged about, the clank of the boiler, the call of the pipes, the cruel absence of love.

The Thousand and Second Night

He was an Ethiopian prince and she the daughter of a wealthy widower, an Egyptian merchant, who, for reasons unknown, had settled in Vevey, Switzerland. They met one evening at a diplomats' ball. It was her first ball; pleading, she had begged her father for permission to attend, and he finally, albeit reluctantly, gave in.

Beware, my daughter, he warned, the snares are strewn like flowers in life.

But as soon as her old chaperone turned her back, during a lively waltz, she was struck in the throng by a burning look that reached deep into her soul, making her feel like a bird that suddenly fathomed that it had lived its life in a cage and that there was a big blue sky overhead.

Her mother was an Italian ballerina who converted to Islam to marry the merchant, but a mere three years later, some six months after the birth of her daughter, leapt with a sudden pirouette into the arms of a Spanish bullfighter and ran away with him. The merchant followed the fugitives to Geneva, where, shortly thereafter, a fisherman spotted two shadows flitting about in the water. There are no trout as big as that! he reported to the police. Death by accident was the cause written in the death register. The merchant sold his holdings, placed his entire fortune in a Swiss bank account and withdrew in mourning from the worldly doings of Vevey. He had his daughter raised strictly. And though he had always intended to send her back to be brought up properly by a maiden aunt in Cairo, she bore such a striking resemblance to his wife, whom he still loved despite everything, that he could not bring himself to let her out of his sight. He himself was attached to this accursed place, to which scandal, jealousy and passion kept him shackled, and was ashamed to show his face again among his relatives in Cairo.

How can one describe a beauty such as that of the merchant's daughter? Can alabaster blend with basalt? Are there black pearls or white ebony? She was a green-eyed Nefertiti with a seductive smile, skin as smooth and brown as a chestnut, and hair like black rain.

The Ethiopian was no less pleasing to look upon with his long limbs, his wild black eyes and his finely chiseled mahogany face.

Seeing them strolling together at sunset on the banks of Lake Geneva immediately brought to mind a tale out of *A Thousand and One Arabian Nights*. Like two cats, a wild panther and a sleek Siamese, they stepped quietly along the shore, listened to the whisper of a thousand and one tongues of water and gave no thought to the future or the past – until, finally, one night, alerted by the rattle of an open window, her father became aware of her absence, immediately sent his servants out to find her, and strictly forbade her ever to see the Ethiopian again.

Whereupon the prince sent the merchant countless treasures of ivory, ebony, gold and diamonds, and soon thereafter, dispatched a short note requesting his daughter's hand in marriage.

But the merchant had everything sent back. The Devil take your ivory and your precious stones! It is not because your skin is black, the merchant informed the prince, that is not the reason I refuse to give you my daughter for a bride, but because I would not have her wed an infidel, a Christian devil – N'audhubillah!

Now the prince secretly begged the merchant's daughter for one last meeting. His wish was transmitted by a bribed servant, and despite her father's ban, difficult as it was to elude his almost sleepless guard – as he had fired the woman who watched over her and stood watch himself – the daughter managed, with the aid of a sedative mixed in with his tobacco and kif, to slip barefoot out of the house and rush off to her lover.

This time the Ethiopian had a wilder look in his eyes than ever before. She grew frightened at the sight of him, but he took her by the hand and held so tight she could not elude his grip – an unnecessary precaution, since the shackles of love sufficed. Silently he drew her along. She shivered with fear and excitement. Take me where you will, I'll follow! she thought.

For a long, long while, so it seemed to her, they walked without exchanging a single word. Never had the ripple of the lake sounded so loud. A crescent-moon hung low in the sky like a Turkish sword. And suddenly he stopped dead in his tracks, turned to her and said: If not for my eyes, then for none! And he bit off her nose and spit it out into the water.

Bleeding, she fell in a faint, which is how her father found her the following morning, his fury muffled with fatherly concern.

The merchant had a thousand divers scour the lake bottom in the vicinity of the attack; they finally found the nose, which was successfully reattached, following a long and difficult operation in which the surgeon so skillfully sewed up bone and cartilage and covered it with soft skin taken from her calf, that within three months you had to search with a magnifying glass for the scars pulled back above the cheekbones, leaving an almost unnoticeable flaw that somehow made the whole all the more beautiful, like the glass eyes of the bust of Nefertiti in Berlin.

Protected by diplomatic immunity, the perpetrator escaped.

Not long afterwards, relieved, and nevertheless still cautious, the father gave his daughter as a bride to a well-to-do horse trader from Dubai. Shortly thereafter, pleased at the success of this, his last transaction, the merchant died of a heart attack. But a year later his daughter ran away from the horse trader and traveled to Ethiopia in search of her wild-eyed prince, where they lived happily together and she bore him children as beautiful as the flickering stars on a clear summer night.

The Cigarette Swallower

There once was a cigarette swallower who performed his extraordinary act on the Rue de la Harpe in Paris. Everyone watched in amazement as this skeleton of a man devoured Gauloises and even the stronger Moroccan imports as though they were the finest delicacies.

He stuck out his long lizard tongue and laid the thin white cylinders flat against it, so that a glowing tobacco eye peered at the onlookers up until the last second. Then he winked slyly and with acrobatic ease, tumbled the cigarette once over backwards, blew a perfect smoke ring, and like a predator, greedily swallowed his still living prey.

And when the blasé drunken crowd threatened to grow weary of such wonders, lured by the seductive flute of the snake charmer on the next corner, then the cigarette swallower held up a sparkling razor blade. Open-mouthed, the crowd lingered for one last long second, hoping for – well maybe, just a drop of blood.

He grinned, gave proof on his bony arm that indeed the blade could cut; and then, with cold desire, ran his tongue along both edges, let it embrace the blade like any eager Casanova, and swiftly drew the tender morsel into his mouth. A forefinger crossed tightly clasped lips to demand silence. Without a sound, his protruding adam's apple rose and fell. Everyone felt the blade as though sliding down their own throat; no one doubted the authenticity of this miracle.

You froze in the short flash of a shiver, like when you accidentally catch a glimpse of a private scene on a dark street corner or in a lighted window, stop and stare, oblivious to propriety, until sirens or other street sounds shake you out of your trance. Ashamed then you rush off to catch other attractions of the night.

Greetings from Shlamazel Lake

Among the innumerable, lovely and lovely-named lakes in the State of Brandenburg, in Germany, the Schaafsee, Scharmützel, the Witzker, the Wusterwitzer, the two Wannsees, big and little, and the Zermützelsee, there is one you won't find on any map, because it's so minuscule, hardly worth mentioning, actually more of a puffed-up pond, the so-called Shlamazel Lake. There are those who maintain that it does not exist, a bald-faced lie, which I would herewith like to refute. I can confirm its existence from my own personal experience. It sometimes seems to me as if there were a conspiracy against it, as though it were deemed unworthy of watering in the State of Brandenburg.

Precisely where is it situated?

How should I know? I was just visiting, on top of which it was so foggy out you couldn't see in front of your nose, really rotten weather, when I accidentally stepped into it, or rather, fell in.

Fortunately, I'm a good swimmer. The strange thing was I didn't get wet, though I swear the water went over my nose. All kinds of fish that I only know smoked, the names of which I am, in any case, not familiar with, swam by me, swiftly and undisturbed. They were not at all surprised to see a lung-breathing creature in their midst.

The local population was also odd.

Where am I? I asked a man with trout-like features and teensy-weensy eyes I met upon bobbing back up to the surface.

His trout-lips set themselves in slow motion, but not a word came out.

I politely repeated the question. Customs are different everywhere you go.

Whereupon his lips moved more emphatically and he gesticulated with his tail.

That's when I figured he must be deaf and dumb, suspected he had read my lips and expected the same of me.

I'm terribly sorry, I shook my head, I can't read lips.

At which point he got all in a huff and beat it.

So I yelled after him: To hell with you and your shlamazel lake!

Whereupon the man turned around and blinked back at me with his sad little trout eyes, and it seemed to me that I'd hit the nail on the head.

And when I finally emerged from the pond, though truth to tell, it was not much more than a puddle really, I wiggled like a dog to shake off the irrigation. That's when I first noticed that my clothes weren't even wet and was truly amazed at the technical advances made by the textile industry.

And the next day when I sat with my friend Grischa at a table in the Café Einstein on Unter den Linden, and Grischa asked me where I'd been the day before, I told him about my experience at that peculiar lake.

The waiter came and asked me what I wanted to eat.

What's on the menu? I asked.

Today's special is trout French style.

How do the French do trout? I asked, ever hungry for knowledge, particularly of the culinary kind.

But the waiter just turned his back. Which is when I noticed he was very voluminous, only not up front in the belly, like your typical beery Berliner, but rather in the rear, as if he actually had a tail tucked under his tux.

Strange, I said to myself.

What's strange? asked Grischa.

The waiter has a tail.

And this discovery spoiled my appetite. So I only ordered a soup with an unpronounceable name, something like Wishy-wash.

It took a long time for the waiter with the tail to finally bring me my soup, and when I brought a spoonful to my lips I was incensed to discover it was already cold.

The soup is cold! I complained.

Of course it's cold!

Wadaya mean, of course!?

Wishywash is always cold, the waiter explained.

The hell with you and your tail and your Wishywash. That's no soup, I screamed. That's just cold tomato juice in a bowl.

Well, the man gave me a piece of his mind in words I can't repeat here.

Don't be so upset, said Grischa. It's bad for your heart.

So I got up, said goodbye to Grischa, and went away hungry.

A restaurant you leave hungry, a lake you don't get wet in – strange place, Berlin!

But human memory has a way of bamboozling us, pressed by the oppressive present to mitigate past disappointments.

So now when my stomach grumbles but there's nothing that speaks to me on the menu, or when it's so hot in summer that five minutes after I get out of the shower I'm already dripping wet, I think back benevolently to Shlamazel Lake.

The Fairy Tale of the Blessed Meal

The following tale was told in the Concentration Camp Hoffnungslos: One day SS-Unterscharführer Haselbeck, a man who
seldom took notice of the world around him, was very surprised
to observe that the prisoners in one block licked their fingers
every time they dipped them into their miserable slop.

Jews, Monkeys and Freemasons have no taste, he muttered
half-loud to himself.

Whereupon a voice whispered in his ear: Blessed meal!

In his childhood, before he joined the Nazi Party, he was
raised in a pious home. Every evening his mother told him: The
Lord God thinks of you even if you don't think of Him.

Haselbeck shook his head to clear his thoughts.

But since the finger licking kept repeating itself, the Unterscharführer became curious. So he asked the prisoner in charge:
Why do you dirty Jews lick your filthy fingers?

Because the food tastes good, Herr Unterscharführer, the
latter replied.

Which really pricked his curiosity. Since the prisoners were
given nothing but miserable shreds of meat and bones you
wouldn't give a dog, rotten cabbage and potatoes. In school,
Haselbeck had learned that Jews are sly and practice black
magic. The Jew can turn dung into gold, the teacher said.

So Haselbeck hid behind a giant kettle the morning of the
weekly delivery of foodstuffs, from which he always siphoned
off his share to sell back to the sons of bitches, since every Jew

has a secret store of money and valuables which he hides up his ass or in some other place for safekeeping. The provender and perishables were taken in by a little man with delicate features and a long nose, who sniffed everything over like a dog and politely thanked the prisoners in the delivery detail. And once the others were gone and the little man reached for the giant kettle, the Unterscharführer slipped behind an even bigger vat. He looked on with amazement as the curious little man carefully sorted everything, severed the maggoty parts of the meat and mildewed vegetables with the dull blade of a broken pocket knife, and cut up and rowed the rest in even little heaps on a broken cutting board. From each pants pocket he then pulled out a handful of weed and laid it beside the foodstuffs on the board.

And when the little man reached for the kettle and the Unterscharführer had nowhere else to hide, he lept forth and said: I caught you, you sly devil. What kind of black magic are you plotting with your weed? Who do you plan to poison?

A bit taken aback, but keeping his composure, the little man smiled: That is no black magic, Herr Unterscharführer, Sir. I was a cook at the Hotel Adlon!

And what kind of foul weed is that you dumped in your brew?

There are wild herbs growing in the outlying fields around the camp. I ask the prisoners engaged in the work details outside the camp perimeter to gather them for me.

Now the Unterscharführer, who had never set foot, and surely not his nose, in a fancy restaurant, looked on as the little man chopped up meat and vegetables and dropped them into sizzling margarine in the kettle, poured water in after a while, rubbed the dry herbs between the palms of his hands so that the crushed leaves fell in and only the branches were left, whereupon he brought it all to a boil. And time and again he dipped his spoon in to taste, until finally he was satisfied.

Would you like to sample a spoonful, Herr Unterscharführer, Sir? he asked Haselbeck.

Frightened at first, the SS-Man held back. That chiseler surely wants to poison me, he thought. But when he saw the little man lick his spoon clean with delight, he pulled his service spoon out of his pocket, first dipped it in gingerly to have a little taste, and could not believe his tongue. The stuff was so good, he dipped his spoon in again, this time deep down, and fetched himself a heaping spoonful.

This is really delicious! he said to the little man. Much better than the stuff they feed us in the cantine.

Glad to hear it, the cook smiled back.

Such a secret the Unterscharführer initially resolved to keep to himself to turn to his account later. Every week Haselbeck was at hand at the scheduled delivery time to oversee receipt of the stock, and came back when it was done to relish the result.

One day Haselbeck heard that the Commandant's wife wished to prepare a Christmas meal like in the good old days, but that her young Polish cook was pregnant, liable to give birth any day now, and consequently not in any condition to whip up a proper holiday spread. Whereupon Unterscharführer Haselbeck stepped forward and said: Dear Madame Commandant, I know a cook who can perform wonders in the kitchen. Have him brought to me! the woman replied, overjoyed. Naturally Unterscharführer Haselbeck did not dare confess to the Commandant's wife that the cook in question was a prisoner – and a Jew to boot!

And the next time he visited the cook at the scheduled delivery time in the prisoner's kitchen, the SS-man brought him a suit of clothes he'd filched from the clothing repository of the new arrivals.

Now go wash up so that you don't stink, and put on a decent suit of clothes! You have an important appointment.

But first I have to prepare food for the prisoners, Herr Unterscharführer, Sir! Duty is duty! the little man protested.

The dirty dogs can wait for their slop! Haselbeck screamed.

At your service, Herr Unterscharführer! the prisoner replied.

So the SS-man looked around to make sure nobody noticed and took the disguised prisoner with him to visit the Commandant's wife.

Speak only when spoken to. Don't let slip that you're a prisoner, and for heaven's sake not that you're a Jew. Or else there'll be trouble!

So Unterscharführer Haselbeck introduced the little man to the Commandant's wife. She served him tea and cake. And after they'd discussed the weather for a while, and she'd inquired if he thought it was going to rain tomorrow, she sounded him out as to his favorite dish.

Whereupon he replied: Smothered Goose Heaven and Earth Style.

What an odd name for a dish, she remarked.

That was the most popular main dish at Christmas time in the great dining room of the Hotel Adlon. Back then I was a fledgling apprentice in the kitchen. I learned the art of cooking from the Chef de Cuisine, Monsieur Delivrance, a Frenchman.

Ah, the Hotel Adlon! the woman sighed. Once in childhood, my dear old grandpa took me there for coffee and cake. He pulled out his pipe, stroked his mustache and laughed with pleasure to see me lick up the last drops of my hot chocolate from the bottom of my cup. It was and remains a smoke-enveloped dream. – Smothered goose? Why not? she replied, completely consumed by the memory. But it has to taste particularly good! My husband works so hard. I want to lighten his load for an evening.

It would be a great pleasure for me to fulfill your wish, dear lady.

So the SS-man bid the prisoner prepare a list, and fetched him everything he needed. And on the day before the Holy Night Unterscharführer Haselbeck brought the prisoner a white chef's coat and pants and a white toque. And the cook cooked up such a splendid feast Christmas Eve that the Commandant kept fluttering his eyebrows with pleasure and even licked his lips.

The next day the cook was requested to appear at the Commandant's office. The Unterscharführer was a bit concerned. It is one thing to put on a performance for the Commandant's wife and quite another to dare do so before the Commandant. But he had no choice. Once having instigated a lie, the truth could cost him incarceration or much worse.

That will be all! the Commandant commanded the Unterscharführer, whereupon the Commandant reached out his hand to the disguised prisoner and politely inquired: With whom have I the honor?

Unterscharführer Haselbeck trembled as he peeked through the keyhole and overheard the following conversation.

The name is Riesig.

The SS-Man had to smile, his upset notwithstanding. Strange name for a little Jewish rascal.

You are a veritable wizard in the kitchen, Herr Riesig, the Commandant remarked. I have a big favor to ask. I will soon receive a very important guest. Although it's a secret, I can tell you: It's Reichsführer Himmler. I would like you to cook something delicious for him, the only thing is he's a vegetarian!

No problem, Herr Commandant! the cook replied. I'll prepare my smothered goose heaven and earth style without the goose. Only I will need some very special herbs.

The Commandant bid the trembling Unterscharführer return and commanded him to assemble a farming commando and have everything planted that Herr Riesig required!

Haselbeck followed orders. A field was planted with all sorts of herbs and vegetables.

Whereupon the little man said: I will need a barnyard full of geese.

Why geese? The Reichsführer is a vegetarian after all! the Unterscharführer protested.

The geese are only needed to produce the dung to enrich the herbs, potatoes and apples.

What a shame to waste the goose flesh! the Unterscharführer winked.

So Haselbeck had the prisoners build a barnyard and filled it with fat geese from Hungary.

The cackling of the geese disturbed the Commandant in his work. The fowl must disappear at once! he commanded the unnerved Unterscharführer.

If you please, Herr Commandant, Sir, the cook needs the geese to prepare the meal for your important guest, the Unterscharführer replied.

Dismantle the barnyard at once and move it to the camp. The racket is intolerable, it disturbs my concentration!

At once, Herr Commandant, Sir! replied the Unterscharführer, who put together another commando to dismantle and rebuild it in the camp.

The prisoners' rations tasted better every day. Scents and rumors circulated around the entire camp.

Then came the day for the important visit. The little prisoner was once again dressed up as chef de cuisine and brought to a kitchen especially outfitted for the occasion by the Commandant to prepare the meal.

The following rumor circulated: Reichsführer Himmler liked the appetizers well enough. But when he tasted the main dish, he almost fainted, he liked it so much he asked for a second serving.

I want to meet the cook! he ordered.

At once, Herr Reichsführer, replied the joyous Commandant, who had the little man called in from the kitchen.

My congratulations! said the Reichsführer, his glasses all fogged up with the steam of the savory broth. That was some meal! What is the main dish called?

Smothered goose heaven and earth style, Herr Reichsführer, said the prisoner.

At these words the important person almost choked. Everybody knows that I am a vegetarian, like the Führer himself.

The dung and the cackling merely help fortify the potatoes, apples and herbs, Herr Reichsführer.

You look familiar to me. Where did you learn to cook?

In the Hotel Adlon before the war, my Führer, the prisoner replied.

Impressed, the Reichsführer asked for the recipe and for a Care package for the return trip to Berlin — what the Americans call a Doggybag.

Gladly, my Führer!

And what was in the doggybag?

Goose droppings of course.

So they said in the KZ Hoffnungslos, where for a while the prisoners supped on savory goose stew. Not a living soul can confirm the truth of the rumor, and surely not a smothered goose.

And what became of the cook? Did he survive the camp?

After the War he is said to have run a small restaurant in Berlin. And one day the former Commandant, who had in the meantime changed hats and become the director of a wholesale grain business, came to eat.

Was he not arrested and condemned?

There is no record of the KZ Hoffnungslos.

When the cook poked his head out of the kitchen and saw him enter the restaurant with his wife, he was anxious at first.

But when he saw the expression on the faces of his guests when they read smothered goose heaven and earth style on the menu, he smiled to himself.

The goose was ordered, roasted and served. The grain merchant poked around in his plate. But his wife, who had in the meantime put on considerable weight, furtively licked her fingers and was just gnawing on a bone, when the cook came out of the kitchen and introduced himself: We know each other from before.

Impossible! muttered the stunned grain merchant.

Indeed we do! replied the cook and turned to the wife: Greetings, dear lady!

Herr Riesig from the Hotel Adlon! she smiled, a bit disconcerted.

Klein from the KZ Hoffnungslos! the cook corrected.

Whereupon the woman cackled, jerked her head back like a goose, and choked on the bone.

But fairytales are supposed to have a happy ending.

What's not to be happy about?

The grain merchant went bankrupt. Klein took over the business.

And mankind, what did they learn from it all?

Not a thing.

But in the barnyard you can still hear to this very day a satisfied cackle.

The Saint of the Stairwell
A Big City Fairy Tale

1
The Dirty Blanket

Once upon a time a young woman, her face veiled in a thick woolen scarf, bearing a bundle wrapped in a dirty blanket, looked around to make sure no one noticed, and left it lying under the stairwell beside the garbage bins in a tenement building. Had it not been such a cold winter and had the super, Jaime Rodriguez, not needed the blanket himself, he would immediately have flung the filthy cloth and its contents into the incinerator. But when he gave a hefty kick to a hungry rat that happened to be sniffing around it, he noticed that the blanket moved. For a moment Señor Rodriguez, who was somewhat superstitious, particularly when from time to time he took a nip of rum to warm himself in body and soul, believed the blanket to be bewitched. He fell to his knees and prayed to the Virgin Mary to protect him from all dark forces. And then he suddenly discovered the child, no newborn; although blind, armless and legless, it could speak clearly. Bite and broom were its favorite words. Everything was bite and broom.

Every place needs its spirit, its patron saint. So the strange child, whose upper torso over time developed female characteristics, became the house saint of the tenement building. She dispensed wisdom as others dispense inanities from the makeshift wooden shed lined with blankets beneath the stairwell. She was given to eat and to drink, bathed and dressed in rags. Out of gratitude she responded with some piece of information, like: Tomorrow, God willing, it will rain! And indeed things always turned out as she predicted. The future is nothing, she maintained, but the digested and disgorged remnants of the past wrapped in a new skin.

I don't know how I got here, how long I've been here, or how long I'll stick around, she said. It seems to me as if people have always been coming to me to ask about something.

Sometimes it was about business: The horse whose dung you brought me is sick and will definitely lose in tomorrow's race. Don't bet a penny on it!

But usually it revolved around love and heartache: Based on the smell of the shirt you brought me, Elvira, said La Santa, I would not trust your husband.

They also brought her newborn babies before their baptism so that she might secretly confer her blessing. It smells hale and hearty, thank God.

Gracias, La Santa, gracias, replied the grateful mother.

Whereupon the saint spit a mouthful of saliva for good luck into the eyes and onto the forehead of the little one.

As God is my witness, swore the grateful mother, I will give to your grave and pay for a monument to be erected in your name.

I have no use for grave or monument, La Santa responded. My home is here under the stairs. My bones would feel out of place anywhere else. Please let me remain lying here so long as

God wills it. Here I know every sound and every smell. Here I roll against sharp edges and feel the harshness of life. Even the dust is familiar.

They say I was abandoned, a mistake of nature, a failed abortion of a heartless mother. The poor woman surely had her reason. Everything has a reason, even cruelty. No doubt she hesitated for some time before and tried to take care of the child, since they say that I was already able to roll, smell, hear and speak when they found me wrapped in a warm woolen blanket. Perhaps, who knows, it was her only blanket. For that at least I'm thankful.

La Santa was also known outside the tenement. Her followers saw to that, distributing leaflets on the subway.

The whites called her The Oracle of Avenue D. The blacks took her for one of their own, and maintained she was a hidden voodoo queen. The Hispanics simply called her La Santa.

Two men, both muscular and heavily armed, kept permanent watch. Her concerned followers were afraid of losing their saint, afraid that others might drag her off.

She recognized every step, every thump and thud.

The merry rumble of children deliriously sliding on their bottoms down the stairs.

The impatient stomping of boys storming up the stairs three steps at a time.

The heavy dragging steps of seniors dragging one foot after another.

The tap of the canes of those whose life's journey will soon come to an end.

The sliding shadow steps of thoughts that weigh nothing.

That was her night music, the harmony and discord of the lives of others that played her spine like a piano.

2
Carlito

All this she told to a boy who took it down word for word. She could neither see, nor could she read what he wrote. Sometimes she put him to the test. Carlito, she said, read me back what I just said. And he read it exactly as she remembered.

She helped the boy's mother finally get pregnant after three miscarriages. You will have a son, La Santa told her. And when the boy was old enough, and proved to be diligent and dependable, the mother promised him to her as altar boy and scribe. Thus did she call him to her in the afternoon, after school, upon hearing his approaching steps, when she wanted to collect her memories, record her thoughts, or foretell the future.

– Are you ready, Carlito? Is your pencil sharpened?

– Wait a minute, La Santa, let me fetch my little notebook.

– Listen up and write!

3
The Scent of Retribution

Once a man named Armando Spats came to see her. He reeked of
rage and desire. Your hand is trembling, Armando Spats, why's
that? There's no point lying to me. I can sniff out falsehood.

Armando Spats kept silent.

– Is it about love?

Armando Spats still said nothing.

– In amorous matters there's no map or itinerary. The path
is always crooked.

He moaned.

– Please, Señor Spats, tell me what's troubling you.

After a while he finally spoke. Her name is Elisabetta. She's
married to another man.

– Happily or not?

He made no reply.

– Are there children?

A son … , he hesitated. My son, Guillermo. Again he hesitated. There was something between us before … between me
and lovely Elisabetta when we were still young. We knew each
other as children. We loved each other. But she always wanted
to marry a rich man.

I want to lift myself out of the dirt, Armando, she told me.

I can find a way to make enough money, I assured her.

I want to live in a big house with a doorbell you have to ring
and wide stairs to climb, with crystal chandeliers on the ceiling,
oriental carpets on the floor, and servants too.

Just be a little patient, Elisabetta. I'll make it, I swear.

Patience is for fools. I want money.

Just wait, Elisabetta, I beg you! So I got involved in various activities, not all on the level, just to soak in money like air, as quickly as possible. But some business went bad and I landed in jail. Wait for me, Elisabetta! I pleaded with her. In the beginning she came to visit and even brought flowers and M&Ms, my favorite candies. The visits grew ever less frequent. The flowers dried up. I saved the last candy, a red one, left it untouched for weeks in the plastic pouch till a rat napped it up. Then she gave birth to Guillermo. She brought him to me just once. He smiled at me with his big brown eyes.

I can't visit you any more from now on, Armando, she suddenly said.

– Why not?

She hesitated. Because I'm getting married tomorrow.

– You slut!

– I always told you. I've got to lift myself out of the dirt.

– What's to become of Guillermo?

– A jailbird is no kind of father. My husband is bighearted, he'll adopt the child.

– But Guillermo is *my* son!

– *He'*ll recognize him.

Then the visiting time came to an end. A guard approached.

Adios, Armando! she said to me and wiped a tear from her right eye, while the left looked obliquely at the guard, assessing him as a man and a source of money …

Years went by. Years of rage and desire. I smelled the dried flowers until I could suck out no more scent and the blossoms disintegrated into inodorous dust. Even sleep offered no reprieve. In my dreams I kept seeing Elisabetta's lovely face with a tear dripping from the right eye and the left one turned to the side, and Guillermo's smile. So I sat out my time. Finally I was released. Last week I got out. The world looks different now, La Santa. It stinks of money. The old neighborhood's changed. I don't recognize a thing.

He fell still again a while.

– Watch out! I smell evil intentions, Armando!

– Is it evil to want back what's yours? I tracked her down. I know where she lives.

– She's married to another man.

– A priest sanctified their union, but Guillermo belongs to me.

– And now you want my help?

– I'll give you a thousand dollars.

– What am I to do with it?

– I'll give you another thousand when it's done.

– What do you mean, done?

– You've got to help me, La Santa!

She hesitated. Can you fetch me a piece of clothing so that I can sniff out the future?

– You bet!

And he came to me again the following week. She did not ask him how he got it.

– Here it is, La Santa!

– Hold it up to my nose.

He handed her an intimate garment that had rested against her skin and smelled of a woman's womb.

– She no longer belongs to you, Armando Spats! Seek your happiness with another!

– She robbed me of my happiness.

As you wish, she finally replied. The choice is yours.

– What choice?

– To what end you wish to use the poison, murder, suicide, or exterminating cockroaches.

And what did Armando finally decide?

That's another story for tomorrow.

4

The Wellspring of her Wisdom

Life is happenstance and decay, a slow disintegration, said La Santa. The ordinary person only realizes it in retrospect, when something's missing. She who was, so to speak, born and raised in the dust lived it at every moment. Dust is the powder of what was. As far as anyone knew, she never slept. So she managed in a waking dream to painstakingly piece together the fragments of the future like a thousand-piece puzzle. And since she was blind to boot, and possessed no fingers to feel her way forward, bodily torn as she was, she smelled and sensed the rifts in life.

5

The Prayer of the True Believers

O La Santa, blessed be you! Give me eyes in the back of my head and nostrils in my gut! So prayed the true believers. Whereupon they bent down, humbly hurled themselves to the ground, and crawled wormlike toward her, both to emulate her curious mode of motion and to testify how incomplete, arms and legs notwithstanding, and how helpless they are without her help. Allow me at last to break through the hard cocoon and fly free like butterflies! Thus did they pray.

6

Protection

It was a constant concern of her followers to hold off the civil authorities, the landlord and the law. Well meaning social workers, agents from the management office, welfare workers, and finally policemen came by. Each one had to be duped or bought off, each in his own way. Foster parents were feigned to hoodwink social workers. The welfare agents were shown an airy room drenched in daylight.

Priests also came whose primary concern was saving her immortal soul. Yes, yes, they were promised again and again, we'll bring her to mass next Sunday. And when it came time, they were told the poor woman was unfortunately ill, but would definitely be up and about the Sunday after next. Agents from the management office were simply bribed.

7
The Immaculate Sisters

To hold off the law a body of young followers, the so-called Immaculate Sisters, took turns standing around on the sidewalk all made up, in short skirts and high heels, offering their services, so that the police were led to believe that an altogether different business was, in fact, conducted here, and so long as the cops were thereby duped, and able to still their lust free of charge, no one looked behind the scenes. They, the Immaculate Sisters, gave their bodies willingly. They put their legs, breasts and wombs at the officers' disposal on her behalf. Forgive us our sins, La Santa! they prayed.

8
Dust Doesn't Lie

Some skeptical outsiders, especially the whites, derided her revelations. How can an armless, legless, blind cripple reveal the truth that she has not even seen or touched! Does water not come from the depths? Does one not need to dig for gold and diamonds in the earth?

Some who had never seen her with their own eyes went so far as to doubt that she even existed. They maintained that she was dreamed up by sly swindlers to milk and cash in on the despair of the masses. They were told in reply: Dust doesn't lie.

Sometimes La Santa let out groans, followed by a succession of long drawn-out sighs, short hisses, barks and other animal sounds, but no clearly enunciated words.

Carlito waited patiently, pencil in hand, his ears pricked up. Concerned, he asked after a while: What's the matter, La Santa? Has your spirit left your body?

Whereupon she raised her head and peered at him, as if her blind gaze meant to express something very specific until she came to. – I am a hollow reed and needed to empty myself out.

9

El Palacio de los Relojes

La Santa had competition. A fat, hardhearted hooker, Madame Dagmar, herself long-since retired from active practice, ran a brothel with the cover name *El Palacio de los Relojes* (The Palace of Clocks) on the ground floor of a disaffected watch repair shop across the street on Avenue D. *Dinero por su oro*, (Money for your Gold) it said in big, golden letters spray painted on the window. Old watches, their tick-tock long since stilled, lay around in dusty heaps. The only movement a passerby might notice from the show window facing the street was the blink of the eyes of a black cat, whose meow served as a doorbell of sorts, signaling the arrival of a customer. Dagmar's clientele, mostly aging gents, did not seek to restrain time. Quite the contrary, none were in a hurry.

Dagmar sought in vain to win over La Santa's Immaculate Sisters, all younger, prettier and apparently more skilled than her own hookers. I'll give you twice the pay and Sundays off for confession! she offered them. But the girls just smiled back and politely declined.

Hijo de la gran puta! Dagmar swore to her former lover, regular customer and old protector, Detective Dick Danko, chief of the Vice Squad. The Immaculate Sisters are driving off my customers. Can't you do anything about it, Dicky dear? as she called him, whereby with her left pinky she fished the wax out of his right ear and lovingly tickled him under his fat double chin.

Detective Danko, who dipped his fingers in every pot, Monday and Tuesday afternoons relaxing at Dagmar's, Wednesday, Thursday and Friday, however, availing himself of the services of the Immaculate Sisters, sighed and shrugged his shoulders. Competition is the name of the game! Terribly sorry, my love!

10
The Kidnapping

Dagmar finally had enough. A resourceful woman, she decided to take matters in hand. She wrapped her face in a black veil, pretending to be a sad, old widow, and joined the long line of believers.

Dagmar waited patiently. With feigned kindness she let others pass ahead of her, until she was the last one in line. Then she flung herself down in the dust before La Santa and crept forwards on her belly. Forgive me my sins! she prayed. The plan had been thoroughly thought out. She slipped the musclemen a bottle of rum, waited until they had served themselves generously and turned their attention to the Immaculate Sisters, whereupon she leapt to action. Dagmar stuffed the saint's mouth with rags, wrapped her in a blanket, and lugged her out from under the stairwell. Hold your mouth! she threatened her living quarry, or I'll break your neck!

Like a glad grandmother she laid La Santa in a baby carriage and hauled her off.

At first succumbing to mounting fear, La Santa trembled until she finally fathomed that all resistance was useless and laughable. Nobody could come to her assistance. And so she lay still quietly considering her condition.

It was her first and only time out of the stairwell. She who had lived her entire life lying within, for the first time felt, heard and smelled the snarl and stench of the city. Everything swished and knocked and shook around her and under her. The baby carriage whooshed over asphalt and cement, sometimes roughly, sometimes smoothly. It rocked back and forth. Her ears were drowned in yelling voices and blowing car horns. After a while, fear gave way to curiosity. Where are you taking me? she wondered, her mouth still stuffed with rags. But her nose worked like a hand with endlessly elongated fingers. Her abductress smelled of envy and anger. The scent seemed somehow familiar.

Then La Santa felt the thump and thud of wheels rolling over a stairway going down. A metal door opened. Thank you! cried Dagmar and shoved the carriage forwards.

A voice intoned: Attention! The Uptown 6 is entering the station! Then came an almost intolerable metallic screeching, so terribly loud that La Santa thought her eardrums would burst.

Dagmar whispered into the carriage: Alright, lovey, we're shoving off! And then they were on the move.

Dagmar held a rag dipped in ether to the prisoner's mouth. In her half-dreaming state, which is after all just an altered form of consciousness, she felt a pressure in her ears that she must have already felt in the past, since it now seemed like a memory. The baby carriage became a bathtub. Hands washed her. Where am I? she asked. The hands that belonged to no one weren't talkative either. And she knew that she was under water. But it didn't scare her, she was just a little surprised that she didn't get wet.

And when she came to she felt a sudden tightness.

Tight. Tight. Everything was tight. The carriage in which she lay like the living dead. Her body itself, that armless, legless, blind, useless thing, that only seemed to be there to serve others, hemmed her in like cement. What did God do with her legs and eyes? she thought in her despair. Did he boil them down into a soup? And did the eyes melt into eyes of fat so that they could only still peer inwards? And the thought made her burst into bitter tears.

Then the tightness loosened up again and the pressure eased up in her ears and was suddenly superseded by a loud music, a thumping and clapping. It was dancers, breakdancers.

– What time is it, ladies and gentlemen? It's showtime!

She was not able to discern their movements. But she could feel and admire the enchanting rhythmic vibrations in her spine. At that moment it was as if the dancers had lent their bodies to La Santa. Eyes, arms and legs grew out of her brain. Rolling back and forth in the carriage, she danced along.

Thank you! God bless! a voice intoned. Hands clapped. Which only confirmed what she had long known, that God is everywhere, especially where you least expect Godliness. The tightness dissipated into the gentle embrace of it all.

La Santa sighed.

Bored with eternity, God in Heaven sometimes plays peculiar pranks on human lives. Dagmar bent down to her prisoner, hesitating whether to soothe or strangle her. A lock of hair fell, tickling La Santa's cheek, whereupon she recognized the scent. She managed to spit the rags from her mouth. Mamma! Mamma! she cried in a loud voice.

11
The Double Epiphany

The abductress fainted.

And when Dagmar came to it was as if the blinders had fallen from her eyes. She knelt down before her blessed daughter.
– Forgive me my sins!

Only the conscious can sin, said La Santa. You slept. Now you've awakened.

From then on La Santa took over the management of *El Palacio de los Relojes*. A confessional in the form of a stairwell was installed, fitted out with comfortable cushions and a red velvet curtain.

A neon sign flashed: *Dinero por su oro* (Money for your gold) in burning gold letters.

Every Sunday mother and daughter took the baby carriage for a stroll. The blissful one had the breakdancers enchant her thereafter. Monday and Friday afternoons, as before, Detective Dick Danko let Dagmar fish ear wax from his ears and stroke his fat double chin.

La Santa received an ever growing daily line of true believers. The Immaculate Sisters received their policemen. Children grew and rents went up. The unfathomable future turned into the palpable present and promptly fell apart into the heavily mortgaged past. Fortune telling and pleasure, however, remained a lucrative business.

Last Conversation

She lay with her bony skull pressed sideways on the pillow, with sunken cheeks, her face somewhat skewed, as if the celestial sculptor had miscalculated, heaping too much clay on the one side and not enough on the other. Her shrunken body was nothing more than skin and bones.

When the potatoes are soft you have to peel them, she muttered, half asleep.

Is Man like a poem? asked her son.

In general, she replied.

What is your earliest memory? he dug a little deeper, gently stirring the little life she had left.

War!

Why do you shake your head? he asked.

Dumb world! she declared, her last words.

The Garbage Waltzes with the Wind

The garbage waltzes with the wind. Empty plastic bottles follow in lively tempo. Desired yesterday, crumpled pages of newsprint now lie like wallflowers pressed hard against the curb. A warped old 33 RPM record rocks hopefully back and forth. Widowed too young, the cheap abandoned umbrella, black dress torn from metal ribs, still thinks back lovingly on her stormy mate, much as he mistreated her. The dirty white plastic spoon sways to the beat before the deli vent, secretly hungering after hot lips.

The Healthy Man Eats, Shits and Forgets
A Crude Afterword

Among the so-called primitive peoples there are shamans who read the future of their tribe by sifting through dried antelope dung. A not altogether farfetched notion, if you consider the fact that experts can indeed deduce the relative aridity or fertility of a region from the density and consistency of dung, and it is quite literally true (as the wise men say) that what the antelope consumes today man defecates the day after tomorrow.

The past comprises undigested pieces of the present. Memory is a rumbling in the gut, a burp, a case of acid reflux, in which you savor the soured aftertaste of yesterday. History, as such, both the big and the little picture, is, in essence, nothing but a problem of digestion. The healthy man eats, shits and forgets.

I Harbor a Stillborn Scribe
of the German Tongue in Me
A Postscript

Seeing as I learned German as a first language, albeit only orally, from my mother, German is and remains for all intents and purposes my mother tongue. But I grew up in English. And since I only learned to read and write German much later, as an adult, it remains for me a language of childhood, or rather a delinquent dialect. As such, he who bears the name Peter Wortsman keeps stumbling on a second *I* in the clang of German syllables, the Mr. Hyde to his Dr. Jekyl, a shamelessly impertinent creature who allows himself to take liberties that my well brought up, adult, English-speaking *I* would surely have censored.

Let me lay it on the line, even if it sounds a bit bizarre.

I harbor a stillborn scribe of the German tongue in me, who, despite everything, belongs to the literary tradition from Kleist to Kafka. As a translator I have a very intimate relationship to that tradition. Every word is an air bubble, every sentence a breath, an exhalation burdened with meaning. With his ear pressed to extinguished lips, the translator acts as a kind of medium who literally derives inspiration transmitted by strange syllables. Translation from one language into another, particularly the words of the dead, is a kind of mouth-to-mouth resuscitation in which you breathe new life into expired thoughts. German for me, if I can be perfectly frank, also harbors a dark subtext. The language of the *Dichter* und *Denker* (poets and thinkers), to whom I, in my own modest way, feel a certain kinship, is also the language of the

Richter und *Henker* (judges and executioners). In Auschwitz and Buchenwald they not only murdered people, they also once and for all time erased the tenuous borderline between nightmare and reality, and thereby devised a new marginal tongue in which consciousness and the subconscious blabber like un-divided Siamese twins. Sayings like *Jedem das Seine* (To Each His Own) and *Arbeit Macht Frei* (Work Makes You Free) and concentration camp jargon like *Muselmann* (a walking dead man) and *Kanada* (the depot in Auschwitz-Birkenau where the last possessions of the slaughtered were saved and stored, thus the epitome of limitless riches and boundless possibilities) bespeak a black humor that arouses a tickle in the throat that can never be stilled by easy laughter. I am also heir to this German tongue.

A word about my conflicted identity.

Once upon a time there was a turbulent cultural melding, a marriage of two peoples that exploded again and again in outbursts of violence, nevertheless bearing rich fruits, a marriage that finally fell apart in a terrible divorce. This German-Jewish union, in the braded double helix of which the souls of the North Sea and the Mediterranean, of mountain climber and nomad met, a union dating back to Roman times, when the Jews first established small settlements along the Rhine, led to the heights and the depths of our modern era. One can only imagine a Marx, a Freud, a Kafka, a Wittgenstein, or even an Einstein, among many other pathfinders of modernity, at the crossroads of strict German syntax, logic and idealism coupled with Talmudic justice and idealism, qualities that on the one hand tend to Messianism and on the other, in the case of some Jews, is bound with the seemingly contrary readiness, namely to systematically break all rules. An elective affinity perhaps. I would rather speak of a productive symbiosis, like that of the bird that lives on the back of the bison and feeds on the insects in its fur before flying on. Only the fleas lose out in the deal.

The Biblical term *Ivri* (Hebrew) means to cross over. Abraham left his birthplace Ur to seek his fortune elsewhere. Moses led his nation of slaves out of Egypt through the desert and rolled-back waves of the Red Sea to find freedom on the far shore.

I belong to a tribe of wanderers. Perhaps I carry the nomadic drive of my ancestors in my toes and retain their anxious breath patterns in my lungs. The Germans were also once a wandering people, or group of peoples. Modern movements like the *Wandervögel* and the Kibbutzniks are essentially not all that dissimilar. Perhaps German and Jewish Wanderlust came together in the joints of my knees. Already as a young man, my father, a native Viennese, was often underway somewhere, preferably Paris. Later my parents were expelled from their homeland. My father, who spoke seven languages fluently, turned his refugee status into an art form. From early on he raised us to be travelers. But beneath the pleasure of experiencing the big wide world and of rediscovering oneself again and again in foreign climes, there was always the underlying notion that we had to learn to leap like a cat, since you could never know when it would once again be time to pick up and go.

For me being Jewish means above all bearing a deeply en-graved question mark in my brain as a badge of honor, to be certain only in uncertainty, and as soon as I arrive anywhere to already look around for the exit door.

It always seemed to me as if I'd been born in the shadow of the flames that engulfed my parents' world, as if everything meaningful and significant had already happened before my birth, and that, in fact, I had no right to my own experience, because it would always be held to be inconsequential in com-parison to what my parents lived through.

Then in 1973 I landed as a Fulbright Fellow at the Albert Ludwig University in Freiburg im Breisgau, to study fairy tales, the literary love of my childhood. And the following year, as a Fellow of the Thomas J. Watson Foundation, I went to Vienna, where I conducted interviews with survivors of the concentration camps. Today they comprise The Peter Wortsman Collection of Oral History at the U.S. Holocaust Memorial Museum in Wash-ington. Back then I tried to seek out the ghosts in the shadows. These interviews inspired a few songs, and many years later I wrote my first play *The Tattooed Man Tells All*.

My father died in 1979. Despite the heavy burden of grief, his death also freed me, as if a second umbilical cord had been cut. Only after his death did I one day begin to write short texts in German. I dedicated my first book of short prose *A Modern Way to Die* (1991), parts of which I composed in German, and then translated, or rather adapted into English, to my father, and as an epigram graced it with the Viennese saying he was fond of repeating: *Nichts dauert ewig, der schänste Jud wird schäbig.* (Nothing lasts forever, the nicest Jew grows shabby.)

Strangely enough, it was only on the now canonical date of September 11, 2001, when the great peril appeared to draw near and I saw the towers tumble outside my window, that I was freed from the phantoms of the past. The geopolitical ground rules of the game seemed to be changing all around me.

My mother, with whom I spoke mostly German, died in 2007. After that I fell into a great depression and for a time stopped sleeping, which also had serious consequences for my state of mind. On the verge of madness, I contemplated giving up on everything, my marriage, my profession, my middle class life. I wrote next to nothing. Fortunately, I am blessed with the love of a wise woman, who suffered my caprices until they played themselves out.

Then in 2010 everything suddenly changed again. As a Holtzbrinck Fellow at the American Academy in Berlin, I had the opportunity to experience, not only the city of Berlin in all its cultural complexity, but also to sound the depths of my prickly relation to German culture and to the German language. I collected and worked up my observations, experiences and memories in the book *Ghost Dance in Berlin: A Rhapsody in Gray* (2013), in which I finally got to dance with the ghosts of my childhood.

Do the Jewish and German pieces of my puzzle of self actually still fit together at all?

If one can and may still speak of national characteristics,

a supposition that I sometimes doubt, one runs the risk of falling into empty clichés, as, for instance, that the Germans are hardworking, dreamy and idealistic, somewhat like the dwarfs in Snow White. Normalcy, either of the European or whatever variety is a quality I wish on no individual and no nation. The norm draws downwards. Let us rather remain abnormal, eccentric, quirky and odd, each in our own way, a gathering of harmless lunatics who take pleasure in everything and anything.

Perhaps we Germans and Jews of the Post-War generation, as children of that shattered cultural union, can still achieve something productive together, perhaps we can pick a few rags of reason from the ruins of the past and therewith pitch a tent big enough to hold all our dreams.

Acknowledgements

Many friends have helped me immeasurably on the path to the publication of this book. First and foremost, I remain forever grateful for the linguistic advice and acumen of Beatrix Langner and Werner Rauch, who with much patience, sensitivity and skill rolled out and kneaded the dough of my German into a strudel, which, I sincerely hope, will please the reader. I must also heartily thank Julia Kissina and Martin Jankowski, co-organizers of the 2018 Urban Dictionary Berlin New York Literature Festival in Berlin, who included me among the participants, permitting me to present my German stories to a German public. I must also thank Julia Kissina and Deborah Feldman for their eloquent words on the back cover. At the Urban Dictionary Festival, I also had occasion to meet my wonderful publisher, Catharine Nicely, of PalmArtPress. Let me also recognize here the linguistic fine-tuning of copyeditor Barbara Herrmann.

I must doubly thank my brother, Harold Wortsman, first as lector and second as artist, for the graphic art on the cover that gave my words a face.

Thank you, good friend and lens master, Ricky Owens, for the author's photo.

I would also like to express warm thanks to my friend, Frederick Lubich, Professor of World Languages and Cultures at

Old Dominion University, in Norfolk, Virginia, who first asked me to send him my German stories, and thereafter encouraged me to consider publishing them. Part of the afterword of this book derives from an interview he conducted with me concerning my literary career that appeared in *Transatlantische Auswandergeschichten, Reflexionen und Reminiszensen aus drei Generationen*, Festschrift in Honor of German-Jewish-Argentinian author Robert Schopflocher, published by Königshausen & Neumann, in Würzburg in 2014. The English version of the story "The Fairy Tale of the Blessed Meal" is also slated to appear in the forthcoming anthology *Translated Memories, Transgenerational Perspectives in Writing on the Holocaust*, to be published by Lexington Books. Warm thanks to the editors Bettina Hofmann und Ursula Reuter.

A somewhat revised version of an excerpt from the foreword and the title story "Stimme und Atem" appeared in February 2019 in *Zwischenwelt, Zeitschrift für Kultur des Exils und des Widerstands*, in Vienna. My thanks to editors Konstantin Kaiser and Vladimir Vertlib. The original German versions of the stories "Der Vogelmann" and "Der Milchmann kommt nicht mehr" originally appeared in the journal *Translit-2* (whose former publisher I warmly thank), and subsequently garnered the 2008 Geertje Potash-Suhr SCALG Prosapreis of the Society for Contemporary American Literature in German. The English translations, or rather adaptations of some of my stories first appeared in my book *A Modern Way to Die*, published by Fromm Publishing International, in 1991, for which I would also like to thank my then publisher and longtime friend Thomas Thornton. The English version of "After the Storm" originally appeared on the website *Mr. Beller's Neighborhood*, and that of "The Bullfighter and the Samurai" on the website *Ragazine*. The English versions of "The 1002nd Night" and "Cry, Iced Killers!" appeared in *The Brooklyn Rail*. The English version of "Barking Love" was first published in *Fence*. An excerpt from the postscript "I Harbor a Stillborn Scribe of the German Tongue in Me" was published by *The Yale Review Online*, to whose interim editor in chief Harold Augenbraum I am indebted. Thanks to all editors.

My warm thanks to all, and to every reader who takes the time to dip into the pages of this book.

Biographie

Der 1952 in New York geborene Sohn österreichisch-jüdischer Emigranten **Peter Wortsman** wurde zwei-sprachig in Deutsch und Englisch erzogen. Er ist Autor von Romane, Erzählbände, Theaterstücken, und Reisememoirs. Wortsman ist auch literarischer Übersetzer aus dem Deutschen ins Englische. Er war Laureat des Beard's Fund Short Story Award 1985, des Geertje Potash-Suhr Prosapreises 2008 der Society for Contemporary American Literature in German, des Gold Grand Prize for Best Travel Story of the Year (Solas Awards Competition) 2012, und des Independent Publishers Book Award (IPPY) 2014. Er war 1973 Fulbright Fellow an der Albert Ludwig Universität in Freiburg im Breisgau, 1974 Fellow der Thomas J. Watson Foundation in Wien, und 2010 Holtzbrinck Fellow an der American Academy in Berlin. Seine Reiseberichte wurden fünf Jahre nacheinander in *The Best Travel Writing*, 2008-2012, und noch einmal in 2016 aufgenommen. Seine Erzählungen und Aufsätze sind in deutscher Übersetzung in den Zeitschriften *Manuskripte, Schreibheft, Cicero,* die Anthologie *AmLit: Neue Literatur aus den USA,* im Druckhaus Galrev, Berlin, und in *Die Welt* und *Die Zeit,* und in deren ursprünglichen deutschen Version in der Zeitschrift *Zwischenwelt* erschienen.

Biography

The son of Austrian-Jewish emigrés, born in New York in 1952, **Peter Wortsman** was raised bilingually in German and English. He is the author of novels, books of short fiction, plays, and travel memoirs. Wortsman is also a literary translator from German into English. Recipient of the 1985 Beard's Fund Short Story Award, the 2008 Gertje Potash-Suhr Prosapreis of the Society for Contemporary American Literature in German, the 2012 Gold Grand Prize for Best Travel Story of the Year (Solas Awards Competition), and the 2014 Independent Publishers Book Award (IPPY), he was a 1973 Fulbright Fellow at the Albert Ludwig Universität in Freiburg im Breisgau, 1974 Fellow of the Thomas J. Watson Foundation in Vienna, and a 2010 Holtzbrinck Fellow at the American Academy in Berlin. His travelogues were selected five years in a row, 2008-2012, and again in 2016 for inclusion in *The Best Travel Writing*. His short fiction and essays have appeared, in German translation, in *Manuskripte, Schreibheft, Cicero,* the anthology *AmLit: Neue Literatur aus den USA*, published by the Druckhaus Galrev, Berlin, and in *Die Welt* and *Die Zeit,* and in their original German version in *Zwischenwelt*.

Photo © Ricky Owens

Aus dem Programm von PalmArtPress

Jakob van Hoddis
Starker Wind über der bleichen Stadt / Strong Wind Over the Pale City
ISBN: 978-3-96258-033-9
Lyrik, 160 Seiten, Hardcover, Deutsch/Englisch

Matthias Buth
Weiß ist das Leopardenfell des Himmels
ISBN: 978-3-96258-035-3
Lyrik, 160 Seiten, Hardcover, Deutsch

Leopold Federmair
Schönheit und Schmerz
ISBN: 978-3-96258-036-0
Divertimenti, 240 Seiten, Hardcover, Deutsch

Bianca Döring
Im Mangoschatten - Von der Vergänglichkeit
ISBN: 978-3-96258-026-1
Textcollage, 138 Seiten, Hardcover, Deutsch

Gabriele Borgmann
Venus AD
ISBN: 978-3-96258-024-7
Künstler-Roman, 184 Seiten, Hardcover, Deutsch

Horst Hussel
FRANZ.
ISBN: 978-3-96258-000-1
Lyrik/Prosa, 236 Seiten, mit Abb. H. Hussel, Hardcover, Deutsch

Carmen-Francesca Banciu
Lebt Wohl, Ihr Genossen und Geliebten!
ISBN: 978-3-96258-003-2
Roman, 376 Seiten, Hardcover, Deutsch

Markus Ziener
DDR, mon amour
ISBN: 978-3-96258-104-8
Roman, 226 Seiten, Hardcover, Deutsch

Ewa Trafna / Uta Schorlemmer
Zwischenwelten *Detroit, Warschau, Berlin*
ISBN: 978-3-96258-008-7
Kunstband, 120 Seiten mit farb. Abb. Ewa Trafna, Hardcover,
Deutsch/Englisch/Polnisch

John Berger / Liane Birnberg
garden on my cheek
ISBN: 978-3-941524-77-4
Kunst mit Lyrik, 90 Seiten, Klappenbroschur, Englisch

Juan Ramón Jiménez
Tagebuch eines frischvermählten Dichters
ISBN: 978-3-941524-97-2
Lyrik, 274 Seiten, Hardcover, deutsche Übersetzung: Leopold Federmair

Reid Mitchell
Sell Your Bones
ISBN: 978-3-96258-022-3
Lyrik, 104 Seiten, Klappenbroschur, Englisch

Kevin McAleer
Errol Flynn - *An Epic Life*
ISBN: 978-3-96258-005-6
Lyrik, 400 Seiten, Hardcover, Englisch

Nicanor Parra
Parra Poesie
ISBN: 978-3-941524-78-1
Lyrik Übertragung I. Brökel, mit Abb. Ulrike Ertel, 60 Seiten,
Hardcover, Spanisch/Deutsch

Karl Corino
Lebenslinien
ISBN: 978-3-941524-98-9,
Lyrik, ca. 240 Seiten, Hardcover, Deutsch

Michael Lederer
In the Widdle Wat of Time
ISBN: 978-3-941524-70-5
Lyrik, Shortstories, 150 Seiten, Hardcover, Englisch

Manfred Giesler
Die Gelbe Tapete / The Yellow Wallpaper
ISBN: 978-3-941524-75-0
Theaterstück, 68 Seiten, offene Fadenheftung, Deutsch/Engslich

Matéi Visniec
MIGRAAAAANTEN!
oder *Wir sind zu viele auf diesem verdammten Boot*
ISBN: 978-3-96258-002-5
Theaterstück, 200 Seiten, Hardcover, Deutsch/Englisch